Cte GOBLET D'ALVIELLA

L'IDÉE DE DIEU

D'APRÈS

L'ANTHROPOLOGIE ET L'HISTOIRE

Conférences faites en Angleterre
sur l'invitation des administrateurs de la Fondation Hibbert

PARIS	BRUXELLES
ANCIENNE LIBRAIRIE GERMER-BAILLIÈRE ET Cie	LIBRAIRIE EUROPÉENNE C. MUQUARDT
FÉLIX ALCAN, ÉDITEUR	**TH. FALK, ÉDITEUR**
108, BOULEVARD SAINT-GERMAIN	18-20-22, RUE DES PAROISSIENS

1892

L'IDÉE DE DIEU

DU MÊME AUTEUR

Désarmer ou déchoir, manuscrit couronné par la Société française des *Amis de la Paix*. 1 vol. in-8°. Bruxelles et Paris, 1872.

Sahara et Laponie. 1 vol. in-18 illustré. Paris, Plon, 2ᵉ éd., 1876. Traduit en anglais par Mᵐᵉ Cashel Hoey. Londres, 1875. Traduit en polonais. Varsovie, 1875.

Inde et Himalaya, souvenirs de voyage. 1 vol. in-18 illustré. Paris, Plon, 2ᵉ éd., 1880.

L'évolution religieuse contemporaine chez les Anglais, les Américains et les Hindous. 1 vol. in-8°. Paris et Bruxelles, 1884. Traduit en anglais par le Rév. J. Moden. Londres, 1885.

Histoire religieuse du feu. 1 vol. in-12. Verviers, Gilon, 1886.

Introduction à l'histoire générale des religions. 1 vol. in-8°. Bruxelles et Paris, 1887.

La migration des symboles. 1 vol. in-8° avec 159 figures et 5 planches. Paris, Leroux, 1891.

P. Weissenbruch, imp. du Roi, 45, rue du Poinçon Bruxelles.

Cte GOBLET D'ALVIELLA

L'IDÉE DE DIEU

D'APRÈS

L'ANTHROPOLOGIE ET L'HISTOIRE

Conférences faites en Angleterre
sur l'invitation des administrateurs de la Fondation Hibbert

PARIS
ANCIENNE LIBRAIRIE GERMER-BAILLIÈRE ET Cie
FÉLIX ALCAN, ÉDITEUR
108, BOULEVARD SAINT-GERMAIN

BRUXELLES
LIBRAIRIE EUROPÉENNE C. MUQUARDT
TH. FALK, ÉDITEUR
18-20-22, RUE DES PAROISSIENS

1892

À

l'Université de Bruxelles

fondée par l'initiative privée

sur le principe du libre examen

Robert Hibbert, le fondateur de l'*Hibbert Trust*, appartenait à une vieille famille du Cheshire, les Hibbert ou Hubert de Marple, enrichie depuis plusieurs générations par le commerce avec les Indes occidentales ([1]). Libéral fervent en religion comme en politique, adversaire de tout dogmatisme, et cependant pénétré de l'importance de la culture religieuse, convaincu d'ailleurs que le meilleur moyen d'émanciper la religion, c'est de l'éclairer, il mit à profit les facilités de la législation anglaise, si accommodante en matière de fondations, pour constituer, quelques années avant sa mort, sous le titre de *Fondation anti-trinitaire (Anti-trinitarian Fund)*, un fidéicommis au revenu d'environ 25,000 francs, « en « vue de favoriser la diffusion du christianisme sous sa forme la « plus simple et la plus intelligible, ainsi que l'exercice sans « entrave du jugement individuel en matière de religion ». Le capital devait être remis entre les mains de fidéicommissaires ou *trustees* que le fondateur désignait dans l'acte et qui, ensuite, devaient se recruter eux-mêmes.

Le grand argument invoqué contre les fondations à perpétuité, c'est que les situations auxquelles elles s'appliquent participent de l'instabilité générale des choses humaines et que, sous ce rapport, les précautions mêmes, accumulées par le fondateur pour garantir l'exécution minutieuse de ses volontés, l'exposent à laisser un jour, sur la route du progrès, une institution stérile

([1]) *Memoir of Robert Hibbert*, par Jerom Murch. Bath, 1874.

de plus, voire encombrante et nuisible. Non content de parer à cet inconvénient, en définissant son but dans les termes les plus larges, Robert Hibbert prescrivit expressément que les administrateurs devraient, « chaque fois qu'ils le jugeraient convenable, « et au moins une fois tous les vingt-cinq ans, reviser et minu- « tieusement remettre en question les mesures auxquelles ils se « seraient précédemment arrêtés », - sous cette seule réserve que les fonds ne seraient jamais consacrés à des bâtisses, fût-ce pour une chapelle ou une école. — Lui-même, dans un acte additionnel, suggéra, comme première application, l'institution de bourses qui seraient accordées par voie de concours à un certain nombre de jeunes gens, pour leur fournir les moyens de compléter leurs études universitaires avant d'entrer dans la carrière pastorale. Les candidats pouvaient professer n'importe quelles opinions religieuses, sauf qu'ils devaient prendre l'enga- gement d'exercer les fonctions de ministre « près de gens se disant chrétiens et, d'autre part, n'admettant pas la Trinité dans le sens des doctrines orthodoxes ». Par une stipulation bien anglaise, il ajouta que les administrateurs devaient dîner, deux fois l'an, avec leurs boursiers présents et passés, — les frais du banquet étant à charge de la fondation.

Les *trustees*, entrés en possession du legs au cours de 1853, adoptèrent le plan suggéré dans le document additionnel, en le complétant par la disposition suivante : « Les candidats devront « posséder les titres intellectuels les plus élevés, ainsi que des « sincères dispositions religieuses, mais, en outre, aucun bour- « sier ne pourra obtenir d'assistance pour poursuivre ses études « théologiques en Angleterre, s'il ne comprend dans ses occupa- « tions régulières une œuvre philanthropique qui implique un « dévouement actif et raisonné à l'égard du prochain, ainsi « qu'un contact personnel avec la jeunesse, l'ignorance et la « misère ([1]). » C'était là préluder à l'application des principes qui, trente ans plus tard, devaient inspirer le mouvement du socialisme chrétien et que l'auteur de *Robert Elsmere*, Mme Hum-

[1] *Memoir*, p. 41.

phry Ward, a récemment tenté de réaliser à Londres, en prenant
l'initiative d'un institut destiné aux jeunes gens désireux de
poursuivre des études religieuses, tout en s'instruisant dans les
sciences sociologiques et en participant aux principales œuvres
de réforme sociale.

Sous l'empire de ces dispositions, appliquées avec impartialité
et discernement, un certain nombre d'étudiants qui, depuis, se
sont fait un nom et une position dans les sphères supérieures
de l'enseignement et de la religion, ont pu non seulement
poursuivre leurs études à Londres, à Oxford, à Cambridge,
mais encore fréquenter les principales universités du continent
et même publier des œuvres qui font honneur au patronage de
l'*Hibbert Trust*, par exemple : l'*Histoire de la pensée religieuse au
moyen âge*, de M. Reginald Lane Poole; le *Développement de
Kant à Hegel*, de M. Andrew Seth; l'*Essai* de M. Wallis sur la
Cosmologie du Rig Véda, etc. — Dès 1858, les *trustees*, bien
qu'appartenant presque tous à l'unitarisme, avaient résolu de
substituer la dénomination de *Fondation Hibbert* à celle de
« Fondation antitrinitaire », qu'ils considéraient comme offrant
un caractère de polémique trop accentué et comme liant trop
ouvertement l'institution à une théologie particulière.

En 1878, comme la fondation allait atteindre son premier
quart de siècle, un groupe important — où figuraient des esprits
libéraux de toute nuance et de toute confession, depuis le principal représentant de la théologie unitaire, James Martineau, et
le doyen de Westminster, Arthur Stanley, jusqu'à des savants
bien connus, tels que MM. W. Carpenter et Max Muller — adressa
aux fidéicommissaires une lettre proposant d'instituer, sous le
nom de *Hibbert Lectures*, une série annuelle de leçons ou conférences, destinées à exposer « les principaux résultats des études
« récentes dans les vastes sphères de la philosophie, de l'exégèse
« biblique et de l'histoire des religions ». Ils demandaient aussi
que le cours de chaque année fût publié par la Fondation, afin
qu'ainsi « les résultats de la libre recherche pussent être mis
« graduellement, dans une forme condensée, sous les yeux du

« public instruit ». A l'appui de leur demande, les signataires
faisaient valoir cette considération : « Les principales écoles de
« théologie sont entravées en Angleterre par des restrictions tra-
« ditionnelles dont se sont depuis longtemps émancipées d'autres
« branches d'investigation et de spéculation. Dans ces condi-
« tions, la discussion des questions théologiques, habituellement
« faussée par des intérêts ecclésiastiques et des considérations
« de parti, est impuissante à attirer le respect et la confiance
« intellectuelles qui sont spontanément accordées aux recherches
« scientifiques dans d'autres domaines. Il n'y a pas de raison
« pour qu'une érudition compétente et une critique sagace, si
« on les encourage à se mettre au service désintéressé de la
« vérité, favorisent moins le progrès dans les idées religieuses
« que dans les idées sociales ou scientifiques, et il n'est pas
« douteux que l'on ne trouve un public pour accueillir avec
« faveur toute étude vraiment compétente et loyale des pro-
« blèmes théologiques non résolus (1). »

Les *trustees* résolurent de donner satisfaction à cette démarche
en instituant un cours annuel de six leçons au moins, qui serait
confié, chaque année, à un conférencier différent, choisi en
Angleterre ou à l'étranger. Il fut simplement stipulé que le sujet
devrait se rapporter d'une façon quelconque à l'origine et au
développement de la religion.

Ce fut M. Max Muller qui ouvrit la série au printemps
de 1878, par sept leçons sur l'*Origine et le développement de la
religion, étudiés à la clarté des religions de l'Inde* (2). Vinrent
ensuite, à partir de 1879 : MM. Le Page Renouf (du *British
Museum*) : *Religion de l'ancienne Égypte ;* Ernest Renan (du Collège de France) : *Influence des institutions de la pensée et de la culture romaines sur le développement du christianisme ;* T.-W. Rhys
Davids (de Londres) : *Différents points de l'histoire du bouddhisme ;*

(1) *Hibbert Lectures — Institution of Lectureship on the Theory,
Development and History of Religions.* Publication des *trustees.*
Mars 1878.

(2) Traduit en français par M. James Darmesteter. 1 vol. Paris, 1879.

Kuenen (de l'université de Leyde) : *Religions nationales et religions universalistes;* Charles Beard (de Liverpool) : *La Réformation du xvie siècle dans ses rapports avec la science et la pensée modernes;* Albert Réville (du Collège de France) : *Anciennes religions du Mexique et du Pérou;* Pfleiderer (de l'université de Berlin) : *Influence de l'apôtre Paul sur le développement du christianisme;* J. Rhys (d'Oxford) : *Le paganisme celtique;* A.-H. Sayce (d'Oxford) : *Religion de l'Assyrie et de la Babylonie;* E. Hatch (d'Oxford) : *Influence des idées et des usages de la Grèce sur l'Église chrétienne* (¹).

Quand les leçons de M. Max Muller parurent en volume, à la fin de 1878, je me rappelle encore avec quels sentiments de plaisir et d'admiration je dévorais les pages où l'éminent sanscritiste avait mis toute l'étendue de son savoir et tout le charme

(¹) L'*Hibbert Trust* n'est plus désormais la seule fondation exclusivement consacrée, dans la Grande-Bretagne, à l'enseignement de l'histoire des religions. En 1885, un jurisconsulte écossais, lord Gifford, a légué à chacune des quatre universités écossaises : Édimbourg, Glascow, Aberdeen et Saint-Andrews, une somme variant entre 15,000 et 25,000 livres, soit ensemble deux millions de francs, pour fonder des chaires de « théologie naturelle au sens le plus large du mot ».

« Je désire, ajoutait le fondateur, que les conférenciers traitent « strictement leur sujet comme de l'histoire naturelle... Ils ne seront « soumis à aucune condition, ne devront pas prêter de serment, ni for- « muler ou accepter de confession de foi, ni prendre aucune espèce « d'engagement; ils pourront appartenir à n'importe quelle commu- « nion ou même ne faire partie d'aucune, comme c'est le cas de beau- « coup d'esprits sérieux et élevés. Ils pourront avoir toute espèce « d'opinions religieuses ou philosophiques, ils pourront même n'avoir « pas de religion; ils pourront être ce qu'on nomme des sceptiques, « des agnostiques, des libres penseurs, pourvu seulement qu'on se « soit assuré de trouver en eux des hommes respectueux, de véri- « tables penseurs, des amis sincères et des chercheurs désintéressés de « la vérité. » — A la suite de cet acte de munificence, Édimbourg s'est assuré le concours de M. Edw. B. Tylor, Glascow celui de M. Max Muller, Aberdeen celui de M. J. Hutchison Stirling et Saint-Andrews celui de M. Andrew Lang. Les leçons que M. Max Muller a données à Glascow pendant les deux premiers hivers ont déjà paru sous le titre de *Natural Religion* (1889) et *Physical Religion* (1891).

de son style, pour nous retracer le développement des croyances
de l'Inde. Je ne me doutais guère alors que, treize ans plus tard,
j'aurai l'honneur de prendre la parole dans la chaire si brillamment inaugurée par cet illustre maître. Lorsque me parvint
l'invitation des *Hibbert trustees*, j'avais précisément été amené,
par le développement de mon enseignement universitaire, à
étudier de plus près la question des méthodes et des matériaux
que l'histoire des religions peut utilement emprunter à l'ethnographie. Je crus ne pouvoir mieux faire que de me tenir dans
cet ordre de recherches, pour en extraire les éléments d'une
étude sur l'évolution historique de l'idée du divin. Ce tableau,
sans doute, a été souvent esquissé, mais, fréquemment aussi,
sous des couleurs différentes, suivant qu'on l'abordait avec les
préoccupations exclusives de l'historien ou de l'anthropologue,
pour ne rien dire des théologiens. J'ai pensé que les deux points
de vue ne s'excluaient nullement et que ce n'était pas trop, pour
aborder le problème, de recourir aux méthodes combinées de
l'anthropologie et de l'histoire.

Il est possible qu'on me reproche d'associer des procédés aussi
dissemblables. On m'a déjà objecté que la reconstitution du passé
perd toute base certaine, quand elle s'écarte des documents
écrits et des monuments figurés. De savants critiques — et pas
seulement dans les rangs de l'orthodoxie — estiment qu'employer la méthode comparative à retrouver les commencements
des religions et à en retracer les développements préhistoriques,
ou même demander aux vicissitudes d'un culte quelconque des
renseignements sur la marche du développement religieux en
général, c'est là faire de la philosophie, voire de l'anthropologie,
et non plus de l'histoire [1].

Je désire, pour ma part, maintenir au mot histoire une
acception plus large, en y comprenant toutes les tentatives pour
reconstituer le passé du genre humain. Mais, enfin, je veux bien
admettre qu'on restreigne l'application de ce terme à l'étude des
faits concernant l'âge « historique »des diverses sociétés civi-

[1] Voy. MAURICE VERNES, *L'histoire des religions, son esprit, sa
méthode et ses divisions.* Paris, 1887, chap. I-III.

lisées. Seulement, alors, je dirai que l'histoire a besoin d'être
suppléée par d'autres sciences qui projettent une clarté sur des
horizons plus lointains. Ces sciences ne peuvent nous donner la
certitude — l'histoire elle-même le peut-elle toujours, quand elle
ne s'occupe plus exclusivement d'énumérer des noms et des
dates? — mais elles sont du moins susceptibles de nous fournir,
sur les origines et les premiers pas de la culture humaine, des
renseignements dont la vraisemblance est en raison directe de
l'appui qu'ils se prêtent mutuellement et aussi de l'appui qu'ils
reçoivent des constatations historiques proprement dites. Après
cela, peu importe dans quelle classification verbale on prétende
ranger nos méthodes, pourvu qu'elles concourent à nous rapprocher de la vérité !

Si mes prémices ne sont pas de nature à satisfaire ceux qui
refusent d'appliquer aux phénomènes religieux les procédés
ordinaires de la raison humaine, mes conclusions ne plairont
pas davantage à ceux qui voient dans l'esprit de libre examen
l'antagoniste permanent et le destructeur prochain du sentiment
religieux. Cependant, je ne crois avoir manqué ni à la logique ni
à l'impartialité, lorsque, en cherchant à dégager des faits les lois
qui en ont guidé et qui, selon toute apparence, continueront à
en diriger l'évolution, j'arrive à conclure que l'étude scientifique des religions n'a point, à l'égard du sentiment religieux
lui-même, les conséquences révolutionnaires espérées par les uns
et redoutées par les autres. L'histoire des religions, prise dans
son ensemble, m'a paru plutôt attester une tendance constante
de l'humanité vers l'admission de ce principe qu'Herbert Spencer
nous présente, au nom de sa philosophie, comme le trait d'union
entre la religion et la science : « l'identité entre la force dont
« nous avons directement conscience en nous-mêmes et la force
« qui se manifeste à nous dans le monde extérieur », l'une
et l'autre étant regardées comme les manifestations phénomé-
nales d'une « énergie infinie et absolue dont procèdent toutes
« choses » (¹).

(¹) *Ecclesiastical Institutions*. Londres, 1885, §§ 659-660.

Je pense m'être conformé, en traitant ainsi mon sujet, à l'esprit qui inspirait le fondateur de l'*Hibbert Trust* et les organisateurs des *Hibbert Lectures*. J'ajouterai que j'ai considéré cette étude comme un complément de mon ouvrage précédent sur l'*Évolution religieuse contemporaine chez les Anglais, les Américains et les Hindous*. Après avoir décrit les formes les plus avancées de la religion parmi les intelligences éclairées de notre époque, il m'a paru intéressant de rechercher comment ces formes se sont développées et par quels liens elles se rattachent aux manifestations les plus infimes de la culture religieuse. Si énorme que semble la distance entre ces états religieux, il n'est pas impossible de découvrir la route qui mène de l'un à l'autre, et, ici encore, il y aura lieu d'appliquer le vieil axiome qui trouve désormais sa confirmation dans toutes les branches du savoir humain : *La Nature ne fait pas de bonds.*

Court-Saint-Étienne, 15 décembre 1891.

CHAPITRE PREMIER.

De nombreux savants, recommandés par des connaissances spéciales en linguistique et en archéologie,
ont reconstitué, de nos jours, le développement des
principales religions qui ont eu cours parmi les
sociétés civilisées. C'est surtout par l'emploi de la
méthode historique qu'ils y sont parvenus, c'est-
à-dire en rassemblant, en classant et en interprétant
les témoignages écrits, ainsi que les monuments
figurés, dont le nombre s'est si prodigieusement accru
depuis un demi-siècle.

Cependant, cette méthode ne nous apprend rien
sur les débuts des cultes les plus importants du passé.
Un coup d'œil sur l'arbre généalogique des religions
peut bien nous convaincre qu'elles se rattachent les
unes aux autres par une filiation ininterrompue ou
qu'elles procèdent toutes d'un petit nombre de systèmes séparément formés dans quelques groupes

1

ethniques. Mais il nous est impossible de pénétrer plus loin par l'observation directe.

La préhistoire des religions.

Partout, à mesure qu'on remonte la chaîne des siècles, on voit les documents écrits se faire de plus en plus rares, puis cesser tout à fait, et il semble que le sol se dérobe sous les pieds de l'investigateur. Cependant, dès lors, nous entrevoyons, toutes formées déjà, des croyances et des institutions qui devaient se perpétuer jusque dans les religions actuelles, à travers toute la série des cultes intermédiaires.

Ces éléments communs à toutes les religions *organisées* peuvent se classer de la sorte :

1° La croyance à l'existence d'êtres surhumains qui interviennent d'une façon mystérieuse dans la destinée de l'homme et dans le cours de la nature ;

2° Des tentatives, tantôt pour se rapprocher de ces êtres ou pour les écarter, tantôt pour prévoir l'objet et la forme de leur intervention, tantôt pour influencer cette intervention, soit par la propitiation, soit par la violence ;

3° Le recours à l'entremise de certains hommes regardés comme spécialement aptes à réussir dans ces tentatives ;

4° La mise de certaines coutumes sous la sanction des puissances surhumaines.

A moins de supposer que ces facteurs des premières religions se soient brusquement formés à un moment donné, il faut bien admettre qu'ils ont eu un développement rudimentaire avant leur apparition dans l'histoire. Pour retrouver ce développement, on s'est adressé respectivement à la psychologie, à la linguistique, à l'archéologie préhistorique, au *folklore,* à l'ethnographie. Toutes ces sciences ont leur mot à dire dans le problème, et ce n'est pas trop de leur concours pour le résoudre. Toutefois, c'est surtout l'ethnographie comparée ou descriptive qui, par l'abondance de ses informations, nous aide à suppléer ici à l'insuffisance des renseignements historiques.

Il n'y a là, d'ailleurs, qu'une application de la méthode comparative, si justement glorifiée par Freeman comme une des conquêtes les plus précieuses de notre siècle. Cette application se voit désormais admise sans conteste dans les recherches sur les commencements du langage, de l'art, de la famille, de la propriété, du droit, de la morale même, comme on peut le constater par les ouvrages, désormais classiques, des Bachoven, des Freeman, des de Laveleye, des Giraud-Teulon, des Summer Maine, des Mac Lennan, des Max Muller, des Lubbock et des Starcke, sans compter les nombreux ouvrages de sociologie qui se sont inspirés de la même méthode, surtout en Angleterre et en France, pour retracer l'ensemble de l'évolution humaine.

Les phénomènes religieux, à leur tour, ont été soumis à ce traitement par des théologiens éclairés, comme MM. Tiele et Réville, qui, sur ce terrain, peuvent donner la main à des ethnographes comme M. Edw.-B. Tylor, à des sociologues comme M. Herbert Spencer, à des folkloristes comme MM. Andrew

Lang et Mannhardt. Je vais m'efforcer de marcher sur
les traces de ces éminents écrivains, en essayant de
reconstituer, dans la mesure du possible, les premières
manifestations de la croyance au divin, — quitte à
chercher ensuite, dans les faits consignés par l'histoire, la suite d'un développement qui n'a pas encore
atteint son dernier terme, s'il est permis de pressentir
l'avenir à l'aide du passé.

La théorie du progrès et la théorie de la dégénérescence.

A examiner séparément, soit les principaux facteurs de la culture contemporaine, soit les principales
races qui se partagent actuellement la domination du
globe, l'histoire elle-même permet de constater que
la marche de la civilisation se fait dans un sens progressif, c'est-à-dire qu'il y a tendance croissante à
obtenir les mêmes résultats avec des efforts moindres
et à utiliser, pour la satisfaction de besoins de plus
en plus élevés, le surcroît de forces ainsi laissé à la
disposition de l'homme. A la vérité, ce mouvement
n'est pas continu; il subit des temps d'arrêt, même
de recul. Mais, à le prendre dans son ensemble, sa
direction n'est pas douteuse. De son côté, la paléontologie nous apprend qu'avant l'apparition de l'homme
sur la terre, la vie a toujours été en progressant, c'est-
à-dire que, étudiée dans ses grandes périodes successives, on la voit tendre à produire des êtres de plus
en plus complexes, dont l'homme est, pour ainsi
dire, le couronnement, tant par son pouvoir de réagir
contre les forces de la nature extérieure que par
l'étendue de ses facultés intellectuelles et morales. Il

y a déjà là une forte présomption que l'humanité n'a pas été soustraite, dans ses débuts préhistoriques, à la loi générale du développement des êtres vivants, et, par suite, que ses commencements doivent être cherchés dans un état inférieur à tout ce que nous apportent les témoignages les plus anciens des premières civilisations.

L'archéologie préhistorique change cette présomption en une quasi-certitude. Nous savons aujourd'hui, à n'en plus douter, que dans tous les gisements où l'on a constaté la superposition de plusieurs niveaux industriels, l'âge du fer a été précédé par un âge du bronze ou du cuivre, l'âge des métaux par celui de la pierre, l'âge de la pierre polie par celui de la pierre taillée ou éclatée. Nous découvrons un temps où, sans être encore parvenus à la civilisation relative dont les plus vieilles inscriptions nous ont gardé le souvenir, les hommes pratiquaient cependant l'agriculture, possédaient des animaux domestiques, construisaient de grossiers monuments de pierre et formaient de petites agglomérations sur des hauteurs fortifiées ou dans des cités lacustres; puis, un autre temps, plus éloigné, puisqu'il correspond au dépôt du terrain quaternaire, où ils vivaient exclusivement de la chasse, vêtus de peaux de bêtes et parqués dans d'étroites cavernes, ou bien disséminés en hordes nomades sur des plateaux désolés par les rigueurs de l'âge glaciaire. Enfin, nous entrevoyons une époque, plus crépusculaire encore, où, sous un climat doux et humide, l'homme contemporain de l'*Elephas antiquus*, ignorant l'usage du vêtement, de la poterie et du feu,

mais déjà en possession du marteau ou de la hache en
silex taillé, réalisait l'état de nature vaguement en-
trevu par quelques poètes de l'antiquité ([1]) :

> ...rude vulgus erant.
> Pro domibus frondes norant, pro frugibus herbas.
> Nectar erat palmis hausta duabus aqua.
>
> (Ovide, Fastes; II, 291-293.) ([1])

Sans doute, de ce que l'homme du silex a été notre
prédécesseur sur le sol de l'Europe, il n'en résulte pas
forcément qu'il soit notre ancêtre. A l'époque où les
constructeurs des mégalithes, peut-être même les
chasseurs du renne et du mammouth, occupaient cette
partie du monde, n'est-il pas admissible que les ancêtres des Aryas, des Sémites, des Égyptiens, des Chinois, même des Aztèques et des Incas, auraient pu
jouir, ailleurs, d'une civilisation ou d'une demi-civilisation bien autrement avancée? Mais on doit se
demander où sont les restes de cette culture. Il est
vrai qu'on n'a pas tout exploré et fouillé sur le globe.
Toutefois, il faut reconnaître que les chances d'une
découverte semblable diminuent de jour en jour.
Comme l'écrivait déjà, il y a plus de vingt ans, M. Ed-
ward B. Tylor : « Il n'y a guère de province au monde
dont on ne puisse dire : Des sauvages ont demeuré
ici. » — Il n'en est guère, ajouterai-je, dont on ne
puisse dire également : « Des hommes ici ont pro-
gressé. » L'archéologie préhistorique se joint ainsi à
la paléontologie pour nous affirmer que, si l'âge d'or

([1]) Cf. Lucrèce, V, 953-956.

existe dans la possibilité des choses, ce n'est pas en arrière qu'il faut le chercher.

On a soutenu que jamais des sauvages n'auraient pu s'élever à la civilisation sans l'intervention d'un peuple déjà civilisé. Assurément, nous ne pouvons observer nulle part le passage de la sauvagerie à la civilisation ni même à cet état de demi-civilisation d'où l'on admet que nous nous sommes graduellement élevés à notre niveau actuel. — Mais il y a d'excellentes raisons à cette lacune. D'abord, avant d'avoir atteint un certain degré de culture, les peuples n'ont pas d'histoire; ils ne peuvent donc nous éclairer eux-mêmes sur leur passé. Quant à l'observation externe, elle ne peut nous être ici d'aucune utilité, car du jour où des sauvages viennent en contact avec une civilisation supérieure, cette dernière fausse leur développement spontané et l'absorbe, quand elle ne le paralyse point. Ce qui est évident, c'est qu'il y a des peuples mieux doués que d'autres dans la lutte pour la vie et pour le progrès; peut-être même y en a-t-il qui sont incapables de dépasser un degré inférieur de culture. Mais de ce que, dans une course, les plus agiles atteignent seuls le but, en résulte-t-il que tous ne soient pas partis du même point, et le vainqueur en a-t-il eu moins à franchir les étapes où se sont arrêtés ses concurrents malheureux?

En second lieu, il faut se demander où finit la sauvagerie et où commence la civilisation. On peut établir, sous ce rapport, un critérium plus ou moins complexe, à l'aide d'indications fournies par les procédés industriels, par le genre de vie, par les institu-

tions religieuses et sociales, par toutes les manifestations prédominantes de l'état moral et intellectuel.
Mais on ne réussira à faire rentrer la totalité des populations humaines dans l'une ou l'autre des deux catégories qu'à la condition de négliger les transitions. En
réalité, les différents groupes humains peuvent se
ranger sur une échelle dont le pied est caractérisé
par l'extrême sauvagerie des Bosschimans, des Fuégiens, des Samoyèdes, des Akkas, des Australiens,
alors qu'au sommet se trouvent les peuples les plus
avancés de la race indo-européenne. Si, entre ces
termes extrêmes, la distance semble infranchissable,
elle devient presque insensible entre les populations
qui occupent des échelons voisins, et il suffit parfois
d'un léger progrès pour faire atteindre à un peuple
quelconque le niveau de ceux qui se trouvent immédiatement au-dessus de lui. Dès lors, rien ne s'oppose
à ce qu'une même population ait graduellement esca-
ladé tous les degrés qui la séparaient du point culminant; peut-être même les échelons qu'elle a ainsi
franchis ne sont-ils rien à côté de ceux qui, dans
l'avenir, permettront aux plus favorisés de continuer
l'ascension; car la civilisation est, elle aussi, une
échelle de Jacob, dont nous n'entrevoyons pas le
sommet, parce qu'il se perd dans les cieux.

Point de départ du développement religieux.

On rencontre souvent des esprits dégagés de tout
préjugé, qui admettent sans réserve l'extrême bar-
barie de la société primitive, mais qui voudraient
cependant faire une exception pour la religion. A les

en croire, les ancêtres des Sémites, des Aryas, des Égyptiens, des Chinois, ou au moins de l'un ou l'autre de ces peuples, auraient débuté par un état de vie fort simple et élémentaire au point de vue industriel et social, mais avec des mœurs fort pures et des croyances fort hautes, voire en pleine possession du monothéisme.

Pour l'établir, on fait d'abord valoir que ces peuples ont gardé le souvenir d'une époque où leurs croyances étaient beaucoup plus élevées. Premièrement, l'assertion ainsi formulée est beaucoup trop générale. Il existe, en sens contraire, des traditions non moins respectables qui placent dans le passé un état d'ignorance religieuse d'où les hommes auraient été tirés par les enseignements de quelque héros civilisateur ou même de quelque personnage surhumain. Ensuite, il n'y a pas plus de fond à faire sur ces légendes dans un sens que dans l'autre : les peuples se sont demandé de tout temps d'où leur provenait la connaissance des dieux, et comme ils ne pouvaient le découvrir, ils ont naturellement conclu qu'elle leur avait été inculquée par les divinités elles-mêmes, à l'époque,

> Où le ciel sur la terre
> Marchait et respirait dans un peuple de dieux.

Les mêmes problèmes se sont, du reste, posés de tout temps pour l'origine des arts, des lettres, des sciences, des coutumes, etc., et toujours ils ont donné lieu à une tentative analogue pour expliquer par des mythes le secret du passé.

On a essayé de se rabattre sur l'éloge que des auteurs

antiques nous font de certains peuples primitifs, tels
que les Pélasges et les Germains. Mais aujourd'hui que
nous connaissons mieux les populations non civilisées,
nous savons que l'état d'innocence morale attribué à
ces peuples enfants de l'Europe ancienne se résumait
dans la simplicité des mœurs et les vertus ordinaires
du sauvage actuel, là où celui-ci n'a pas été corrompu
par une immixtion hâtive de nos civilisations. Quant
à l'absence d'idoles, ou même de divinités plus accen-
tuées que les vagues *numina* des Italiotes, elle prouve
simplement que ces peuples n'avaient pas encore
atteint la phase du polythéisme et de l'idolâtrie.

Enfin, l'on n'a pas manqué d'invoquer les sentiments
épurés et même les raisonnements théologiques qui
s'affirment dans les livres sacrés des Perses, des Hindous, des Chinois, comme dans certains hymnes des
Égyptiens et des Chaldéens. Mais les recherches des
derniers temps tendent de plus en plus à dissiper
les illusions qu'on avait pu se faire, dans le premier
enthousiasme produit par la découverte de ces mer-
veilleuses littératures. L'auréole qui les entourait
s'est dissipée, et on est revenu à une appréciation
plus exacte de leur valeur, comme de leur âge, sans
qu'elles aient perdu de leur mérite, ni de leur charme,
à devenir moins anomales et plus humaines, c'est-
à-dire à reprendre leur vraie place dans l'évolution
générale de l'humanité.

Quoi qu'il en soit, on doit reconnaître désormais
qu'aucun de ces vénérables documents ne nous reporte
aux premiers temps de la religion en général, ni même
aux premiers temps de leur culte respectif. Ils repré-

sentent, non l'aspiration naïve de l'humanité, mais une
élaboration sacerdotale qui a déjà fait son triage dans
les croyances du passé. Plus on remonte vers ce passé
dans les différentes races, plus on voit le culte des
Sémites nous apparaître comme un véritable polydémonisme, celui des Égyptiens comme une sorcellerie
organisée, celui des Indo-Européens comme une sorte
de physiolâtrie universelle en cours de transformation
polythéiste — c'est-à-dire que, chez tous ces peuples,
à mesure que nous nous rapprochons des origines,
nous trouvons de plus en plus prédominantes des
formes de pensée et des manifestations de sentiments
qui caractérisent l'état religieux des sauvages à toutes
les époques et dans toutes les parties du monde.

Conclusions de la linguistique.

La linguistique comparée nous permet de remonter
un peu plus haut que l'histoire vers les origines de
toute civilisation. Toutefois, ses conclusions sont
moins encore de nature à encourager l'hypothèse d'un
début religieux beaucoup au-dessus du niveau observé
chez les sauvages, car elles tendent à établir que partout le sens abstrait des mots employés à rendre des
idées générales a été précédé d'un sens concret et en
quelque sorte matériel.

Le langage nous apparaît comme un merveilleux
mécanisme qui non seulement nous permet de noter
les rapports des choses jusque dans leurs nuances les
plus subtiles, mais encore qui guide notre esprit,
d'abstraction en abstraction, jusqu'au seuil de la
région inaccessible où, par de là le monde des formes

et des idées, nous pressentons la mystérieuse réalité, supérieure à toute définition. Cependant, les savantes analyses de la philologie moderne nous reportent à une époque où il se réduisait — en dehors peut-être de quelques onomatopées — à un petit nombre de sons ou de cris exprimant chacun une action physique, et une action physique accomplie par l'homme. Je n'ai pas à expliquer comment les monosyllabes qui accompagnaient les actes humains ont fini par en marquer l'idée, ni dans quelle mesure les progrès du langage ont amené la pensée à prendre possession d'elle-même. Mais nous sommes néanmoins autorisés à en conclure, d'un côté, que les créateurs de nos langues devaient largement prêter leur facultés aux choses du dehors, — en tant que celles-ci se révélaient par des manifestations assimilables à des actions humaines; d'autre part, que le bagage des idées conscientes devait alors être restreint à un petit nombre de notions essen-tiellement concrètes, embrassant des actes ou des phénomènes physiques d'une occurrence journalière.

Dans de pareilles conditions, les hommes devaient être non seulement incapables de s'élever spontané-ment à des notions abstraites, comme celles qu'éveil-lent en nous les mots : Dieu, âme, infini, absolu, substance, morale, mais encore ils eussent été hors d'état de comprendre ces notions, si elles leur avaient été brusquement communiquées du dehors (¹). Tel est

(¹) M. Pfleiderer fait remarquer que, s'il nous faut des années pour développer les notions abstraites dans l'intelligence de nos enfants, bien que ceux-ci puissent profiter de tout l'héritage du passé « qui a pensé pour eux », il a dû falloir des siècles et même des milliers

encore le cas des sauvages modernes, qui sont absò-
lument rebelles aux idées abstraites, ainsi que le
constatent la plupart des explorateurs [1]. Tous les
missionnaires savent au prix de quels efforts, et on
peut ajouter de quelles défigurations, ils parviennent
à introduire quelques lambeaux de la métaphysique
chrétienne dans l'esprit des races véritablement inférieures. On raconte l'histoire d'un bénédictin qui,
ayant séjourné trois années chez les aborigènes de
l'Australie, avait vainement essayé de découvrir à
quelle divinité ils rendaient hommage. Un beau jour,
il apprit qu'ils croyaient à un dieu, tout-puissant
autrefois, qui avait créé le monde par son souffle,
mais désormais trop vieux ou trop décrépit pour qu'on
eût à en tenir compte [2]. C'était là sans doute l'écho de
ses propres prédications qui revenait au missionnaire ; seulement, les indigènes n'avaient pu concevoir
ce créateur autrement que comme un être réduit à une
complète décrépitude, puisqu'il était assez vieux pour
avoir contribué à la formation du monde et assisté à
la naissance de leurs ancêtres.

Constatations de l'archéologie préhistorique.

L'archéologie préhistorique nous permet de faire
un pas de plus, en ce qu'elle nous fournit quelques

d'années pour arriver au même résultat chez l'homme primitif. (*The
philosophy of Religion.* London, 1888, t. III, p. 4-5.)

[1] Voyez sir John Lubbock, *The origin of Civilization.* London, 1870,
chap. VIII.

[2] Max Muller, *Origine et développement de la religion étudiés à
la lumière des religions de l'Inde,* traduit par M. James Darmesteter.
Paris, 1879, p. 15.

vestiges matériels et certains des croyances professées avant toute civilisation. A la vérité, ces vestiges font défaut dans les dépôts de la plus ancienne époque où l'on a constaté l'existence de l'homme, — c'est-à-dire pendant la période chelléenne, qui semble avoir précédé la grande extension des glaciers en Europe. Mais il faut se garder de tenir cette lacune pour définitive. Rappelons-nous ce qui s'est passé à cet égard pour le reste de l'époque paléolithique. Là aussi, des savants, dont le nom fait autorité, ont soutenu que l'homme des temps quaternaires n'avait aucune croyance religieuse et qu'il ne prenait même aucun soin des morts. Or, les découvertes qui se sont accumulées depuis vingt-cinq ans, surtout dans les cavernes de France et de Belgique, ont permis de constater d'une façon irréfragable que, dès l'âge du mammouth, l'homme pratiquait des rites funéraires, croyait à une vie future, possédait des fétiches et peut-être même des idoles. Un coup d'œil sur les trouvailles qui autorisent ces conclusions ne sera peut être pas déplacé ici.

L'homme du mammouth et ses usages funéraires.

Il y a des milliers et des milliers d'années, le farouche habitant de la grotte de Spy, — aux caractères ostéologiques tellement simiens qu'on a pu en faire un nouvel anneau dans la chaîne descendante vers l'animalité, — armé seulement de quelques silex pour se défendre contre les attaques des grands fauves qui erraient autour de son abri, — exposé aux rigueurs d'un climat que les populations actuelles des régions polaires supportent seulement grâce à des ressources qui, comparées au dénûment des temps moustériens, représentent presque de la civilisation, — ce contemporain du mammouth et de l'ours des cavernes, dont toutes les préoccupations semblaient devoir être absorbées par la lutte pour l'existence, trouvait déjà le temps de songer à ses morts, de les parer pour la vie future, de leur offrir des objets qu'il aurait pu utiliser pour lui-même, mais qu'il préférait laisser à leur disposition dans cette autre vie [1]. L'usage de placer près du défunt des armes, des outils, des parures, peut être regardé comme général chez les populations des cavernes, ainsi que chez tous les sauvages qui enterrent leurs morts; il implique à la fois la croyance à une survivance de l'individu et l'idée que cette vie future sera la répétition de la vie présente, tout au moins qu'on y éprouvera les mêmes besoins, qu'on y courra les mêmes périls et qu'on y ressentira les mêmes jouissances.

C'est ce qu'expliquaient bien les anciens Péruviens, quand, interrogés sur la raison qui leur faisait sacrifier, en l'honneur des défunts, des objets, des animaux et même des personnes, ils affirmaient qu'ils avaient vu en songe des gens, morts depuis longtemps, se promener avec les êtres et avec les objets ensevelis dans leur tombe [2]. Des indigènes de Bornéo vont jusqu'à dire que, s'ils abandonnent au gré des vagues

---

[1] De Puydt et Lohest, *L'homme contemporain du mammouth à Spy*. Namur, 1887.

[2] Cieza de Leon, cité par M. Edw. B. Tylor, *Civilisation primitive*. Paris, 1878, t. I, p. 567.

des objets ayant appartenu au défunt, celui-ci ne tardera pas à venir les reprendre. Chez certains peuples, tels que les Comanches, les Patagons, les Bagos de l'Afrique, l'habitude d'offrir au mort tout ce qui lui a appartenu est poussée si loin, qu'au dire de divers explorateurs, elle empêche le maintien de la famille et l'accumulation du moindre capital dans la peuplade ([1]).

On a également constaté, dans les cavernes de l'âge du mammouth, la trace de repas funéraires. Il faut observer que, chez tous les peuples non civilisés, ces repas ont lieu, non pas seulement en l'honneur, mais encore au bénéfice des défunts, de même que les repas en l'honneur des dieux sont censés profiter à ces derniers. Les indigènes de la rivière Rouge expliquent formellement que l'esprit du défunt se nourrit de l'esprit renfermé dans l'offrande, pendant que les assistants se partagent la nourriture du banquet funéraire ([2]). L'existence de cette coutume chez l'homme préhistorique a donc pour corollaire qu'il avait déjà fait la distinction de l'objet matériel et de l'esprit enfermé dans l'objet comme dans un corps; bien plus, qu'il croyait à la possibilité, pour cet esprit, de quitter son enveloppe et de lui survivre. Une preuve plus incontestable encore de cette croyance s'observera un

([1]) GROSSMANN, *Mortuary customs of the North American Indians* dans le *Report of the Bureau of Ethnology to the Smithsonian Institute*, t. I. Washington, 1881, p. 99. — DE LUCY-FOSSARIEU, *Ethnographie de l'Amérique antarctique.* Paris, 1884, p. 51. — RENÉ CAILLIÉ, *Voyage à Tombouctou*, Paris, 1830, p. 245-246.

([2]) Dr S.-G. WRIGHT, cité par M. H.-C. YARROW, *Report of the Bureau of Ethnology*, t. I, Washington, 1881, p. 191.

peu plus tard, lorsqu'on se mettra à briser ou à brûler les objets déposés dans les tombes, parce qu'on croit à la nécessité de détruire, c'est-à-dire de tuer l'objet, afin d'en mettre l'âme à même de suivre l'âme du défunt.

L'âge du renne.

Dans quelques grottes, dont les plus anciennes remontent à l'âge du renne, par exemple dans les cavernes de Menton, les os des cadavres étaient teints en rouge avec de l'oligiste ou du cinabre. Aujourd'hui encore, quelques tribus de l'Amérique septentrionale, qui exposent les cadavres sur la cime des arbres, recueillent ensuite les ossements décharnés et les peignent en rouge avant de les enterrer définitivement. On signale une coutume analogue chez les Mincopis des îles Andaman et les Niams-Niams de l'Afrique centrale ([1]). Il a été donné comme raison de cet usage que le rouge est la couleur des esprits. Ainsi, en Polynésie, il suffisait de peindre un objet en rouge pour qu'il devînt *tabou*, c'est-à-dire la propriété des puissances surhumaines, donc inviolable et inaccessible. Mais nous pouvons nous demander si, dans les usages funéraires, l'apposition de la couleur rouge n'avait pas pour but de simuler plutôt une infusion de sang, c'est-à-dire une restitution de la vie, conformément à l'idée, si fréquente chez les non-civilisés, que le sang et la vie sont équivalents. Peindre les

---

([1]) CARTAILHAC, *La France préhistorique*. Paris, 1889, p. 292. — DE NADAILLAC, *Les découvertes préhistoriques et les croyances chrétiennes*. Paris, 1889, p. 13. — LETOURNEAU, *Sociologie*, Paris, 1880, p. 211 et 220.

ossements du défunt en rouge, ce serait donc lui
assurer ou lui faciliter le renouvellement de l'existence (¹).

Une autre coutume, relevée dans les cavernes de la
France centrale, dès l'âge du renne, et de plus en plus
générale à l'époque de la pierre polie, consistait à
enterrer le corps replié sur lui-même, de façon que
les genoux touchent le menton. On a soutenu qu'elle
avait pour but de donner au cadavre l'attitude que le
vivant prenait pour dormir au coin du feu, le soir,
après une journée de chasse ou de guerre (²). Mais ce
n'est là nulle part la véritable attitude du sommeil. Je
me rallierais plus volontiers à l'idée qu'on voulait
ainsi donner au mort la position de l'enfant dans le
sein de sa mère. Nombre de populations croient que
la vie est une renaissance, — depuis les Algonquins
qui, par une touchante attention, enterrent les petits
enfants sur les sentiers les plus fréquentés par les
femmes de la tribu, jusqu'aux peuples des deux continents qui expliquent de la sorte les cas de ressemblance familiale ou d'atavisme. D'ailleurs, cette
coutume, retrouvée par le docteur Schliemann dans
les tombes de Mycènes, existe encore aujourd'hui aux
îles Andaman, dans la Nouvelle-Zélande, en Mélané-

(¹) Ainsi, chez les anciens Péruviens, on barbouillait en rouge avec
du sang, pendant les sacrifices, les portes et les idoles des temples.
(Acosta, cité par M. Albert Réville, *Religions du Mexique et du Pérou.*
Paris, 1885, p. 549.) — De même, les Bédouins du Sinaï, pendant une
fête populaire célébrée annuellement en mémoire de leur prophète
Salih, frottent avec du sang de chameau les montants de la porte du
tombeau. (J. Goldziher, « Le culte des saints chez les musulmans »,
dans la *Revue de l'histoire des religions*, t. II, 1880, p. 511.)

(²) Letourneau, *Sociologie.* Paris, 1880, p. 207.

sie, dans l'Amérique méridionale, chez les Bongos de l'Afrique et parmi les Hottentots. Presque tous les voyageurs l'expliquent par la raison que je viens d'en donner (¹). La croyance que la terre est la mère commune des hommes, la matrice qui les a originairement portés, se trouve dans toutes les mythologies un peu développées. Les Aryas des temps védiques, dans les cas où ils enterraient leurs morts sans les incinérer, priaient la terre de les accueillir comme une mère son fils (²).

Les hommes de cet âge reculé pratiquaient-ils seulement le culte des morts? Je ferai observer que ce dernier était à peu près le seul susceptible de laisser des traces matérielles. On peut aisément retrouver les objets déposés dans une tombe ; mais allez donc rechercher les vestiges des sacrifices offerts aux corps célestes ou des danses symboliques exécutées en leur honneur! Nous ne devons pas plus compter sur l'écriture que sur le phonographe pour nous transmettre le texte des prières ou des conjurations qui ont projeté vers le ciel les premières manifestations de la religiosité humaine. Toutefois, nous possédons un certain nombre de gravures qui remontent à l'âge du renne, et il est difficile de ne pas admettre que cet art primitif

---

(¹) Pour les Araucans, d'ORBIGNY, *L'homme américain.* Paris, 1839, t. I, p. 92 ; pour les Hottentots, PESCHEL, *Völkerkunde.* Leipzig, 1874 ; pour les Andamanais, E.-H. MAN, dans le *Journal of the Anthropological Institute,* 1882, p. 144. — Décrivant les momies des anciens Péruviens, M. Hutchison dit que « le corps était placé dans la même position que le fœtus pendant la vie utérine ». *Prehistoric Peru* dans le *Journal of the Anthropological Institute,* t. IV, 1875, p. 447.

(²) *Rig Véda*, X, 18, ii.

ait eu une portée religieuse. Ce sont le plus souvent
des représentations d'animaux, mammouths, rennes,
chevaux, serpents, poissons, dessinés sur des fragments d'os ou d'ivoire avec une fidélité d'expression
et même un sentiment de la vie qu'on pourrait souhaiter à plus d'un artiste moderne. Chez les nègres,
toutes les représentations analogues sont des fétiches,
ou, du moins, ont un but conjuratoire, et j'avoue ne
pas croire beaucoup aux préoccupations purement
esthétiques des sauvages. Tout, chez eux, a un but
pratique, même l'art et la religion. C'est, du reste,
une idée fréquente chez les non-civilisés qu'à travers
le portrait on peut agir sur l'original. Enfin, comme
l'a écrit M. Andrew Lang avec beaucoup d'à-propos :
« Quand on adore un tigre ou un lézard, on est enclin
à penser que la prière ou le culte adressés à l'image
de l'animal plairont à l'animal lui-même et le ren-
dront propice (¹). »

La figure humaine a été plus rarement esquissée et
avec moins de bonheur. Cependant, on en connaît
plusieurs exemples. M. Édouard Dupont a trouvé,
dans le trou Magrite, non loin de Dinant, l'ébauche
d'une figurine en bois de renne qui, reproduisant la
silhouette de l'homme, peut très bien avoir servi
d'idole. Le même explorateur a recueilli dans une
caverne de la Lesse, sur une plaque de grès, près d'un
foyer qui remonte à l'âge du renne, un tibia de mammouth auquel on ne peut refuser le caractère d'un
fétiche, car, à cette époque, le mammouth était déjà

(¹) ANDREW LANG, *Custom and myth*. Londres, 1884, p. 294.

une espèce éteinte dans cette région. M. Dupont fait observer, à ce propos, que partout les ossements des grandes espèces éteintes jouent un rôle important dans les croyances populaires (¹). Les Dacotahs et d'autres Peaux-Rouges recueillent soigneusement les os du mastodonte et les placent dans leurs huttes pour bénéficier de la vertu magique qu'ils leur prêtent (²). — Il convient de mentionner également les coquilles perforées, les fossiles, les cristaux, les cailloux de quartz et les cornes de renne déposés à l'intérieur des tombes, parfois même dans la main du mort, objets sans utilité pratique, qui ont pu servir d'ornements, mais qui, dans certains cas, doivent avoir été employés comme talismans ou comme amulettes.

Tous ces vestiges dénotent sans doute des conceptions bien enfantines et bien grossières; néanmoins, ils impliquent aussi que l'homme entrevoyait déjà, au delà de son horizon borné, quelque chose de mystérieux et de puissant; qu'il cherchait à nouer avec les êtres surhumains, dont il se croyait entouré, des relations basées sur un échange de services; enfin, qu'il s'était déjà ouvert à l'esprit de sacrifice, c'est-à-dire à l'abandon d'un avantage tangible et immédiat en vue d'un bien plus considérable, mais plus éloigné et plus incertain.

(¹) E. Dupont, *L'homme pendant les âges de la pierre aux environs de Dinant sur Meuse.* Bruxelles, 1871, p. 92 et 206.

(²) Edw. B. Tylor, *Researches into the early history of Mankind,* Londres, 1878, p. 522.

Age néolithique. Les mégalithes.

Si nous passons à l'âge de la pierre polie, nous voyons ces manifestations religieuses se développer et se généraliser. Il s'y ajoute même des éléments nouveaux, par exemple le culte des mégalithes, la trépanation des crânes, la vénération spéciale de la hache, etc.

Je ne m'étendrai pas sur l'emploi encore si controversé des pierres levées et alignées qui se rencontrent un peu partout dans les deux mondes. On a prétendu que c'étaient de simples monuments commémoratifs, comme les douze pierres, tirées du Jourdain, que Josué fit ériger au premier campement des Israélites après le passage du fleuve, pour servir, explique la Bible, « de mémorial éternel » ([1]). Je ne veux pas contester que certains de ces monuments aient pu jouer le rôle d'aide-mémoire ou même de bornes internationales. Mais, quand je vois à quel point le culte des pierres, particulièrement des pierres levées, est encore général dans l'humanité non civilisée, je suis bien plus porté à conclure que les mégalithes sont, en général, le legs et le témoignage d'une vraie litholâtrie, soit que ces pierres aient été vénérées en elles-mêmes et pour elles-mêmes, comme nous le voyons chez les aborigènes de l'Inde, de la Malaisie, de la Polynésie, de l'Afrique septentrionale, des deux Amé-

([1]) Josué, IV, 5-8. — Il paraît que, actuellement ou récemment encore, chez les Kabyles, les représentants des clans confédérés, quand ils avaient pris une décision importante, dressaient chacun une haute pierre; si une des tribus violait l'engagement, sa pierre était renversée. (Cartailhac, *France préhistorique*, p. 314, 315.)

riques ([1]), soit qu'on les ait tenues pour la demeure ou le simulacre de quelque puissance surhumaine, comme les bétyles de toute la race sémitique, et même les blocs informes figurant, chez les Grecs, suivant le témoignage de Pausanias, les plus anciennes images des divinités. Nous verrons plus loin que la vénération de la pierre levée a été partout le premier pas vers l'idolâtrie.

L'homme de la pierre polie, de même que son prédécesseur de l'âge paléolithique, déposait ses morts dans des grottes; quand les cavernes naturelles lui faisaient défaut, il en construisait d'artificielles, soit qu'il creusât une excavation dans le roc, soit qu'il disposât quatre pierres en une sorte de rectangle recouvert d'une large dalle et enfoui sous un amoncellement de terre. Telle est l'origine des dolmens, dont on ne conteste plus le but funéraire. Toute la question est de savoir si c'étaient des sépultures du premier ou du second degré; en d'autres termes, si on y déposait directement les morts, ou si, avant de les y introduire, on laissait la décomposition faire son œuvre. Dans cette dernière hypothèse, qui est la plus probable, les dolmens n'auraient été que des ossuaires, analogues à ceux qu'on rencontre encore dans certains cimetières du continent européen; mais cette préoccupation même d'assurer une demeure en quelque sorte perpétuelle aux éléments incorruptibles du corps n'est qu'une nouvelle preuve de l'importance qu'on attachait aux rites funéraires.

([1]) *Mythologie du monde minéral,* leçon professée à l'école d'anthropologie par André Lefèvre. Paris, 1889.

Un détail fréquent, qui n'a pas laissé d'intriguer les archéologues, surtout à l'époque où l'on croyait encore que les dolmens étaient l'œuvre d'un peuple particulier, c'est la présence, dans une des parois, — généralement celle qui ferme l'entrée, — d'un trou qui ne dépasse guère le volume d'une tête humaine. Au Caucase et au Malabar, cette disposition leur a même valu plus tard, dans le langage populaire, le surnom de « Maison des Nains ».

Trop étroit pour avoir servi de passage aux vivants, cet orifice n'a pu davantage être utilisé pour introduire les ossements ou même les offrandes, qu'autrement on retrouverait empilés contre la paroi intérieure. L'explication la plus raisonnable, c'est qu'on le destinait à permettre le passage de l'âme. Pour nombre de peuples sauvages, l'âme continue à habiter près du corps, tout en faisant, de temps à autre, une excursion dans le monde de vivants. Or, ainsi que nous le verrons plus loin, l'âme, chez ces populations, est généralement regardée comme une imitation réduite et en même temps semi-matérielle du corps. Il lui faut donc une ouverture pour qu'elle puisse traverser une cloison. A la mort d'un parent, les Hottentots, les Samoyèdes, les Siamois, les Fidjens, les Peaux-Rouges, font une ouverture dans la hutte pour fournir une issue à l'âme du défunt, quitte à reboucher aussitôt le trou, pour qu'elle ne puisse plus rentrer [1]. Les Iroquois ménageaient une petite ouverture dans

---

[1] FRAZER, *On certain burial customs* dans le *Journal of the Anthropological Institute*. Londres, t. XV, p. 70. — HERBERT SPENCER, *Principles of sociology*, t. I, § 94.

chaque tombe et ils expliquaient formellement que c'était pour permettre à l'âme de sortir ou d'entrer à sa guise ([1]). A Koulfa, dans l'Afrique du Nord, la même idée s'était combinée avec le désir de ménager un passage pour les offrandes. Après avoir laissé un trou dans le haut du tombeau où l'on déposait le cadavre replié sur lui-même, on mettait, près de cette ouverture, des pagnes et d'autres objets, afin que le défunt lui-même pût venir les chercher et, au besoin, les transmettre à des morts plus anciens ([2]).

La trépanation des crânes.

C'est également par le désir de frayer un chemin à un esprit que s'expliquent le mieux ces curieux faits de trépanation crânienne, observés pour la première fois, en 1872, par le docteur Prunières, dans des cavernes néolithiques de la France centrale et constatés depuis lors dans les sépultures du même âge, en Danemark, en Bohème, en Italie, en Portugal, dans le nord de l'Afrique ainsi que dans les deux Amériques ([3]). Quelques-uns de ces crânes avaient été trépanés après la mort. D'autres l'avaient été durant la vie, comme on pouvait le reconnaître au travail de réparation naturelle qui s'en était suivi. Quant aux rondelles d'os détachées par cette opération, elles

([1]) A. Réville, *Religion des peuples non civilisés*. Paris, 1883, t. I, p. 252.

([2]) Clapperton, *Second voyage dans l'intérieur de l'Afrique*. Paris, 1829, t. I, p. 276.

([3]) Broca, *Mémoire sur la trépanation du crâne et les amulettes crâniennes à l'époque néolithique*. Paris, 1877.

étaient percées d'un trou et portées en collier, usage
qui s'est perpétué jusqu'à l'époque gauloise.

Aujourd'hui encore, il paraîtrait que la trépanation
est pratiquée chez les Kabyles, — dans un but d'ini-
tiation religieuse, affirme M. de Nadaillac, — dans
un but thérapeutique, rapporte M. Broca. Dans le premier cas, elle pourrait avoir pour objet de permettre
à l'âme de se mettre librement en communication
avec les puissances surhumaines, ou encore d'offrir
aux dieux un succédané, un substitut, en lieu et place
de la personne entière, comme nous en trouvons des
exemples chez tous les peuples qui pratiquent des
mutilations religieuses, depuis l'ablation d'une phalange jusqu'au sacrifice des cheveux ou des ongles.
Dans le second cas, elle aurait évidemment en vue
de permettre l'expulsion d'un esprit qui s'est introduit
dans le corps et qui y cause des désordres, conformément à la théorie des non-civilisés que toute maladie
est un fait de possession diabolique ou divine. C'est
ainsi que les sauvages des deux mondes appliquent à
leurs malades les procédés de massage et de succion ;
qu'ils leur administrent des boissons purgatives et
vomitives ; qu'ils leur font même des saignées et des
brûlures, dont l'efficacité souvent réelle, quoique toujours empirique, est invariablement attribuée à la
sortie de l'esprit perturbateur.

La trépanation des morts est peut-être plus difficile
à interpréter, précisément parce que nous n'en trouvons l'équivalent chez aucun peuple connu. M. Cartailhac, s'appuyant sur une sorte d'embaumement que
pratiquent encore les Dayaks, croit qu'elle avait pour

objet de permettre l'extraction de la cervelle ([1]). Mais
on peut penser que ce procédé eût laissé d'autres
traces; il n'expliquerait pas, en tout cas, la valeur
d'amulette qu'on attachait aux rondelles ainsi détachées du crâne. Peut-être l'opération avait-elle précisément pour objet de procurer ces précieux talismans;
ou encore s'agissait-il de fournir à l'âme une issue
spéciale par où elle pût sortir du corps. Il est à
remarquer que la trépanation ne s'appliquait pas,
dans la même sépulture, à tous les défunts indistinc-
tement; que, sur quelques crânes, elle a dû être pratiquée à la fois pendant la vie et après la mort; enfin,
que parfois les trous ainsi formés ont été rebouchés
au moyen de rondelles évidemment empruntées à
d'autres têtes. Tous ces faits rentrent assez bien dans
l'hypothèse que la trépanation était réservée — ainsi
que, ailleurs, certains rites funéraires et certains modes
privilégiés de sépulture — aux individus regardés, à
raison de leur rang, de leur savoir ou de leur tempérament, comme en possession d'une nature supérieure
ou comme en communication directe avec le monde
surhumain.

Le culte de la hache.

Nous avons la preuve incontestable qu'à l'époque
des cités lacustres et des cryptes artificielles, l'homme
pratiquait l'idolâtrie. Dans les cavernes de la Marne,
de l'Oise, de l'Eure et du Gard, en France, on a trouvé,

([1]) *France préhistorique*, p. 286.

toujours sur la paroi gauche de l'anti-grotte (ce qui
implique bien une disposition intentionnelle), l'ébauche d'une figure féminine où l'on peut distinguer les
yeux, le nez, la bouche, les seins et même le dessin
d'un collier ([1]). Cette grossière sculpture, qui est partout la même, est généralement associée à l'image
d'une hache en silex, sorte de maillet à deux têtes,
parfois figuré avec son manche. Il n'est pas surprenant que l'homme de la pierre ait vénéré l'instrument
caractéristique de sa civilisation, l'arme qui assurait
sa domination sur la nature et qui représentait le fondement de sa puissance. Aujourd'hui encore, ne voit-
on pas les Peaux-Rouges, les Polynésiens et même les
Hindous offrir des hommages à leurs armes et à leurs
outils? Le culte des silex taillés, et, à plus forte raison,
de la hache en pierre, a été à peu près universel dans
l'humanité, qui, partout, même après l'avènement des
métaux, a continué à mettre ces premiers produits de
l'industrie en rapport avec la foudre et en a fait des
pierres tombées du ciel. Cependant, dans les sculptures qui nous occupent, on peut se demander s'il ne
faut pas rattacher la hache au culte de quelque divinité féminine à qui elle aurait servi d'arme ou de
simulacre, comme, dans les tombes de l'âge postérieur, elle devient le symbole de Thor et de Taranis,
les divinités du tonnerre chez les Germains et chez les
Gaulois ([2]). Ceci n'implique nullement que les hommes

([1]) B^{on} DE BAYE, *Mémoire sur les grottes de la Marne*. Paris, 1872.

([2]) Il est intéressant de constater que la hache se retrouve dans la
main du dieu de la foudre chez les Chaldéens, les Grecs (*Zeus Labran-
deus*) et les Hindous (*Çiva*).

de la pierre polie aient adoré la foudre sous les traits
d'une femme, et le plus sage serait peut-être de renoncer, dans l'état actuel de nos connaissances, à déchiffrer
davantage ce problème. Toutefois, en tant qu'il m'est
permis, sans sortir de mon cadre, de formuler ici une
hypothèse, je demanderai si l'on ne pourrait voir dans
cette idole fruste et naïve une personnification de la
nature ou plutôt de la terre. En effet, nous trouvons
celle-ci adorée, sous une physionomie féminine, par
tous les peuples parvenus à une capacité de généralisation suffisante pour concevoir l'idée d'une puissance
analogue. Je me risquerai même à supposer que son
association avec une hache pourrait bien avoir trait à
quelque mythe de l'union entre le ciel et la terre, où
les formes fécondantes de l'orage auraient été symbo-
lisées par la hache de pierre. La présence de pareilles
conceptions chez presque tous les peuples qui ont
atteint un certain niveau de développement mythologique est ma seule excuse pour hasarder cette explication, qui concorde, néanmoins, avec ce que nous
savons des idées religieuses chez les occupants de
notre sol, au moment où ils entrent en contact avec
des sociétés plus avancées (¹).

(¹) On trouve assez fréquemment, sur des autels gallo-romains, un
dieu tenant un long maillet, associé à une déesse qui porte une corne
d'abondance. Dans le premier, bien qu'il soit parfois latinisé en Dispater
ou en Sylvanus, les archéologues s'accordent à voir Taranis, le dieu de
la foudre, l'équivalent celtique du Thor germain ; dans la seconde, une
déesse de la terre ou de la nature. (« Le dieu gaulois au maillet », par
Ed. FLOUEST et H. GAIDOZ, dans la *Revue archéologique* de mars-
avril 1890.) — Le marteau, emblème de l'orage aux ondées vivifiantes,
était également, parmi les populations germaniques, le symbole de la
fécondité. En Scandinavie, quand la mariée pénétrait sous le toit

La plupart des rites que je viens de mentionner ont
également marqué de leur empreinte l'âge du bronze
ou du cuivre et on peut les suivre dans le premier
âge du fer, avec lequel, presque partout, nous prenons
pied dans l'histoire.

De la méthode en archéologie préhistorique.

On trouvera peut-être que l'ensemble de ces renseignements est assez maigre, et que la part de l'hypothèse y est encore bien forte. Mais les faits que nous
avons pu y constater suffisent, sinon pour reconstituer
toute la religion des hommes préhistoriques, du moins
pour établir que leur niveau religieux n'était guère
supérieur à celui des peuples actuellement échelonnés
entre les commencements de la civilisation et la
complète sauvagerie. On aura remarqué que pour
retrouver les croyances résultant de ces constatations
matérielles, j'ai eu recours aux vestiges analogues qui
se rencontrent chez les peuples non civilisés de notre
temps et qui y reçoivent une explication connue. C'est
ainsi que, pour retrouver l'usage de certains engins
préhistoriques, on s'est adressé aux populations chez
lesquelles a été constaté de nos jours l'emploi d'engins identiques. On n'a même pas hésité à généraliser les conclusions tirées de ces analogies, quand

conjugal, l'usage était de jeter un marteau de fer dans son tablier (*Revue
des traditions populaires*, t. IV, janvier 1889, p. 25), et un vieux poète
allemand du moyen âge, Frauenlob, cité par M. Karl Blind, fait
naïvement dire à la vierge Marie, pour expliquer la conception de
l'enfant Jésus, que « le forgeron de là-haut lui a jeté un marteau dans
le sein ». (*Antiquary*. Londres, 1884, t. IX, p. 200.)

il s'est agi de reconstituer l'industrie, les occupations, les mœurs des sauvages préhistoriques. Tout ce que je demande, c'est la permission d'en faire autant quand il s'agit des croyances et des institutions religieuses.

Le folklore et ses applications.

Une autre science aboutit aux mêmes résultats. C'est le folklore, ou plutôt l'étude des traditions que les civilisations antérieures ont, en disparaissant, laissées, comme autant de dépôts sédimentaires, dans les classes inférieures de notre société. Il faut reconnaître que ces classes, particulièrement dans les campagnes, ont beaucoup moins ressenti que le reste de la nation l'action modificatrice du progrès, et, par suite, qu'elles ont beaucoup mieux gardé les habitudes intellectuelles et sociales autrefois communes à toutes les couches de la population. De là des croyances et des coutumes qui semblent absolument inexplicables, si on les juge d'après les idées généralement acceptées de nos jours dans la science et même dans la religion. Pour comprendre la signification et l'origine de ces survivances, il est nécessaire de les replacer dans le milieu d'où elles sont respectivement sorties. Il y en a un certain nombre qui s'expliquent par les croyances et les rites des religions historiques immédiatement antérieures au christianisme. D'autres témoignent d'un état religieux plus rudimentaire, plus grossier; si elles existaient au sein des religions antiques, elles y formaient déjà de véritables survivances, comme l'a reconnu plus d'un auteur de l'époque. Cherchez-en

l'équivalent parmi les matériaux de l'ethnographie contemporaine : il y a neuf chances sur dix pour que non
seulement vous les retrouviez chez quelques groupes
de non-civilisés, sinon chez presque tous, mais encore
pour que, étudiées dans ce nouveau milieu, elles
prennent un sens rationnel, c'est-à-dire conforme à la
façon de penser en vigueur chez les sauvages. En effet,
comme l'a très bien dit Mannhardt, « les diverses
phases du développement intellectuel de l'humanité
ont encore des représentants vivants sur la terre, et
l'étude de ces derniers forme un précieux moyen d'interpréter les survivances des états antérieurs constatées chez les peuples civilisés, où elles remontent
quelquefois aux âges de la sauvagerie primitive » (¹).

Dans certains départements de la France, quand les
paysans vont habiter une maison nouvellement con-
struite, ils commencent par y égorger un poulet dont
ils répandent le sang dans les appartements. C'est,
explique-t-on dans le Poitou, parce qu'on doit faire
passer un mort dans la maison, si on veut qu'elle
devienne habitable pour les vivants (²). Ainsi présentée, la coutume n'a aucun sens ; mais il n'en est plus
de même si on la met en rapport avec la croyance, à
peu près générale chez les peuples non civilisés parvenus à l'âge de la bâtisse, que l'âme d'une victime
enterrée sous les fondations protège la solidité ou
défend les approches de l'édifice, et si on combine
cette croyance avec le principe, non moins répandu,
qu'en matière de sacrifice, comme nous le verrons

(¹) MANNHARDT, *Wald und Feld-Kulte*, Berlin, 1877, t. II, p. 25.
(²) « Les rites de la construction », dans *Mélusine* du 5 janvier 1888.

plus loin, on peut offrir l'inférieur pour le supérieur, l'animal pour l'homme. En Allemagne, c'est parfois un cercueil vide qu'on mure dans les fondations, alors que, chez les Bulgares, on se borne à faire le simulacre d'y jeter l'ombre d'un passant. Pour trouver l'explication de cette dernière variante, il suffit de se transporter chez les nombreuses populations qui regardent l'ombre de l'individu comme sa partie spirituelle, son âme, en un mot. Nos propres langues attestent que nos ancêtres admettaient également cette identité. La croyance que les morts n'ont plus d'ombre se rencontre chez les nègres de l'Afrique centrale, comme dans le poème du Dante; et les Bassoutos s'imaginent qu'un crocodile peut emporter un passant, s'il parvient à saisir son ombre sur le bord de l'eau [1].

Il y a deux ans, j'assistais, dans le temple crématoire de Milan, à l'incinération des restes d'un jeune instituteur. La crémation terminée, comme on allait sceller l'urne, la mère et les sœurs du défunt demandèrent à déposer leur photographie près des cendres encore tièdes. Certes, il y a quelque chose de touchant dans l'usage de placer sur la tombe ou à côté même des morts l'image des êtres qu'ils ont aimés durant la vie. Mais il n'en est pas moins étrange et significatif à la fois, de voir une famille, assez émancipée pour rompre avec la routine traditionnelle de l'enterrement et, en même temps, assez asservie aux traditions du plus

[1] ARBOUSSET et DAUMAS, *Voyage d'exploration au nord-est de la colonie du Cap.* Paris, 1842, p. 12. — Cf. *Journal of the Anthropological Institute,* t. X, p. 313, et XVI, p. 344.

lointain passé pour offrir au mort un hommage qui,
malgré l'intervention de l'art photographique, nous
reporte aux sacrifices funéraires des nègres et des Néo-
Zélandais. Aujourd'hui encore, dans toute l'Afrique
païenne, on entoure le mort, surtout si c'est un personnage distingué, de ses femmes et de ses serviteurs,
voire de ses animaux favoris; seulement, comme ici
les procédés de l'atténuation ne sont pas encore inter-
venus, c'est l'égorgement de ces malheureuses victimes
qui les envoie suivre leur époux et maître dans sa vie
d'outre-tombe. En Chine, déjà au temps de Marco-
Polo, on commençait à remplacer le sacrifice de victimes réelles par des figurines en parchemin qu'on
incinérait avec le corps ([1]). Les Chinois actuels, plus
pratiques encore, se bornent à écrire la liste de leurs
offrandes sur un papier qu'ils brûlent ensuite sur la
tombe.

Les classes populaires n'ont pas, du reste, le monopole des survivances. Tentez l'expérience, comme je
l'ai fait moi-même, de demander aux assistants, dans
des funérailles militaires, pourquoi l'on fait suivre au
cheval le cercueil de l'officier, et surtout pourquoi l'on
fait boiter la pauvre bête pendant le funèbre trajet.
Les uns vous répondront qu'ils n'en savent rien, et
que cela a dû toujours se passer ainsi; les autres
vous expliqueront que c'est un hommage au défunt,
peut-être une façon de forcer le cheval à prendre une
part dans le deuil. A peine quelques-uns, qui ont lu
des ouvrages d'ethnographie, se rappelleront-ils que

([1]) *Récits de Marco-Polo*. Paris, 1879, p. 165.

le sacrifice funéraire du cheval est à peu près universel chez les peuples non civilisés qui se livrent à l'équi-
tation. Nous savons même, par le témoignage des
historiens, qu'il se pratiquait encore, sur une large
échelle, chez les Celtes, les Germains, les Slaves et les
Mongols. Parmi les Ossètes du Caucase, il apparaît
dans un état de transition analogue à celui que nous
observons chez nous. On s'y contente de faire exécuter au cheval, ainsi qu'à la veuve, trois fois le tour de
la tombe; seulement, la femme ne peut plus se rema-
rier, ni le cheval servir de monture dans la tribu. En
Europe, on se borne à simuler la claudication du
cheval, et même, aux récentes funérailles du prince
Baudouin, à Bruxelles, j'ai remarqué qu'on avait
supprimé ce détail d'une cruauté inutile. Ainsi s'en
vont les vieilles coutumes. Cependant, çà et là, le
sentiment originaire, toujours vivace dans le cœur
du peuple, remonte, pour ainsi dire, à la surface, en
jetant sur le passé une clarté inattendue, comme la
flamme qui se fait jour à travers les cendres d'un foyer
mourant. M. Andrew Lang rapporte le fait qu'il y a
quelques années, une paysanne du Kerry tua son cheval à la mort de son mari, et comme on lui reprochait
cette folie : « Voudriez-vous, répliqua-t-elle, que mon
homme allât à pied dans l'autre monde? » [1].

Des survivances dans les liturgies.

Les religions, du moins celles qui se sont organisées
en orthodoxies, déclarent généralement la guerre aux

[1] ANDREW LANG, *Custom and Myth*. Londres, 1884, p. 11.

superstitions des âges antérieurs. Cependant, elles
sont elles-mêmes forcées de faire la part des survivances qu'elles ne peuvent déraciner. Ainsi s'explique,
au sein de religions relativement élevées, la présence
de traditions et de pratiques en contradiction avec le
niveau intellectuel et moral de leurs fidèles. On sait
avec quelle ardeur et quel succès M. Andrew Lang
a expliqué de cette façon ce qu'il y a de choquant et
de grotesque dans les fables de la mythologie grecque.
Il a surtout fait ressortir comment ces mythes se sont
formés à l'époque où les ancêtres de nos Grecs classiques avaient des mœurs et des idées de sauvages.
La même observation peut s'appliquer à plus d'un rite
dans tous les cultes présents et passés.

On a souvent répété que le dogme, pour autant
qu'il représente une fixation des croyances domi-
nantes à un moment donné, en venait bien vite à
figurer la religion ou plutôt la théologie de la veille.
Dans le même ordre d'idées, on pourrait dire que le
culte représente le plus souvent la théologie de l'avant-
veille, car, nulle part, l'esprit de conservation ne se
montre aussi tenace que dans les rites. Ici, à l'empire
qu'exerce la coutume vient se joindre la crainte de
déplaire à la divinité, en altérant les pratiques qu'elle
est censée avoir inspirées elle-même ou dont l'efficacité a été constatée par des expériences longuement
répétées. Aussi n'y a-t-il pas de religion qui ne possède, dans sa liturgie, des cérémonies et des symboles
empruntés à toute la série des religions antérieures.

Le regretté Edwin Hatch, dans ses *Hibbert Lectures*
de 1888, — un des traités les plus lucides, les plus

consciencieux et les plus complets qui aient été publiés
sur la part de la Grèce dans le développement des
dogmes et des rites chrétiens, — a montré comment les mystères du paganisme s'étaient introduits,
avec une acception nouvelle, au sein du christianisme
naissant. Or, parmi ces rites, il y en avait certainement que l'antiquité classique avait elle-même empruntés à des cultes plus anciens; si bien que nous
voyons encore aujourd'hui se célébrer, dans certaines
églises chrétiennes, des cérémonies qu'on peut dire
avoir traversé au moins trois religions et dont l'équivalent, peut-être l'explication, se retrouvent parfois
chez les peuples barbares. Il me suffira de citer,
comme un des exemples les plus caractéristiques de
ces survivances, la rénovation du feu dans l'office du
samedi saint, où le prêtre, après avoir éteint toutes
les lumières, rallume le cierge pascal à l'aide d'une
étincelle obtenue par le vieux procédé du briquet.
Cette cérémonie ne nous reporte-t-elle pas directement
à des rites solaires ou ignés, déjà plus ou moins teintés
de métaphysique dans presque tous les polythéismes
antiques, mais dont l'origine purement naturiste se
révèle dans les coutumes de certains peuples sauvages,
comme, au reste, dans les traditions de notre folklore?
Autrefois, la rénovation du feu se passait, dans les
églises, à l'aube du jour de la Résurrection, et le feu,
que le clergé avait tiré du briquet, servait également à
rallumer les foyers que les particuliers avaient préalablement éteints dans leurs maisons. Sauf que le choc
du briquet était remplacé, en général, par le frottement
de deux bois, procédé plus primitif encore, c'est bien

la même cérémonie qui s'accomplissait annuellement
à Lemnos, dans le temple de Vulcain ; à Rome, dans
celui de Vesta ; à Cuzco, dans celui du Soleil ; à Mexico,
en l'honneur de Xiutecutli, « le Seigneur de l'année ».
C'est bien celle qui se pratique toujours, pour allumer
le feu du sacrifice, chez les brahmanes ([1]) ; dans les
principales cérémonies religieuses, chez les Chippeways ([2]) ; pour célébrer le renouvellement de l'année,
sur la côte du Zanzibar ([3]) ; pour faire tomber la pluie,
chez les Cafres ([4]) ; dans toutes les circonstances solennelles, chez les Australiens ([5]) ; pour mettre fin à des
épidémies, ou simplement pour célébrer le solstice
d'été, dans certains districts écartés de nos propres
pays. Sur les bords de la Moselle et dans d'autres localités de l'Europe occidentale, il était d'usage, à la Saint-
Jean d'été, d'enflammer par la friction du bois une roue
qu'on faisait ensuite rouler à travers les champs ou
les vignobles, afin d'assurer le succès de la récolte.
Au même jour de l'année, dans certaines provinces
des pays slaves et germaniques, on avait coutume,
après avoir éteint tous les feux, de fixer une roue
autour d'un pieu, puis de la faire tourner jusqu'à ce
que le bois s'enflammât. Chaque assistant prenait

([1]) J.-C. NESFIELD, *Primitive philosophy of fire* dans la *Calcutta Review* d'avril 1884, p. 335.

([2]) A. RÉVILLE, *Religions des peuples non civilisés*. Paris, 1883, t. I, p. 222.

([3]) J. BECKER, *La vie en Afrique*. Bruxelles, 1887, t. I, p. 56.

([4]) Capt. CONDER, *On Bechuanas*, dans le *Journal of the Anthropological Institute*, 1886-1887, p. 84.

([5]) E. TREGEAR, *The Maoris*, dans le *Journal of the Anthropological Institute* de novembre 1889, p. 107.

alors une parcelle de ce feu pour rallumer son propre foyer ([1]).

J'ai choisi ce rite parce qu'il montre bien le développement parallèle d'un même usage dans la triple voie de la religion organisée, de la tradition populaire et des cultes sauvages; ensuite, parce que nous pouvons le ramener à sa portée originaire sans nous exposer à blesser personne, du moins parmi ceux qui jugent les cérémonies religieuses à l'intention qu'on y met. Mais le même procédé pourrait s'appliquer à bien d'autres rites qui s'accomplissent tous les jours sous nos yeux. Or, si de pareils emprunts ne sont pas absents du culte chrétien, on peut aisément se figurer combien ils doivent abonder dans les rituels de religions qui n'ont aucun motif de transfigurer leurs origines naturistes, et on en arrive bien vite à conclure, avec M. James Darmesteter, que « dans les religions historiques, les religions civilisées, on n'a pas longtemps à fouiller pour retrouver, souvent avec une identité frappante, la plupart des éléments essentiels des religions non historiques » ([2]).

Du recours à l'ethnographie comparée.

Ici, l'on m'arrêtera peut-être pour me demander de quel droit j'attribue ainsi aux populations sauvages d'avoir conservé intact l'héritage de la religion primi-

---

([1]) H. GAIDOZ, *Le dieu gaulois du soleil et le symbolisme de la roue*. Paris, 1886, p. 17-21.

([2]) JAMES DARMESTETER, *Revue critique d'histoire et de littérature*, Paris, 1884, 1er semestre, p. 42.

tive. Le sauvage, qu'on nomme à tort un primitif,
n'est-il pas, me dira-t-on, aussi vieux que le civilisé?
Ne compte-t-il pas, derrière lui, une lignée ancestrale de
durée équivalente? N'a-t-il pas traversé, au cours des
siècles, une suite de fluctuations sans nombre, des
séries alternantes de progrès et de décadence, qui ont
dû considérablement modifier ses conceptions originaires? Bien plus, les superstitions et les rites des sauvages diffèrent, dans une certaine mesure, de peuple
à peuple; dès lors, à quel groupe particulier nous
adresserons-nous de préférence pour retrouver les
croyances primitives? Chez certains peuples, c'est le
shamanisme qui domine, c'est-à-dire la foi au pouvoir
des sorciers; chez d'autres, le totémisme, le culte des
animaux, ou encore le fétichisme, la croyance à
l'influence surnaturelle de certains objets. Il y a telle
population qui attribuera à l'homme une seule âme,
d'autres qui lui en donneront deux, trois et même
quatre. Tantôt c'est le soleil qui occupera la principale place dans le culte, tantôt ce sera la lune,
le ciel, un ancêtre anythique ou le premier esprit
venu.

Mais je ne soutiens nullement que les sauvages
reproduisent, trait pour trait, les croyances de nos
ancêtres préhistoriques. Sans doute, il est vraisemblable de supposer, entre des hommes aussi éloignés
par le temps, des divergences analogues à celles qui
séparent, sur le terrain religieux, les principales frac-
tions actuelles des sauvages eux-mêmes. Toutefois,
ces dernières divergences sont largement contrebalan-
cées par des similitudes bien autrement nombreuses

et importantes, dont la constatation remplit les récits des voyageurs et les traités d'ethnographie. De plus, un examen quelque peu attentif ne tarde pas à établir que, si le détail des croyances et même des rites peut différer d'un peuple à l'autre, il y a identité dans l'état mental et religieux dont ces idées ou ces coutumes sont la manifestation. Qu'importe, par exemple, si le feu allumé sur la tombe a pour but de réchauffer le mort dans l'autre monde, comme chez les Peaux-Rouges, ou d'empêcher son retour sur terre, comme chez les Cafres, quand ces deux idées attestent également qu'on tient l'âme pour une substance semi-matérielle, susceptible de ressentir le chaud et le froid? Qu'importe encore la dissemblance des procédés mis en œuvre par les sorciers des deux continents pour guérir les malades ou faire tomber la pluie, si tous impliquent qu'on attribue la maladie à la présence d'un esprit dans le corps et qu'on reconnaît à certains individus le pouvoir de commander aux génies des éléments? Qu'importe la nature diverse des êtres surhumains qu'on place au premier rang, ou même l'infinie variété des histoires qu'on colporte sur leur compte, s'ils nous sont partout représentés comme des chefs ou des sorciers à facultés plus ou moins agrandies, mais soumises à toutes les limitations et à toutes les faiblesses de la nature humaine en son moindre degré de culture?

En réalité, ce qui nous intéresse, c'est l'analogie de raisonnements et de mobiles. Or, sous ce rapport, je dis que les sauvages de toutes les époques rappellent l'homme primitif, non comme un portrait qui aurait défié les outrages du temps, mais en ce qu'ils se trouvent ou se retrouvent au même niveau de civilisation, et qu'à ce niveau inférieur les mêmes conditions engendrent les mêmes idées, voire les mêmes applications de ces idées. C'est seulement à un degré supérieur de son développement que l'homme peut commencer à s'affranchir d'une étroite dépendance envers la nature extérieure. La liberté n'est pas au point de départ; elle est au point culminant de l'évolution humaine. Ainsi s'expliquent à la fois la diversité des religions historiques et l'uniformité des croyances sauvages. Celles-ci représentent le fonds commun et, en quelque sorte, inorganique, d'où tous les grands systèmes religieux sont respectivement sortis en se différenciant et en s'organisant.

Ainsi, l'histoire, l'archéologie préhistorique, le folklore, l'ethnographie comparée, se joignent à la linguistique et à la psychologie, pour nous dire que, si nous voulons reconstituer les premières formes et les premiers développements de la religion, force est de nous adresser aux peuples non civilisés, en rapprochant leurs croyances des éléments similaires qui se constatent dans les cultes historiques et dans les survivances populaires. Là où ces trois espèces de sources nous fournissent des renseignements identiques, — et surtout s'ils proviennent des régions et des races les plus diverses, — nous pouvons présumer avoir devant nous, non des faits accidentels, passagers, particuliers à tel ou tel peuple, à tel ou tel climat, mais des faits généraux, *humains,* propres à toutes les populations placées dans les mêmes conditions de développement social, et, par suite, communs aussi à nos ancêtres dans une certaine période de leur évolution ([1]).

La continuité et le progrès dans l'évolution religieuse.

Cependant, pour que la démonstration soit complète, il faut encore examiner si les idées et les institutions religieuses, même les plus élevées de notre âge, peuvent se rattacher, sans solution de continuité, sans hypothèse d'une intervention extérieure, au développement naturel des croyances qui s'observent parmi les populations restées au niveau inférieur de la culture humaine. C'est cet examen que je compte poursuivre ici, du moins pour ce qui concerne l'idée de la divinité, de sa nature et de sa fonction dans l'univers.

Je ne me dissimule point que la tâche reste ardue et délicate, malgré le terrain gagné par ceux qui l'ont entreprise avant moi. Il s'agit de vaincre les répugnances non seulement des esprits orthodoxes qui placent dans une révélation surnaturelle l'origine des idées religieuses, mais encore de certains déistes, qui, tout en regardant les différentes religions comme le produit spontané d'un sentiment inhérent à la nature

---

([1]) C'est ce que M. Herbert Spencer a admirablement exprimé en écrivant dans sa *Sociologie* : « Ce qu'il y a de commun aux intelligences humaines dans toutes les phases de la civilisation doit tenir à une couche plus profonde que ce qui leur est spécial à un niveau supérieur, et, si ces dernières manifestations peuvent se rattacher à une modification et à une expansion des autres, il est à présumer que c'est bien là leur origine. » HERBERT SPENCER, *Sociologie*, t. I, § 146.

humaine, hésitent néanmoins à admettre l'humilité de leurs origines ou de leurs antécédents. Et pourtant, ces esprits indépendants, qui insistent d'ordinaire sur le caractère perfectible et progressif de la religion, qui s'en font même une idée trop haute pour se résoudre à l'enfermer dans les bornes d'une révélation particulière, devraient bien comprendre ce que leurs vues peuvent trouver de concluant et de rassurant à la fois dans la thèse que j'expose ici. Si, jusqu'à présent, la religion a toujours été en s'élevant et en s'épurant, — ce qui implique des commencements fort modestes, — il y a d'autant plus de chances qu'elle en fera de même dans l'avenir. L'important, ce n'est pas ce que nos ancêtres ont cru de la divinité, c'est ce que nous en pensons nous-mêmes. Or, l'idée de Dieu sera-t-elle moins grande, lorsque nous aurons fait rentrer son développement dans le plan divin de la création?

Quoi qu'on fasse, on n'évitera plus la nécessité de soumettre le sentiment religieux à la loi générale de l'évolution, qui affirme à la fois le principe de la continuité et le principe du progrès : avec la cosmographie, dans le monde sidéral ; avec la géologie, sur la sphère terrestre; avec la paléontologie, parmi les êtres vivants ; avec l'archéologie et l'histoire, dans le genre humain. La seule thèse qui en souffrira, ce sera le vieil argument métaphysique qui fait reposer la réalité de Dieu sur l'impossibilité où nous aurions été de le concevoir, s'il n'avait, en quelque sorte, proclamé son existence à l'oreille du premier homme. Mais c'est là simplement une forme plus raffinée de l'argumentation qui prétend fonder sur le miracle, c'est-à-dire sur le renversement des lois naturelles, la croyance à un auteur de la nature.

Combien l'hypothèse du développement graduel est plus satisfaisante pour la raison et pour la conscience, quand elle explique, avec Lessing, que la suite des religions représente l'éducation religieuse du genre humain! Si l'homme a longtemps ignoré ou méconnu la Divinité, c'est simplement que cette éducation n'était pas complète. Qui oserait affirmer qu'elle le soit aujourd'hui?

Portée actuelle du problème.

Je n'ai aucune intention de discuter les dogmes des religions établies. J'entends rester sur le terrain de ce qu'on peut nommer la religion naturelle, non pas telle qu'on l'entendait autrefois, dans le sens d'une doctrine réunissant les croyances communes à tous les cultes, mais comme renfermant l'ensemble des manifestations dues au développement spontané du sentiment religieux. Je ne puis, toutefois, m'abstenir de regretter que la croyance à l'évolution progressive des religions trouve ses principaux adversaires parmi les adeptes d'une théologie précisément fondée sur une application de ce principe. Voici, à cet égard, une curieuse déclaration d'un écrivain catholique qui représente par excellence l'orthodoxie romaine dans l'histoire des religions, M. l'abbé de Broglie, professeur d'apologétique à l'université de Paris : « Le judaïsme des derniers temps, dit-il, est un progrès sur la religion de Moïse, comme celle-ci sur la reli-

gion des patriarches. Le christianisme est un progrès
immense, et, dans l'Église même, il y a, de l'aveu
des grands docteurs, un progrès dans la connaissance
de la vérité ([1]). »

Puisque le savant professeur admet que le christianisme est un progrès sur le judaïsme, celui-ci sur
la religion de Moïse, et cette dernière sur celle des
patriarches, il suffirait, pour nous mettre d'accord
sur la méthode, qu'il fît un pas de plus, en reconnaissant que la religion des patriarches représente
un développement naturel des croyances généralement répandues au niveau inférieur de l'humanité.

Ce pas, d'autres écrivains orthodoxes semblent
l'avoir fait pour les religions païennes. « La croyance
à un monothéisme primitif », écrivait, il n'y a pas
longtemps, un des professeurs les plus éminents de
l'université catholique de Louvain, « ne porte que
sur un temps trop éloigné pour que les recherches
historiques puissent jamais l'atteindre... Ce monothéisme originaire ne fait obstacle à aucune des transformations et vicissitudes religieuses dont l'histoire
peut faire mention et qui peuvent être l'objet de nos
études. L'adoration des objets matériels et un état de
l'intelligence conforme à cette adoration sont très
admissibles par tous pour une époque qui se perd
dans la nuit des temps et d'où l'homme se serait élevé
successivement, en plusieurs endroits, à des concep-

([1]) *Problèmes et conclusions de l'histoire des religions.* Paris, 1885,
p. 309.

tions plus hautes (¹). » De son côté, un des défenseurs les plus éclairés et les plus sympathiques du protestantisme orthodoxe, M. de Pressensé, suppose que, par suite d'une déchéance morale, l'humanité serait tombée de sa culture primitive dans un complet état de sauvagerie, et il admet que, dès lors, l'étude des sauvages est le meilleur moyen « de construire avec quelque précision l'état social et religieux de la rude enfance de l'humanité, car ils en sont les survivants » (²). L'histoire des religions n'a pas le droit d'exiger davantage.

Ces déclarations sont un symptôme significatif du travail qui se fait jusque dans les esprits les plus attachés aux croyances orthodoxes. Rappelez-vous, d'ailleurs, ce qui s'est passé, depuis un tiers de siècle, à propos d'autres questions brûlantes, où l'on disait engagé l'avenir du christianisme et même de la religion. Où sont aujourd'hui les polémiques qui passionnaient la génération précédente sur l'interprétation des jours de la Genèse? Que sont devenus ces plaidoyers et ces anathèmes qui, il y a quelques années, remplissaient les revues et les chaires, à propos des recherches historiques sur l'âge et l'authenticité des livres sacrés? Il semble qu'un grand apaisement se soit fait autour de ces controverses, précisément parce qu'on a compris que la solution en intéressait, non la religion, mais la science, — ce qui est une

---

(¹) « De la méthode dans l'étude historique des religions », dans le *Muséon* de janvier 1887, p. 58

(²) DE PRESSENSÉ, *L'ancien monde et le christianisme.* Paris, 1887, p. 5-6.

façon de donner raison à la seconde, sans faire de tort
à la première. Il y a bien encore, de temps à autre,
une thèse brillante, qui sonne comme un appel au
combat, mais qu'on pourrait mieux comparer aux
dernières cartouches tirées par l'arrière-garde ou aux
charges de cavalerie pour protéger la retraite. La lutte
semble actuellement transférée sur le terrain des problèmes relatifs aux origines de l'homme et de la religion elle-même. Il est facile d'en prévoir l'issue. Ici
encore, la victoire de la science profitera à la religion, non seulement parce qu'elle fera disparaître
une source de conflits entre deux facteurs universels
de la culture humaine, mais parce qu'elle nous donnera une vue plus grandiose et plus harmonieuse sur
la façon dont Dieu s'est révélé à l'homme, ou, — pour
écarter tout à priori, en m'inspirant d'une définition
de Hegel, — sur la façon dont l'esprit fini est arrivé à
prendre conscience de son essence en tant qu'être
absolu.

CHAPITRE II.

Le culte de la nature et le culte des morts.

Avant de formuler une théorie sur les origines de la religion, il est nécessaire de bien définir ce qu'on veut dire par ce mot.

Les définitions de la religion sont innombrables. Je m'abstiendrai de les discuter ici, car autant vaudrait passer en revue toute l'histoire de la philosophie des religions. Par religion, j'entends *la façon dont l'homme réalise ses rapports avec les puissances surhumaines et mystérieuses dont il croit dépendre.* Cette définition laisse entière la question de savoir si la religion poursuit, en réalité, un but fondé ou chimérique; d'autre part, elle me paraît nettement circonscrire la sphère des phénomènes religieux, en même temps qu'indiquer le caractère commun et essentiel de toutes les manifestations religieuses.

La religion a-t-elle débuté par un raisonnement ou un sentiment?

La plupart de ceux qui ont écrit sur la nature de la religion, abstraction faite de ses formes particu-

4

lières, reconnaissent qu'elle renferme deux facteurs, procédant l'un du raisonnement, l'autre du sentiment. Mais ils diffèrent sur le point de savoir lequel des deux a précédé l'autre ; en d'autres termes, si c'est la notion de la Divinité qui a engendré le sentiment religieux, ou si c'est l'existence de ce sentiment qui a conduit les hommes à admettre des dieux et à en définir la nature.

Pour les uns, l'homme a cherché instinctivement à se mettre en relations avec les influences surhumaines dont il se sentait entouré, et c'est seulement à la longue qu'il s'est préoccupé de les définir. Personne, de nos jours, n'a formulé cette thèse avec plus d'éloquence que M. Renan, quand il a comparé la religion dans l'humanité à la nidification chez l'oiseau : le fruit d'un instinct se révélant, tout d'un coup, chez un être qui s'en était passé jusque-là [1].

Pour les autres, au contraire, l'homme, avant de craindre et de vénérer ses dieux, a dû les concevoir, et les sentiments qu'il leur a manifestés sont nécessairement la conséquence des idées qu'il s'est faites sur leur nature et sur leur rôle.

A première vue, cette dernière théorie semble avoir pour elle la logique. Il est clair que, pour aimer ou craindre un être, il faut avoir conçu la notion de son existence. Cependant, si indispensable qu'il soit de placer au début de la religion une opération purement intellectuelle, on doit reconnaître que les sentiments, mis en jeu par cette opération, ont dû précéder de

---

[1] *Dialogues philosophiques*. Paris, 1876, p. 38,39.

longtemps les plus anciennes formules de la théologie primitive.

L'enfant au berceau, quand il tend les bras vers sa mère ou sa nourrice, a conscience d'une sensation agréable qu'il associe instinctivement avec l'approche de ces personnes, et il manifestera ce sentiment — comme, en cas contraire, des sentiments de répulsion ou de crainte — longtemps avant de se mettre à raisonner sur ses rapports avec les êtres de son entourage. De même, l'homme primitif a dû ressentir des sentiments, plus ou moins vagues et irréfléchis, de sympathie ou de répulsion, de joie ou de terreur, non seulement à l'égard de ses semblables, mais encore à l'égard des êtres quelconques et même des phénomènes qui lui paraissaient intervenir dans sa destinée par des effets utiles ou nuisibles. Le jour où il aura divinisé ces êtres et ces phénomènes, c'est-à-dire où il leur aura prêté une personnalité analogue à la sienne, en même temps que supérieure et mystérieuse, ce jour-là, le sentiment qu'il éprouvait à leur égard sera devenu du sentiment religieux.

Du sentiment religieux chez les animaux.

On s'est demandé, à ce propos, si les animaux pouvaient connaître le sentiment religieux. Il y a un siècle, la question eût fait sourire. Mais il ne nous est plus possible de l'écarter aussi sommairement, aujourd'hui que nous avons pris l'habitude de rechercher, jusque dans les régions les plus infimes de l'animalité, les antécédents des caractères physiologiques et intellectuels qui s'épanouissent chez les représentants les

mieux doués de la culture humaine. Il en est un peu
des animaux comme des sauvages. On les déprécie et
on les exalte tour à tour, suivant les besoins de la
théorie à la mode sur la situation de l'homme dans la
nature. Sous l'influence de Descartes, on ne voyait
plus en eux que des machines dont le déterminisme
absolu servait de repoussoir à la liberté du roi de la
création. Sous l'action de la théorie darwinienne, on
s'est appliqué à en faire non seulement des précurseurs, des « frères aînés » de l'homme, mais encore
ses égaux, voire ses supérieurs, au dire de ceux qui
prendraient volontiers la fourmilière ou la ruche pour
l'idéal des sociétés humaines bien organisées.

Il n'y a pas longtemps, les adversaires des idées
religieuses ne manquaient pas de répliquer à ceux qui
voulaient faire de la religion une disposition naturelle
de l'esprit humain : « La religion est un accident, une
excroissance parasite, si peu naturelle à l'humanité
qu'elle manque chez la plupart des peuples sauvages. »
Aujourd'hui qu'il n'est plus permis de soutenir cette
thèse, ils ont changé leurs batteries et il n'est pas
rare de leur entendre soutenir avec la même désin-
volture : « La religion est si peu un signe distinctif
de l'humanité qu'on la rencontre jusque chez les animaux. »

Laissons-là ces partis pris dans des problèmes dont
la solution ne peut affecter en rien le point de vue où
nous nous sommes placés. Mais il ne faut pas oublier
que des auteurs sérieux et impartiaux ont soutenu que
la religiosité existait chez l'animal. Il y a cinq ans,
un écrivain de talent, M. Van Ende, a publié un gros

volume de 320 pages, rempli d'observations ingé-
nieuses et suggestives, pour démontrer que l'animal
voyait dans les grands phénomènes de la nature l'action de puissances supérieures à tous les êtres de sa
connaissance et qu'il éprouvait, à l'égard de ces puissances, la plupart des sentiments caractéristiques
de la religion (¹). L'auteur me semble avoir un peu
abusé ici de notre impuissance à entrer dans la peau
des bêtes pour savoir ce qu'elles pensent et comment
elles pensent. Je veux bien, à en juger par les appa-
rences, que l'animal éprouve, vis-à-vis de certains
phénomènes, des sentiments plus ou moins spontanés
de joie ou de terreur. Mais je doute fort qu'il pousse la
faculté d'analogie jusqu'à raisonner sur le caractère et
les dispositions des êtres qu'il s'imagine trouver derrière les manifestations naturelles; à plus forte raison, qu'il cherche à nouer avec ces êtres mystérieux
des relations fondées sur la conscience de sa propre
nature. Sans doute, si le mot de religion implique
simplement un sentiment de dépendance, comme le
voulait Schleiermacher, on pourra répondre avec
Fichte qu'en ce cas, le chien est le plus religieux des
êtres. Mais à l'instar de M. de Pressensé, nous atten-
drons pour y croire que le chien ait manifesté quelque
intention de fonder, avec le concours des animaux
ses frères, une religion impliquant l'établissement
d'une société idéale avec des puissances supérieures
et mystérieuses (²). Il faut, à cet effet, une puissance

(¹) *Histoire naturelle de la croyance.* 1ʳᵉ partie : *L'animal.* Paris,
1887.

(²) DE PRESSENSÉ, *Les origines.* Paris, 1883, p. 471.

d'abstraction, de généralisation et d'analogie qu'on ne peut guère demander à l'animal, fût-ce même à l'anthropopithèque de M. Haeckel.

Extension abusive de la personnalité.

Un jour cependant est venu, dans l'humanité naissante, où nos ancêtres ne se sont plus contentés, comme l'animal, de chercher le soleil pour se réchauffer, de saluer par des cris de joie le retour de la lune victorieuse des ténèbres, de frémir de terreur aux roulements du tonnerre, de demander au rocher un abri contre la bise ou la pluie, d'épier les bêtes des forêts pour les capturer ou les fuir. Le sauvage s'est demandé quels étaient, par rapport à lui-même, les êtres qui intervenaient ainsi dans sa destinée. Or, le procédé mental qui lui a fourni la réponse ne diffère en rien, sauf par le degré de complexité, de celui qu'emploie la science contemporaine pour expliquer, en dernière analyse, le cours des phénomènes.

Le philosophe qui, s'aidant des découvertes les plus récentes, a constaté la persistance d'une même énergie sous les manifestations variées de la nature, ne peut se figurer cette force ultime qu'en la rapportant à son propre sentiment de l'effort, engendré dans sa conscience par la résistance du milieu à l'action de sa volonté. D'un autre côté, le sauvage, partout où il trouve la vie et le mouvement, ne manque pas de les rapporter à la seule source d'activité qu'il connaisse directement : la volonté. Il voit donc dans tous les phénomènes l'action de volontés analogues à la

sienne, volontés qu'il place tantôt dans les êtres
mêmes qui se meuvent : les corps célestes, les nuages,
le feu, les eaux courantes, les plantes et les animaux;
tantôt dans des êtres invisibles dont il perçoit seulement les manifestations, comme le tonnerre ou le
vent.

Non seulement les croyances des peuples non civilisés, mais encore les traditions de notre folklore
établissent surabondamment que les esprits peu cultivés prêtent aux pierres et aux eaux les attributs
de la vie, aux plantes les facultés de l'animal, à
l'animal les sentiments et même les raisonnements de
l'homme (¹).

Le non-civilisé croit que les animaux comprennent
son langage. Si le chien ne répond pas, c'est par
fierté, selon le Kamtchadale; si le singe reste muet,
c'est par paresse, suivant les nègres, car s'il parlait
il sait qu'on le ferait travailler. Le Peau-Rouge
converse avec son cheval comme avec un de ses
proches et l'Arabe pense que certains chevaux peuvent
lire le Coran. Les indigènes des îles Philippines,
quand ils rencontrent un alligator, le supplient de ne
leur faire aucun mal, et les Malgaches, quand ils cap-
turent un baleineau, prient la mère de s'éloigner.

On croit aussi que les animaux ont entre eux les
mêmes rapports que les hommes. Les habitants de
Bornéo soutiennent que les tigres ont un sultan et une

(¹) Voy. surtout Edw. B. Tylor, *Civilisation primitive*. Paris, 1871,
2 vol. — Albert Réville, *Les religions des peuples non civilisés*.
Paris, 2 vol., 1885. — Th. Waitz, *Anthropologie der Naturvölker*.
Leipzig, 6 vol., 1876. — Sir John Lubbock, *Origin of Civilization*.
Londres, 1870.

cour. D'après le voyageur Crevaux, les Peaux-Rouges se figurent que les bêtes ont leurs sorciers. Les contes de Perrault, les fables de la Fontaine et les traditions populaires de nos campagnes ne sont sous ce rapport que l'écho de croyances communément répandues chez nos ancêtres, comme, de nos jours encore, chez les Polynésiens, les Peaux-Rouges et les nègres.

L'arbre lui-même est mis sur un pied d'égalité avec l'homme jusque chez des peuples relativement avancés. Nombreuses sont les légendes qui attribuent à certains hommes la faculté de comprendre le langage des plantes, et réciproquement. Le traité d'agriculture d'Ibn-al-Awâm conseille d'intimider les arbres qui se refusent à produire des fruits. On doit les frapper légèrement, en leur disant qu'on les coupera s'ils continuent à ne rien rapporter [1]. De même, chez les Slaves de Bohême, on criait le soir aux arbres du jardin : « Bourgeonnez, arbres, bourgeonnez, ou je vous écorcherai [2]. »

L'eau, à son tour, évoque l'idée du mouvement et de la vie dans les imaginations primitives. Aussi l'a-t-on partout investie de facultés conscientes. Tandis que les frères Lander descendaient le Niger en barque, il s'éleva un épais nuage sur l'horizon ; leurs rameurs les engagèrent aussitôt à se cacher au fond de la barque, parce que la rivière n'avait jamais vu de blancs, et c'était pourquoi elle avait fait lever ce nuage [3].

[1] E. Chevreul, « Sur le livre de l'agriculture d'Ibn-al-Awâm », dans le *Journal des Savants*. Paris, 1870, p. 33, 34.
[2] Girard de Rialle, *Mythologie comparée*. Paris, 1878, p. 57.
[3] A. Réville, *Religions des peuples non civilisés*, t. I, p. 64.

Le lieutenant Cameron parle d'une source située dans l'Ounyamouési qui, au dire des indigènes, s'arrête si, au lieu de lui donner la qualification de *maroua*, ou vin de palmier, on la traite simplement de *madgi*, nom ordinaire de l'eau, ou encore si on tire des coups de feu dans son voisinage, ou enfin si l'on y passe avec des bottes ([1]). A Whydah, on offre des présents à la mer pour qu'elle laisse débarquer les marchandises des blancs. Dans l'île de Sumatra, au siècle dernier, quand les indigènes de l'intérieur se trouvaient pour la première fois en présence de la mer, ils lui offraient des gâteaux et des confitures, en la suppliant de ne pas leur causer du dommage ([2]).

Le sauvage n'éprouve nul embarras de prêter même aux pierres non seulement la motilité, mais encore la vie et la personnalité. Caillé vit dans un village, en Afrique, une grosse pierre qui, disait-on, faisait trois fois le tour de la localité, quand celle-ci était menacée d'un péril. Ceci rappelle les pierres des pays celtiques, qui dansent et virent dans certaines occasions, ou encore la roche bretonne qui, d'après une légende rapportée par M. Cartailhac, descend chaque année, la nuit de Noël, pour boire à la rivière voisine ([3]). Les Lapons, les anciens Péruviens, les insulaires des Fidji et les riverains du Tanganika croient que les rochers se marient et procréent des enfants. Le mythe de Deucalion, qui attribue l'origine des Pélasges à des pierres

---

([1]) CAMERON, « A travers l'Afrique », dans le *Tour du Monde*, 1877, t. I, p. 29-30.

([2]) W. MARSDEN, *Histoire de Sumatra*. Paris, 1788, t. II, p. 108-109.

([3]) *France préhistorique*, p. 165.

transformées en hommes, a son équivalent chez les
anciens habitants de l'Amérique centrale, qui se
donnent des pierres pour ancêtres.

La même illusion se rencontre à propos des phénomènes atmosphériques et des corps célestes. Il n'y a pas
si longtemps que l'humanité entière personnifiait les
corps célestes, et presque toutes les mythologies ren-
ferment des histoires de personnages qui ont conversé
avec le soleil ou la lune. Les Karens de la Birmanie,
les Zoulous, les Peaux-Rouges du territoire de Washington font de l'arc-en-ciel un monstre qui boit l'eau des
rivières et des étangs. La même croyance se retrouve
dans le folklore des Slaves, des Grecs, des Allemands
et jusque de la France centrale. Les Karens, d'après
Mason, lorsqu'ils voient apparaître ce phénomène,
disent à leurs enfants : « L'arc-en-ciel est descendu
boire ; ne jouez plus, par peur qu'il ne vous dévore [1]. »
Or, singulière coïncidence, en Volhynie, où on l'appelle
le *Suceur*, les gamins, dès qu'ils l'aperçoivent, s'enfuient
en criant : « Sauvez-vous, autrement il vous absor-
bera [2]. »

Les Égyptiens, suivant Hérodote, croyaient que le
feu est un être vivant, et il n'est pas jusqu'à Cicéron
qui ne le nomme *ignis animal*. Les Aryas de l'Inde le
personnifièrent sous le nom d'Agni, l'Agile, « ce bien-
heureux, dit un hymne védique, qui naît blanc et qui
devient rouge en grandissant », et aujourd'hui encore,
au Dahomey, on a coutume de faire des offrandes au

[1] *Journ. of the Asiatic Society of Bengal*, 1865. Vol. XXXIV,
part II, p. 217.

[2] *Mélusine*, 2e année, 1884-85, p. 42.

foyer, pour que le feu ne dévore pas la maison. En
Europe même, l'habitant de la Bohême réserve au feu
les miettes de son repas, et si, pendant la cuisson, des
aliments tombent dans le foyer, c'est que le feu a
exigé cette offrande. On trouve encore des vieilles gens
qui attribuent au mépris de ces usages la fréquence
des incendies (¹).

Nos langues, particulièrement celles qui ignorent
le neutre ou qui en font une application restreinte,
nous reportent à une époque où l'on n'hésitait pas à
étendre indéfiniment les catégories de la vie, de la
personnalité et même du sexe. Tantôt c'est le soleil,
tantôt c'est la lune qui a reçu le genre masculin;
mais, dans presque toutes les langues connues, les
deux astres sont de genre différent, ce qui permet
d'en faire deux époux. La même observation s'applique au vieux couple cosmogonique du ciel et de
la terre. Quand nous disons : « Il pleut, il vente, il
tonne », n'est-ce pas comme si nous répétions :
« Quelqu'un arrose, souffle, gronde » ? Ce « quelqu'un »
peut s'appliquer à un être caché qui se révèle par ses
manifestations, ou il peut figurer un être visible, le
ciel ou le nuage, qu'on investit des principaux pouvoirs météorologiques, en même temps qu'on lui
attribue des facultés taillées sur celles de l'homme.

On pourrait multiplier ces exemples à l'infini. Je me
suis borné à puiser, dans les principaux traités d'eth-

(¹) TYLOR, *Civilisation primitive.* Trad. franç., t. II, p. 570. — Voy.,
pour ce qu'on peut appeler la théologie du feu dans les croyances de
l'antiquité, le beau volume de M. Max Muller, *Physical Religion*, dans
ses *Gifford Lectures*, de Glascow. 1 vol. Lond., 1891.

nographie, quelques faits caractéristiques qui suffisent pour attester la tendance de l'homme, en une certaine phase de son développement mental, à tout anthropomorphiser dans la nature. Le difficile n'est pas de dire quel genre d'êtres ou de phénomènes il a personnifié, mais plutôt dans quelle catégorie d'objets il n'a pas cherché des personnifications arbitraires.

De la théorie : NOMINA NUMINA.

Pour quelques savants qui ont surtout apporté dans l'étude de la mythologie les préoccupations de la linguistique, ce seraient même les figures du langage — à une époque où tout verbe impliquait un acte concret, où tout sujet était nécessairement un être animé — qui auraient amené l'attribution de la vie et de la personnalité à des objets inanimés et matériels : *Nomina numina*.

« Jamais — écrit un des principaux linguistes de l'école française, M. Michel Bréal — le genre humain, dans son enfance, si vifs et si poétiques qu'aient pu être les premiers élans de son imagination, n'a pu prendre la pluie qui arrose la terre pour des vaches célestes, ni le nuage dont les flancs recèlent la foudre pour un monstre vomissant des flammes, ni le soleil dardant ses rayons pour un guerrier divin lançant des flèches sur ses ennemis... D'où viennent donc ces images? Du langage, qui les crée spontanément, sans que l'homme y prenne garde [1]. »

Pour réfuter cette thèse, il suffit de rappeler le

[1] M. Bréal, *Mélanges de littérature et de linguistique*. Paris, 1878, p. 8.

naïf dialogue échangé, à propos d'une éclipse, entre des Algonquins et un missionnaire du xvie siècle qu'on ne peut accuser d'avoir été influencé par les théories contemporaines en matière de mythologie, le père Lejeune : « Je leur ai demandé d'où venaient la lune et le soleil, ils m'ont répondu que la lune s'éclipsait et paraissait noire à cause qu'elle tenait son fils entre les bras, qui empêchait qu'on ne vît sa clarté. » — « Si la lune a un fils, elle est mariée ou elle l'a été? » leur dis-je. — « Oui-dà, me dirent-ils, le soleil est son mari, qui marche tout le jour, et elle toute la nuit, et s'il s'éclipse ou s'il s'obscurcit, c'est qu'il prend aussi quelquefois le fils qu'il a eu de la lune entre ses bras. » — « Oui, mais ni la lune ni le soleil n'ont point de bras », leur disais-je. — « Tu n'as point d'esprit; ils tiennent toujours leurs arcs bandés devant eux; voilà pourquoi leurs bras ne paraissent point. » — « Et sur qui veulent-ils tirer? » — « Eh! qu'en savons nous? (¹) »

Dira-t-on que les Algonquins avaient déjà été amenés par les métaphores du langage à la personnification des corps célestes? Mais voici une page d'autographie mythologique où nous prenons sur le fait la genèse de ces personnifications :

M. de Gubernatis raconte qu'à l'âge de quatre ans, un soir qu'il se promenait avec un de ses frères, celui-ci lui montra sur l'horizon un nuage d'apparence fantastique en s'écriant : « Regarde, voilà le loup qui court après les moutons. » — « Je fus, ajoute M. de

---

(¹) *Relations de ce qui s'est passé dans la Nouvelle-France en l'année 1634.* Paris, 1655, p. 96, 97.

Gubernatis, si convaincu que ce nuage était réellement un loup affamé courant sur les montagnes que, dans la crainte d'être emporté à défaut de mouton, je pris les jambes à mon cou et courus me réfugier dans la maison [1]. »

On fera peut-être valoir que nous avons là simplement une nouvelle preuve de l'influence exercée par les mots sur l'imagination. Mais les mots, dans ce cas, ne sont que le véhicule d'une pensée, et cette pensée, engendrée par suggestion dans l'esprit de notre jeune mythologue, aurait pu y naître spontanément tout aussi bien que sous l'action d'une imagination étrangère. En tout cas, on voit par là que, pour amener la personnification consciente des choses, il n'est pas nécessaire, comme le soutient certaine école linguistique, qu'on ait oublié le sens primitif des termes concrets appliqués à désigner ces choses. L'extension abusive de la personnalité, ce fondement de la mythologie, est due, non à une maladie du langage, mais à une maladie de la pensée, en tant qu'on puisse qualifier de la sorte une faculté d'illusion qui rentre dans l'ordre normal du développement humain.

Le témoignage de M. de Gubernatis est d'autant moins suspect dans cette anecdote qu'il contredit précisément sa thèse favorite sur la formation de la mythologie météorologique. A l'en croire, les mythes où les animaux jouent un rôle d'agents personnels et conscients auraient été des histoires originairement attribuées à des nuages qualifiés de noms d'animaux,

[1] *Zoological Mythology*. Londres, 1872, t. I, p. XXIV.

puis reportés sur les animaux terrestres dont on leur avait prêté le nom ([1]). Or, ici, nous nous trouvons, au contraire, devant une histoire de bête féroce, mise sur le compte du nuage.

La distinction du personnel et de l'impersonnel.

Suivant une autre thèse fort répandue, et que j'ai longtemps préconisée moi-même, mais que je ne défendrai plus d'une façon aussi absolue, l'homme aurait regardé comme animé tout ce qui lui tombait sous les sens avec un caractère d'individualité suffisamment accentué pour éveiller une image distincte dans son esprit. Ce serait seulement à la longue, par suite d'expériences accumulées, qu'il en serait venu à concevoir la notion de l'inanimé, et, depuis ce moment, le progrès aurait précisément consisté à restreindre de plus en plus la catégorie de la vie, ainsi que celle de la personnalité.

En confirmation de cette thèse, on fait valoir : 1° que le sauvage personnifie tout ce qui l'entoure ; 2° que l'enfant envisage meubles et jouets comme si c'étaient des êtres vivants et raisonnables ; 3° que, dans certains mouvements de passion, l'homme cultivé est susceptible de traiter des objets matériels en agents sensibles et responsables.

A ce dernier argument, il a été répondu que, même dans nos explosions de colère ou de douleur, nous ne perdons jamais de vue la distinction de l'animé et de l'inanimé, au point de croire que nos injures ou nos

([1]) *Zoological Mythology*, t. I, p. XVI et suiv.

coups, quand nous les adressons à des objets matériels,
tombent sur des êtres capables de les ressentir mora-
lement. Quant aux enfants, on a fait observer — et
mes expériences personnelles m'ont de plus en plus
amené à cette manière de voir — que, s'ils conversent
avec leur poupée, s'ils frappent la table ou la chaise
contre laquelle ils se sont heurtés, c'est généralement
sous l'empire d'une suggestion initiale, due aux personnes de leur entourage — en tant qu'il ne faille pas
y voir une simple comédie que se joue à elle-même
leur jeune imagination.

Reste l'argument que les sauvages ignorent la notion
de l'inanimé et de l'impersonnel. Les missionnaires
jésuites du Canada observent déjà dans leurs relations,
publiées en 1635, que, pour le Peau-Rouge, « non
seulement les hommes et les animaux, mais encore
toutes les autres choses sont animées » ([1]). Les faits
que j'ai relevés plus haut semblent, à première vue,
confirmer cette généralisation. Toutefois, de ce qu'il
est impossible de nier que les sauvages étendent à
tort et à travers la notion de la personnalité, en
résulte-t-il qu'ils aient ignoré la distinction de l'animé
et de l'inanimé, ou en faut-il simplement conclure
qu'ils placent cette distinction-là où elle ne devrait
pas être?

Si vous allez au fond des faits dans les récits des
voyageurs, vous ne tardez pas à découvrir que les
choses personnifiées ne sont pas tous les objets indis-
tinctement, mais des objets choisis à raison de leur

([1]) Père Lejeune, *Relation de ce qui s'est passé dans la Nouvelle-
France en l'année 1634,* Paris, 1635, p. 58.

forme, de leur provenance, de leur rôle ou de leur
association avec certains événements. Pour le sauvage
comme pour l'animal, c'est le mouvement qui est le
signe de la vie. « Les *Zi* ou puissances surnaturelles
— observe M. le professeur Sayce dans ses *Hibbert
Lectures* sur les croyances des anciens Babyloniens —
étaient simplement tout ce qui manifeste de la vie, et
le critérium de la vie, c'est le mouvement (¹). » Seulement, il faut remarquer : d'abord, que l'homme peut
attribuer le mouvement aux objets par suite de déductions fort complexes et fort indirectes, comme nous le
voyons dans le culte des rochers et des pierres; ensuite,
que, pour attribuer à des objets toutes les conséquences
de la motilité, il suffit de croire ces choses capables
d'agir à distance, en dehors même de tout déplacement
spontané (²). L'homme en viendra donc à personnifier
non seulement tout ce qui lui paraîtra se mouvoir,
mais encore tout ce qui lui semblera exercer sur sa
destinée une influence impliquant l'exercice d'une
volonté active. « L'Indien de la Guyane, dit M. Im
Thurn, est parfois blessé par une pierre qui tombe
sur lui; d'autres fois, c'est lui qui tombe sur la pierre;
dans un cas comme dans l'autre, c'est à la pierre
qu'il jettera le blâme (³). » N'a-t-on pas vu, chez un

(¹) A.-H. SAYCE, *Religion of ancient Assyria and Babylonia.* Londres, 1888, p. 528.

(²) Le roi des Koussas étant mort peu de temps après avoir brisé un
morceau d'une ancre échouée sur le rivage, les Cafres regardèrent
cette ancre comme vivante et ils la saluaient en conséquence, chaque
fois qu'ils passaient dans les environs. (LUBBOCK, *Origin of Civilization.* Londres, 1870, p. 202.)

(³) *Indians of British Guiana,* dans le *Journal of the Anthrop.
Instit.* Vol. XI, 1882, p. 370.

peuple aussi avancé que les Athéniens, le tribunal des
prytanes condamner à la peine capitale les objets
inanimés qui avaient accidentellement causé la mort
d'un homme (¹)? Une coutume analogue se rencontre
encore chez certaines tribus de l'Indo-Chine, où l'arbre
qui a fait périr quelqu'un doit être complètement mis
en pièces (²).

Il ne faudrait pas croire que l'homme, dans ses
investigations sur la nature des êtres qui l'entourent,
soit toujours guidé par la simple curiosité. Rien de
moins spéculatif que le sauvage, quelle que puisse
être l'extravagance de son imagination. J'ai déjà dit
que tout chez lui a un but pratique. Ce but, ici, c'était
de nouer avec les êtres extra-humains, dont il se
croyait entouré, des relations qui lui fussent profitables. Or, puisqu'il leur prêtait des mobiles et des
raisonnements analogues aux siens, il devait naturellement se croire capable d'agir sur eux par les procédés auxquels il était lui-même sensible et dont nous
verrons plus loin l'énumération. D'autre part, il ne
pouvait manquer de ressentir de la reconnaissance
pour leurs bienfaits, de la terreur vis-à-vis de leur
colère, voire une certaine confiance dans leur protection et de la tristesse ou de l'indignation pour leur
abandon.

Tous ces éléments, même réunis et combinés, suf-
fisent-ils à constituer la religion? L'idée que des êtres
quelconques peuvent nous être utiles et que nous pou-

(¹) Pausanias, I, 28, 10.
(²) Ch. Ploix, *La nature des dieux, étude de mythologie comparée.*
Paris, 1888, p. 4.

vous obtenir leur concours par les expédients en usage
dans la société humaine, voire les sentiments d'espoir,
de crainte, de reconnaissance et de colère que peuvent
susciter de semblables relations, tout cela se rencontre
dans les rapports de l'homme avec ses semblables,
sans qu'il en résulte rien de religieux.

Divinité implique supériorité et mystère.

La religion, du moins dans les termes où je l'ai
définie, implique, en plus, chez l'être qu'on vénère,
un caractère de supériorité et un caractère de mystère.
Il n'est pas nécessaire, bien entendu, que cette supériorité et ce mystère soient absolus; il suffit que l'être
divinisé l'emporte sur ses adorateurs par une faculté
importante et qu'il échappe à leur compréhension par
un côté quelconque de sa nature.

On a dit souvent que le sauvage ne peut avoir la
notion du surnaturel, pour la bonne raison qu'à ses
yeux tout est naturel, même l'impossible. L'assertion
est fondée si par là on entend que, n'ayant pas la
moindre idée d'un cours des choses, il ne pourrait
distinguer entre ce qui est contraire ou conforme à cet
ordre. Toutefois, s'il n'a pas la notion du surnaturel,
on doit bien lui supposer celle de l'extraordinaire et
de l'imprévu, la faculté de distinguer entre les effets
qu'il comprend, ou qu'il croit comprendre, et ceux
qui lui semblent inexplicables. L'expérience lui a
appris qu'il multipliait ses forces, en s'armant d'une
branche noueuse ou d'un silex éclaté; qu'il augmentait
ses chances à la chasse, en tendant certains pièges aux
animaux; qu'il pouvait traverser le fleuve, en se pla-

çant sur un tronc d'arbre, ou se précautionner contre
la soif, en conservant de l'eau dans un vase d'argile
cuite au soleil. Toutefois, ni la façon dont il obtient ses
engins, ni les résultats qu'il leur doit, ne comportent
en eux-mêmes un caractère extraordinaire et mystérieux. Ce sont des effets prévus et prévoyables, dépendant de sa propre volonté, pouvant se reproduire
indéfiniment, grâce à des méthodes simples dont il
connaît le secret et dont il se sent le maître.

Mais, à côté de ces faits en quelque sorte normaux,
il observe des phénomènes engendrés à l'aide de
moyens qu'il est impuissant à s'expliquer, par des êtres
qu'il ne peut diriger ni même comprendre. Quand le
Peau-Rouge ne comprend pas, affirme Jarvis, il dit
que c'est un esprit (¹). Garcilasso de la Vega rapporte
que les anciens Péruviens adoraient sous le nom de
huacas « les choses qui surpassent en excellence et en
beauté celles de leur espèce », les choses « difformes
et monstrueuses » qui inspirent « l'horreur et l'épou-
vante », enfin, « les choses qui n'étaient pas dans le
cours ordinaire de la nature (²) ». Aux îles Fidji, le
mot *kalou,* qui sert à désigner les êtres surhumains,
s'applique également à tout ce qui est grand et merveilleux (³). Parlant des Todas qui habitent l'Inde centrale et qui donnent à leurs divinités le nom générique
de *Der,* le colonel Marshall dit qu'ils ont une tendance

(¹) *Appendice* à J. Buchanan, *History, manners and customs of
North American Indians.* Londres, 1824, p. 228.

(²) *Histoire des Incas,* trad. par Jean Baudoin. Amsterdam, 1715,
t. I, p. 126.

(³) Williams et Calvert, *Fidji and the Fidjans.* London, 1858, t. I,
p. 216.

à transformer en *der* tout ce qui est mystérieux ou
invisible([¹]). Suivant le Youen-Kien-toui-han,— en outre
des montagnes, des forêts, des rivières, des lacs, des
tertres, des collines, de ce qui peut produire les vents
et les nuages,— tout ce qui paraît extraordinaire reçoit
chez les Chinois le nom de *chin* (esprit) ([²]). Les nègres,
rapporte un voyageur, vénèrent « tout ce qui est
extraordinaire et rare ». La première fois que les
nègres de Nuffi virent une pompe à bord d'un navire
européen, ils la prirent pour un être merveilleux,
« puisqu'elle forçait à monter l'eau dont la tendance
naturelle était de descendre » ([³]).

Toutefois, pour la plupart des non-civilisés, la
sphère de l'extraordinaire s'étend bien au delà de ce
que nous pourrions regarder comme tel. Le sauvage y
comprend tout d'abord les animaux, qui le dépassent
en force, en agilité ou en ruse, et qui ont toujours
quelque chose de mystérieux dans leurs allures ;
les plantes nourricières, dont la lente croissance et
la floraison périodiques dépendent de forces étrangères à l'intervention de l'homme ; le soleil, qui poursuit à l'abri de toute atteinte sa course tour à tour
vivifiante et meurtrière ; la lune, cette étrange et chan-
geante figure, qu'aujourd'hui encore l'imagination
populaire ne peut se déshabituer de mêler aux affaires
de notre planète ; les phénomènes atmosphériques, à
commencer par l'orage dont les sinistres rugissements

([¹]) J. MARSHALL, *Travels amongst the Todas.* Londres, 1873, p. 125-
124.

([²]) DE ROSNY, dans la *Revue de l'histoire des religions,* de sept.-oct.
1890, p. 171.

([³]) J. LUBBOCK, *Origin of Civilization,* p. 217.

plongent dans la terreur toute la nature animée; les
eaux courantes, tantôt fertilisantes et tantôt dévasta-
trices, dont rien ne peut arrêter le mouvement continu
et spontané. Il n'y a pas jusqu'au rocher qui ne puisse
devenir un adversaire ou un ami, selon les événements auxquels on l'associe, et, par suite, revêtir un
caractère d'autant plus actif et mystérieux que l'imagination a dû lui faire franchir plus de barrières pour
l'introduire dans la catégorie des êtres conscients et
animés. « Les Zunis ou Ashivis, rapporte M. Frank
Cushing, admettent que le soleil, la lune, les étoiles,
le ciel, la terre et la mer, tous les phénomènes et tous
les éléments rentrent dans un même système de vie
connexe et consciente. Le point de départ y est
l'homme, qui passe pour le plus bas des organismes,
parce qu'il est le plus dépendant et le moins mystérieux. En conséquence, les animaux sont réputés plus
puissants que l'homme, les éléments et les phénomènes, plus puissants que les animaux (¹). »

Il est certain que l'homme vivant est rarement adoré,
précisément parce qu'on le connaît trop bien. Il ne sera
fait d'exception que pour certains personnages soustraits par le prestige de leur autorité ou de leur savoir
aux conditions ordinaires de l'humanité — de l'humanité sauvage ou primitive, bien entendu. Comme le
fait observer sir John Lubbock, on trouve seulement
l'adoration du chef ou du roi, quand il est devenu
assez puissant pour s'isoler de la vie commune (²). Un

(¹) *Zuni Fetiches*, par FRANK H. CUSHING, dans les *Publications of
the Bureau of Ethnology*. Washington, 1885, t. II, p. 9.
(²) *Origin of Civilization*, 1870, p. 266.

proverbe français dit qu'il n'y a pas de grand homme
pour son valet de chambre. On peut affirmer de même
qu'il n'y a pas de dieu pour son compagnon ou son
familier. Le voyageur Battel, parlant d'un roi du
Loango, qui est vénéré à l'égal d'un dieu, ajoute que
personne n'est autorisé à le voir manger ou boire.
C'est là une sage précaution pour la divinité royale.

D'autre part, certains hommes peuvent être vénérés,
de leur vivant, à raison de quelque caractère extraordinaire qui les fait entrevoir sous un jour mystérieux.
Ainsi le blanc a été fréquemment traité comme un être
surhumain par les sauvages rouges, jaunes ou noirs,
qui le voyaient pour la première fois, — mais c'était
au même titre qu'un animal nouveau, par exemple le
cheval de Cortez au Mexique ou l'âne de Monteiro sur
la côte occidentale d'Afrique. L'homme a beau être
« ondoyant et divers »; il est bien moins mystérieux,
pour le sauvage, que les corps célestes, les arbres et
les pierres.

La crainte comme facteur de la religion.

Qui dit mystère dit crainte. L'homme, comme l'animal, redoute l'inconnu, tout en subissant une sorte de
fascination qui le pousse à se rapprocher de ce qu'il
craint, afin de s'en rendre compte. Ce double sentiment
est sans contredit au fond de la religion et, sous ce
rapport, le poète latin avait raison de dire que la
crainte a fait les premiers dieux.

Mais non pas la crainte seule. L'homme n'attend pas
de ses dieux que du mal et il ne se borne point à adorer les puissances malfaisantes de la nature. Celle-ci

présente toujours une double face, tantôt féconde et propice, tantôt cruelle et meurtrière, à l'instar d'une de ses personnifications les plus complètes et les plus transparentes, la grande déesse des Phéniciens.

> *Diva Astarte, hominum deorumque vita, salus,*
> *Rursus eadem quæ es pernicies, mors, interitus.*
>
> (PLAUTE, *Mercator*, acte IV.)

Si l'homme éprouve de la crainte à l'égard des êtres qui peuvent lui nuire, pourquoi ne serait-il pas également susceptible d'espoir, de confiance, d'affection, de gratitude envers ceux dont il reçoit ou attend les bienfaits? Qu'on prenne les religions les plus rudimentaires ou les plus complexes, on y verra toujours les puissances surhumaines, dans leur ensemble, susciter chez l'adorateur à la fois un sentiment de défiance et un sentiment d'attraction qui peuvent aller, le premier, jusqu'à la terreur la plus abjecte, le second, jusqu'à l'amour le plus exalté, mais qui se combinent toujours, dans une proportion quelconque, pour former ce qu'on nomme la *vénération*.

Il arrive sans doute que l'homme dédouble ce caractère mixte de ses divinités. Mais lorsqu'il conçoit certains êtres surhumains comme absolument mauvais, vous pouvez être certain qu'il leur donne pour contrepoids des êtres absolument bienveillants, dût-il réserver aux premiers, et pour cause, la plus grande part de son attention. On peut concevoir Ormuzd sans Ahriman, et la théologie des Perses prévoit le jour où ce dernier sera anéanti, mais personne n'a jamais conçu Ahriman sans Ormuzd, même parmi les sectes

qui réservent leurs hommages à Ahriman, sous pré-
texte qu'Ormuzd n'en aurait que faire.

Vous voyez que le sentiment de la dépendance ne
suffit pas à engendrer la religion, sans quoi l'homme
aurait dû adorer tout ce dont il dépend, depuis ses
propres membres jusqu'à la force invisible qui l'empêche d'aller se briser la tête aux étoiles du pla-
fond céleste. Comme l'a fait observer M. Réville, le
sentiment de la dépendance ne sort pas de l'opposition,
de l'antithèse, et la religion a précisément pour but de
concilier cette opposition, de mettre fin à cette antithèse (¹). Le sentiment religieux n'est pleinement satisfait que lorsque l'homme se sent un avec ses dieux.

Du sentiment de l'infini dans la religion.

D'autre part, le sentiment du mystère de l'*au delà*,
de l'infini, du suprasensible, ne suffit pas davantage,
pris isolément, pour engendrer la religion, aussi longtemps que l'homme ne donne pas un contenu à cette
notion purement négative. Le sauvage, debout sur son
île de corail, — pour employer l'exemple de M. Max
Muller, — aurait eu beau réfléchir à ce qu'il y avait
au delà de l'horizon ; il n'aurait pas adoré ce prolon-
gement invisible du mobile océan ou du firmament
azuré, s'il ne leur avait prêté le pouvoir d'intervenir
dans sa propre destinée. Je veux bien que toute per-
ception du fini implique la notion de l'infini ; mais
cette notion, c'est une philosophie relativement avancée qui est seule parvenue à la dégager, et, si le sau-

(¹) A. RÉVILLE, *Prolégomènes de l'histoire des religions*. Paris,
1881, p. 25, 26.

vage spécule sur l'*au delà*, — que cet *au delà*, sans
limites appréciables, soit dans le spectacle de la
nature ou dans le for intérieur des êtres, — il le fait
uniquement parce qu'il y soupçonne un pouvoir avec
lequel il est ou il peut être en relations.

Je dois ajouter, toutefois, que l'éminent indianiste
a beaucoup contribué dans ses récentes *Gifford Lectures*
à écarter les préventions qui avaient accueilli, sous ce
rapport, sa définition de la religion, telle qu'il l'avait
précédemment formulée. « L'infini en lui-même, dit-
il, comme simple négation, n'aurait eu aucun intérêt
pour l'homme primitif, mais comme arrière-plan,
comme support, comme sujet ou cause du fini dans
ses multiples manifestations, il dut se présenter dans
la plus ancienne période de la pensée humaine ([1]). »
Il suffirait, pour mettre cette explication au-dessus de
toute critique, d'insister sur la part qui revient, dans
cette genèse de la religion, à l'élément pratique, c'est-
à-dire à l'influence que les agents mystérieux ainsi
divinisés étaient censés exercer sur la destinée humaine et au désir de l'homme de nouer avec eux des
relations qui lui fussent profitables ([2]).

Confusion de la coïncidence avec la causalité.

Parmi les facteurs qui ont le plus contribué à élar-
gir le nombre de ces premiers dieux, il faut ranger tout d'abord la confusion de la coïncidence ou

---

([1]) MAX MULLER, *Natural Religion*. Londres, 1889, p. 149.
([2]) Le volume suivant des *Gifford Lectures : Physical Religion*, con-
tribuera davantage encore à dissiper ce malentendu.

plutôt de la succession avec la causalité et l'assimilation du rêve à la réalité. *Post hoc, ergo propter hoc,* tel
est le premier raisonnement de celui qui cherche à
pénétrer la raison des événements. Aujourd'hui, n'en-
tendons-nous pas, dans la psychologie la plus avancée,
définir la causalité comme un *rapport de succession con-
stant et uniforme?* Le sauvage omet les conditions d'uniformité et de constance, ou bien il se contente de
quelques répétitions accidentelles. Voilà toute la différence; il est vrai qu'elle est capitale.

Roemer raconte qu'un nègre lui montra un jour,
parmi ses fétiches domestiques, une pierre à laquelle
il attachait grande valeur, parce que, sortant pour
une affaire importante, il avait trébuché contre elle
au seuil de sa hutte. Si l'Indien de la Guyane, rapporte M. Im Thurn, laisse son regard tomber sur un
rocher qui offre une anomalie quelconque, et si, peu
de temps après, il lui survient quelque mésaventure,
il placera la mésaventure et le rocher dans le rapport
de cause à effet, et ici encore il percevra un esprit
dans le roc ([1]). Ainsi s'explique que des peuples aussi
distants que les Finnois et les Peaux-Rouges aient
attribué au chant du coucou les pluies fertilisantes
du printemps, parce que les deux phénomènes s'accompagnent ou se suivent de près. Peut-être faut-il
chercher dans cette même coïncidence l'origine du
mythe crétois, où Zeus se transforme en coucou pour
féconder Héra.

Cette façon d'attribuer à un objet, qui n'en peut rien,

([1]) *Journal of the Anthropological Institute.* London, 1881-1882,
p. 370.

certains événements associés avec son apparition, se
rencontre chez tous les hommes non cultivés, et même
chez les autres; — témoin, entre autres superstitions
de ce genre, les « fétiches. » de nos joueurs. Toutefois,
la notion de la chance qui s'attache à certains porte-
bonheur ou porte-malheur ne renferme en elle-même
rien de religieux, et c'est à tort que des philosophes
ont voulu placer dans le fétichisme ainsi entendu
l'origine de la religion. Ils ont beau affirmer que le
dieu est sorti de l'amulette; il leur reste à établir
comment l'homme a passé d'une notion à l'autre, et
ici, à leur tour, ils nous donnent une concomitance
pour une causalité. La pensée qu'un objet matériel
peut exercer une certaine influence ou susciter certains événements, par suite d'une connexité mystérieuse, ne peut s'appeler une croyance religieuse que
si on attribue cette connexité à l'intervention d'un
être surhumain incorporé dans l'objet ou s'en servant
comme d'un instrument ([1]). Mais qui ne voit que dans
ce cas il faut présupposer la croyance à des puissances
surhumaines?

Il est facile de s'expliquer comment, une fois que
la notion des personnalités surhumaines et mystérieuses s'est formulée dans l'imagination, cette extension abusive de la causalité peut multiplier indéfiniment le nombre des dieux. Il n'y a pas d'objet qui ne

([1]) Les nègres même distinguent entre les fétiches (*gris-gris, jou-
joux, mokissos*), qu'ils traitent en êtres surhumains ou plutôt en objets
possédés, et les amulettes ou talismans proprement dits (*mondas*),
qu'ils ne tiennent pas pour conscients et animés. (Cf. DU CHAILLU,
Transactions of the Ethn. Society. Londres, t. 1, p. 307.)

puisse être associé à un événement quelconque, par suite en être regardé comme la cause. Vient alors la personnification de cette cause par un procédé déjà familier à l'esprit de l'homme, et les premiers panthéons compteront chaque fois un dieu de plus.

L'assimilation du rêve à la réalité.

Les associations fantasques qui se développent dans les rêves contribuent à ce résultat autant que les associations réelles produites dans la vie normale par le hasard des événements.

L'animal rêve, mais ne paraît point se souvenir de ses rêves. Le sauvage non seulement s'en souvient, mais il croit encore les avoir vécus. Tous les explorateurs sont d'accord sur ce point, et il serait fastidieux d'en reproduire les preuves. Le fait, du reste, n'est pas contesté.

Les lieux qu'il a visités, les objets qu'il a aperçus, les personnages avec lesquels il a conversé, en un mot, tous les détails de ses rêves, apparaissent au sauvage aussi réels après qu'avant le réveil. Si certains de ces personnages ou de ces objets ont assumé, pendant son sommeil, le rôle qu'il prête à ses dieux, pourquoi hésiterait-il à les ranger parmi les puissances surhumaines qu'il doit s'efforcer de concilier ou d'asservir ?

Bref, sous l'action de cette double cause, le sauvage finit par tout diviniser dans la nature. C'est le stage où, comme le disait Bossuet, « tout était dieu, excepté Dieu lui-même ». Encore une fois, qu'on prenne l'homme dans la sauvagerie actuelle ou dans la bar-

barie préhistorique, la difficulté n'est pas de dire ce
qu'il a adoré, mais de trouver ce qui aurait échappé
à sa vénération.

Fonctions des premiers êtres surhumains.

Les associations — réelles ou rêvées — qui ont ainsi
multiplié indéfiniment le nombre des dieux, ont également contribué à étendre considérablement la sphère
d'action originairement attribuée à chacun d'eux. On
avait vraisemblablement commencé par demander à
chaque être ou à chaque objet divinisé les seuls services qu'ils étaient réellement aptes à rendre en vertu
de leur nature réelle. Ainsi, l'on invoquait le soleil,
pour qu'il réchauffe ou qu'il féconde ; la lune, pour
qu'elle vienne dissiper les ténèbres ; la source, pour
qu'elle coule et désaltère ; le nuage, pour qu'il arrose
ou qu'il se détourne ; le vent, pour qu'il n'abatte pas la
cabane ; l'arbre, pour qu'il porte des fruits abondants,
les animaux féroces, pour qu'ils respectent la vie et la
propriété du suppliant. Mais un jour, on a remarqué
qu'avant de crever, les nuages s'assemblaient sur un
pic ; c'était donc cette montagne qui faisait pleuvoir.
Au moment d'une pleine lune, le sauvage sera tombé
malade ; c'est donc la pleine lune qui lui a envoyé sa
maladie et qui, par conséquent, peut la lui ôter. En
partant pour une chasse fructueuse, il aura rencontré
un serpent. Les serpents ont donc le pouvoir de lui
assurer du gibier et, s'ils peuvent le faire réussir à la
chasse, pourquoi pas à la guerre et dans d'autres
entreprises encore ? Ou bien il aura rêvé que le soleil
lui faisait des promesses ou des présents ; le fait a dû

se passer, et, par suite, pourra se passer encore. Une
autre nuit, il aura vu un rocher voisin se transformer
en lion rugissant et se jeter sur les ennemis de la
tribu; il saura désormais à qui s'adresser pour obtenir
la victoire.

Voici un exemple où le rêve se combine avec
une coïncidence toute fortuite : M. L. De Backer,
dans son ouvrage sur l'archipel Indien, parle d'un
indigène qui, ayant ramassé une pierre entourée de
petits poissons, vit, la nuit suivante, un génie lui
apparaître en songe. Ce génie lui dit qu'il était la
pierre elle-même et que, s'il recevait ses hommages, il
lui enverrait beaucoup de poissons. L'auteur ajoute que
les fétiches ou idoles des Dayaks — morceaux de bois
ou de pierre, dents de crocodile creusées, figurines
peintes sur des bâtons, statuettes humaines taillées
dans le liège — étaient presque toujours fabriqués à
la suite de rêves dans lesquels un indigène avait vu
apparaître un *kambi* gigantesque ou un *atang* chevelu
et terrible ([1]). De même, M. Powell nous apprend que,
chez les Peaux-Rouges, chaque Indien est muni d'un
charme ou fétiche, révélé « dans quelque terrible
moment d'extase produit par le jeûne, l'indigestion ou
l'ivresse » ([2]).

On arrive ainsi non seulement à diviniser les êtres
les plus divers, mais encore à les investir de pouvoirs
si variés et si étendus, qu'on ne sait plus de quel être
surhumain on peut ne pas avoir besoin dans une

([1]) DE BACKER. *L'archipel Indien*. Paris, 1874, p. 222.
([2]) POWELL, *Myths of the North American Indians* dans les *Publications of the Bureau of Ethnology*, t. I, p. 41.

circonstance quelconque, et qu'on trouve, en cas douteux, dix dieux pour un, prêts à aider leurs adorateurs, — comme le faisait entendre ce sauvage cali-
fornien qui, interrogé sur ce qu'il marmottait pour
obtenir la guérison d'un malade, répondit : « Je parle
aux arbres, aux oiseaux, aux sources, au ciel, aux
rochers pour qu'ils m'aident, et aussi au vent, à la
pluie, aux feuilles [1]. » « Le froid m'a parlé ; — s'écrie
l'auteur anonyme du chant qui sert de prélude au
Kalevala des Finnois, — la pluie m'a dit ses runes ; les
vents du ciel et les vagues de la mer m'ont dit des
paroles et des chants ; les oiseaux sauvages m'ont
enseigné et j'ai eu pour maître la musique d'eaux
nombreuses. »

Ne croirait-on pas entendre un écho prématuré du
chant où le poète du *Lac* prenait tous les détails de la
nature à témoin de ses amours évanouies :

> O lac, rochers muets, grottes, forêt obscure,
> …Que le vent qui gémit, le roseau qui soupire,
> Que les parfums légers de ton air embaumé,
> Que tout ce qu'on entend, l'on voit ou l'on respire,
> Tout dise : Ils ont aimé !

Mais ce qui, chez le poète moderne, n'est qu'un jeu
de l'imagination et une figure du langage, représente,
chez ses contemporains de la sauvagerie actuelle et
chez ses prédécesseurs de la sauvagerie primitive, l'expression d'une foi générale à l'animation de la nature
entière ainsi qu'à la possibilité d'entrer en relations
avec ses manifestations personnifiées.

[1] BANCROFT, *Native Races of the Pacific States*, 1875, t. I, p. 358-
359.

Le dédoublement de la personne.

La croyance à la réalité du rêve agit encore d'une autre façon sur le développement des idées religieuses, comme nous le voyons dans la conception du double et dans la notion de la survivance.

L'homme qui vient de courir en songe les aventures les plus extraordinaires se réveille dans l'endroit et même dans la position qu'il occupait en s'endormant. Il se souvient avoir parcouru d'immenses espaces, exécuté une besogne ardue, peut-être reçu des coups ou des blessures, et cependant ses membres, loin de se sentir fatigués, ont retrouvé une vigueur et une souplesse nouvelles. Il vient de converser avec des individus qui dénieront l'existence de cet entretien et qui, au besoin, produiront un alibi incontestable à l'appui de leurs dénégations ; lui-même aura peut-être l'occasion de leur rendre, au premier jour, la monnaie de leur démenti. Dès lors, la seule explication possible, et l'on ne comprendrait pas qu'elle ne se fût point présentée spontanément à l'esprit du sauvage, dès qu'il s'est mis à reconstituer et à raisonner ses rêves, c'est que l'homme est composé de deux parties, en quelque sorte, emboîtées l'une dans l'autre : l'une extérieure, formée du corps qui reste en place durant le sommeil, l'autre, intérieure, qui peut quitter le corps, comme un vêtement, pour s'en aller au loin, suivant l'expression d'un Groenlandais : « chasser, danser et faire des visites ».

Un Kurnaï de l'Australie à qui l'on demandait s'il croyait réellement que son *yambo* pouvait « sortir »

pendant le sommeil, répondit aussitôt : « Il doit en
être ainsi, car quand je m'endors, je vais dans les
lieux éloignés, je vois des gens qui sont au loin, je
converse même avec les morts » ([1]). Il suffit d'ouvrir
un traité d'ethnographie pour constater que le même
raisonnement prévaut chez les nègres, les Cafres, les
Polynésiens, les Peaux-Rouges, les Groenlandais, les
indigènes de l'Amérique méridionale. Tout au plus
quelques-uns ont-ils remarqué, comme les Karens de
la Birmanie, qu'on peut seulement visiter en rêve des
localités et des gens qu'on a connus. Il y a des populations, comme les Tagals, de Luçon, qui se refusent
à éveiller en sursaut un homme endormi, parce qu'on
doit laisser à l'âme le temps de réintégrer son domicile.

Vous voyez ainsi se dessiner le commencement
d'une opposition entre le corps et ce que nous en
sommes venus à appeler l'âme. Il s'en faut néanmoins
que le sauvage regarde sa personnalité intérieure
comme une entité immatérielle, conçue par abstraction, réduite à l'état de force psychique. Il ne peut
comprendre une force ou une substance que sous une
forme matérielle ou du moins sensible; il donnera
donc à son *moi* les traits sous lesquels lui apparaissent, dans le sommeil, sa propre personnalité et
celle de ses semblables. Ce sera une réduction ou
plutôt une image du corps, mais plus vague, plus
pâle, plus effacée. C'est ce qu'on a appelé le *double,*
que nombre de peuples ont identifié avec l'ombre

([1]) W. Howitt, *Some Australian Beliefs,* dans le *Journal of the Anthrop. Soc.*, vol. XIII, 1884, p. 189.

produite par le corps, avec sa réflexion dans l'eau, avec l'image que renvoie la prunelle, etc.

Les sorciers groenlandais décrivent l'âme comme une substance pâle et molle, sans nerfs, sans os, sans chair, qu'on ne sent point, quand on veut la saisir. N'est-ce pas absolument l'*animula vagula blandula, hospes comesque corporis,* sous les traits de laquelle l'empereur Adrien se figurait son propre principe spirituel ([1]), et, aujourd'hui encore, cette description ne répond-elle pas exactement à la physionomie des esprits que prétendent faire apparaître nos *mediums?*

Le culte des morts.

Ce dédoublement de la personne n'a en lui-même rien de religieux. Mais là ne sont pas arrêtées les déductions qu'on en a tirées. Parmi les êtres avec lesquels le sauvage entre en communication dans son sommeil, il y en a qui ont cessé de vivre. Peut-être est-ce lui-même qui les a tués — voire mangés. Qu'en doit-il conclure, sinon que l'homme ne meurt pas tout entier et que la disparition du corps n'entraîne pas celle du double? Ainsi Achille, après avoir embrassé l'ombre de Patrocle et l'avoir vue se dissiper sous son étreinte comme une légère vapeur, ne manque pas de s'écrier : « En vérité, il subsiste jusque dans la demeure d'Hadès une âme et une image, mais de substance point ([2]). »

([1]) Voy., dans les *Historiæ Augustæ Scriptores, Adrianus,* ch. XXIII.

([2]) *Iliade,* XXIII, 103, 104. ψυχὴ καὶ εἴδωλον — ἀτὰρ φρένες οὐκ ἔνι πάμπαν.

Les animaux ne semblent pas avoir l'idée abstraite de la mort. L'homme primitif a dû commencer par confondre la mort avec le sommeil, l'évanouissement et la catalepsie. De là, les efforts pour réveiller le cadavre et assurer sa conservation, qui se rencontrent déjà chez les animaux et qui survivent dans les coutumes de nombreux peuples, alors même que la notion de la mort a pénétré dans leur esprit. Encore au temps de Marco Polo, les Mongols gardaient des cadavres pendant six mois, et, chaque jour, on leur offrait à manger ([1]). C'est évidemment la dissolution du corps qui a dû faire comprendre la différence entre la suspension apparente et la cessation définitive des fonctions vitales.

Cependant le double continuait à vivre dans le voisinage et à se mettre en rapports avec les vivants pendant leur sommeil. Suivant les uns, comme chez les Yoroubas de l'Afrique occidentale et les Veddahs de Ceylan, ce sont les morts qui viennent alors visiter les vivants; suivant les autres, comme chez les Maoris de la Nouvelle-Zélande, ce sont les vivants qui vont visiter les morts. D'autre part, le double a acquis, dans le rêve, des pouvoirs mystérieux qu'il ne possédait pas ou qu'il possédait à un moindre degré, quand il était uni au corps. Il peut revêtir les formes les plus diverses et les plus terrifiantes, se transporter et agir à distance avec la rapidité de l'éclair, produire des résultats absolument disproportionnés avec sa force antérieure, et cela par les procédés les plus

---

([1]) *Récits de Marco Polo.* Paris, 1879, p. 240.

extraordinaires. Les Polynésiens se suicident parfois
dans la pensée que, passés à l'état d'esprit, ils seront
mieux à même de se venger d'un ennemi puissant (¹).
Le même fait a été relevé dans l'Inde, où il arrive
aussi qu'on tue une personne pour se procurer l'assistance de son esprit. On a cité le cas d'un brahmane
qui immola sa mère, pour que l'esprit de cette dernière pût découvrir et punir un voleur. M. Letourneau dit qu'au Congo également on a vu un fils tuer
sa mère pour se procurer l'assistance de son âme,
transformée en esprit redoutable (²). Chez les Alfou-
rous des Moluques, on enterre à mi-corps des enfants,
qu'on expose à tous les tourments de la soif, jusqu'à ce
qu'on leur ait arraché la promesse de se jeter sur les
ennemis du village. Alors, on les délivre, mais pour
les tuer aussitôt, dans la pensée que l'esprit de la victime remplira son suprême engagement (³). En sens
contraire, chez les Peaux-Rouges, comme sans doute
parmi bien d'autres peuples encore, la crainte de la
vengeance exercée par le mort sert à empêcher les
meurtres, tout aussi bien, ajoute Schoolcraft, que la
crainte de la potence parmi les races civilisées (⁴).

En tout cas, le double ainsi conçu réunit bien tous
les caractères des êtres surhumains que le sauvage

(¹) GERLAND cité par RÉVILLE, *Relig. des peuples non civ.*, t. II, p. 92. —
Ne faudrait-il pas voir une survivance de cette idée dans le point
d'honneur japonais, forçant un homme à s'ouvrir le ventre quand il a
subi une insulte grave?

(²) LETOURNEAU, *Sociologie*. Paris, 1880, p. 240, 241.

(³) ROSENBERG, *Der Malayische Archipel*. Leipzig, 1878, p. 59-60.

(⁴) H. R. SCHOOLCRAFT, *Indian tribes of the United States*. Philadelphia, 1851-1853, part II, p. 195-196.

croit exister dans la nature, qu'il cherche à se concilier par les procédés en usage dans ses relations avec
les puissants de ce monde et qu'il entoure des témoignages à la fois de son affection et de sa crainte.

Le culte des morts a-t-il précédé ou suivi le culte
des objets naturels et des phénomènes personnifiés ?
Il est possible que, sur certains points, le culte des
morts se soit montré le premier ou encore que les
deux conceptions se soient formées parallèlement
avec prédominance de l'une ou de l'autre. Il semble
qu'en Chine le culte des ancêtres soit venu se greffer
sur un naturisme antérieur. Parmi les Polynésiens,
on a pu établir que le culte des morts, originaire des
archipels orientaux, a recouvert par places l'ancienne
vénération mythologique de la nature, alors qu'il n'a
presque pas pénétré dans les îles les plus occidentales
de la Micronésie (¹).

Tout ce que je soutiens, d'ailleurs, c'est qu'aucune
de ces deux formes ne représente un antécédent
nécessaire de l'autre. Le point important, dès lors,
c'est que l'homme, arrivé, par des procédés intellectuels, plus ou moins indépendants l'un de l'autre, à
personnifier les âmes des morts et les objets naturels,
leur a ensuite attribué également le caractère d'êtres
surhumains et mystérieux. Ajoutons que le fait a dû
se passer partout, car il n'est pas un peuple où l'on
ne rencontre ces deux formes de croyances juxtaposées et entremêlées.

(¹) A. Réville, dans la *Revue de l'histoire des religions*, t. IV (1882),
p. 16.

Les premiers rites.

Nous avons maintenant à compléter le tableau des premières croyances par celui des premiers rites, c'est-à-dire des actes inspirés à l'homme par sa conception primitive des êtres surhumains et de ses rapports avec eux.

Il est probable qu'au début, le culte a été fort simple.

Quand on regarde les principaux objets de la nature comme des personnalités quasi humaines dont on recherche l'appui, on doit évidemment les traiter comme l'expérience a enseigné à traiter les puissances de ce monde. Or, que fait-on, chez les peuples inférieurs, voire chez les autres, quand on veut obtenir des faveurs d'un grand ou d'un puissant? On lui adresse sa demande dans les termes qu'on croit les plus propres à le convaincre et, d'ordinaire, on y ajoute un présent ou du moins on lui fait certaines promesses. Tels sont également les mobiles qui se révèlent dans la prière et dans le sacrifice ou plutôt — pour éviter les malentendus occasionnés par l'acception mystique parfois prêtée à ces termes — dans la supplication et dans l'offrande.

La prière à ses débuts.

La prière n'est et ne peut être d'abord qu'une demande de richesses et de faveurs, à commencer par les choses les plus indispensables à l'existence, comme « le pain quotidien ». Sous ce rapport, je ne pense pas qu'il y ait de peuplade où la prière soit

inconnue, car il n'en est pas qui n'ait rien à obtenir
des puissances surhumaines. « Sois la bienvenue,
— disent, par exemple, les Hottentots à la nouvelle
lune, — donne-nous beaucoup de miel, procure beaucoup de nourriture à nos bestiaux afin qu'ils nous
donnent beaucoup de lait (¹). » Bientôt cependant, le
cercle de la demande s'étend. On s'adressera aux êtres
surhumains, souvent en termes identiques chez les
peuples les plus divers, pour implorer la chute de la
pluie, l'éloignement des maladies, l'apaisement des
tempêtes, la victoire sur les ennemis. « O grand
Quaotzi, s'écrie le Peau-Rouge Noutka, accorde-moi
de vivre longtemps, de rencontrer mes ennemis, de
ne pas les craindre, de les trouver endormis et d'en
tuer beaucoup (²). » Vous voyez que toute idée
morale et même tout sentiment chevaleresque font
absolument défaut à ce niveau de l'éducation religieuse. On ne s'y donne même pas la peine, comme
on le fera plus tard, de travestir l'ennemi national en
ennemi des dieux, pour justifier la demande d'intervention qu'on leur adresse. Leur concours reste au
plus offrant.

La théorie primitive du sacrifice.

La théorie primitive du sacrifice répond aux mêmes
idées. Les Karens de la Birmanie vont jusqu'à dire
qu'il est inutile de rien demander aux dieux si on ne
leur témoigne en même temps sa générosité, et, dans

(¹) Tylor, *Civilisation primitive*, t. II, p. 389.
(²) Brinton, *Myths of the New World*, 2e édit., New-York, 1876,
p. 316.

l'intérieur de l'Afrique, où règne partout l'usage du *hongo*, c'est-à-dire d'un péage plus ou moins imposé à tous les voyageurs par les petits chefs locaux, le nègre affirme qu'il ne faut jamais passer devant la demeure d'un esprit sans y laisser une offrande, ne fût-ce qu'un peu de salive (¹). Les nègres de Sierra-Leone offrent des bœufs aux esprits, afin « de faire beaucoup de plaisir à ces derniers et de se faire beaucoup de bien à eux-mêmes » (²).

> *Munera, crede mihi, capiunt hominesque deosque*
> *Placatur donis Jupiter ipse datis.*
>
> (OVIDE, *Ars amatoria.* III, 653.)

Que de gens, même civilisés, en sont encore là dans leur façon de comprendre le culte! Celui-ci n'est que trop souvent un contrat, conclu sur le principe *Do ut des,* où l'homme dessert les dieux à charge d'une réciprocité formellement ou tacitement admise par eux. On lit dans un hymne brahmanique adressé à la cuiller du sacrifice : « Bien remplie, ô cuiller, vole là-bas; bien remplie, revole vers nous. Comme à prix débattu, faisons échange de force et de vigueur. Donne-moi, je te donne; apporte-moi, je t'apporte (³). » Ceci n'est que de la naïveté. Mais voici qui montre jusqu'où l'homme a pu s'enfoncer dans cette voie. On lit le passage suivant dans la Taittirîya Sam-

(¹) WILSON, *Western Africa, its history, conditions and prospects.* London, 1856, p. 218.

(²) R. CLARKE, *Sierra Leone,* p. 43, cité par TYLOR, *Civil. prim.*, t. II, p. 507.

(³) *Taittirîya Samhita,* I, 8, 4. 1. Cf. BARTH, *Religions de l'Inde.* Paris, 1879, p. 25-26.

hita du Yayour Veda : « Veut-on faire du mal à
quelqu'un, qu'on dise à Sourya : Frappe un tel,
ensuite je te ferai l'offrande. Et Sourya, pour obtenir
l'offrande, le frappe (¹). » Ici, le dieu descend au
rang d'un vulgaire *bravo*, pour se mettre à la solde
d'un homme que, dans les idées de notre temps,
nous nommerions un lâche. Cependant, c'est ce même
Sourya, « dieu parmi les dieux », qui, dans les hymnes
du Rig Veda, « ne s'écarte pas du droit chemin ». Du
reste, il n'existe pas, dans toute l'antiquité, une religion où la divinité ne punisse la négligence ou la
parcimonie dans les offrandes. Les brahmanes n'en
vinrent-ils pas à proclamer que le monde a été créé
en vue du sacrifice?

On peut retrouver de la même façon les mobiles qui
ont inspiré les autres formes de sacrifice. Lorsque des
sujets ont obtenu de leur chef une faveur quelconque,
ils l'en rémunèrent par un présent. C'est le sacrifice
d'action de grâces. Quand ils le croiront irrité, ils lui
en offriront un pour l'apaiser. C'est le sacrifice d'apaisement. S'ils l'ont réellement offensé, ils chercheront
à le désarmer, en lui payant une amende ou en s'infligeant eux-mêmes un châtiment. C'est le sacrifice
d'expiation.

L'homme offre naturellement à ses dieux ce qu'il
leur croit le plus nécessaire ou ce qu'il s'imagine leur
plaire davantage, en premier lieu des aliments.
Cependant les dieux, comme les hommes, une fois
leur appétit satisfait, ont aussi des goûts plus raffinés.

_____

(¹) *Tait. Samh.*, VI, 4, 5, 6.

Le nègre offre à ses esprits des liqueurs fortes; le
Sibérien, des fourrures; le Peau-Rouge et l'Ostiaque,
du tabac. L'idée que, dans l'autre monde, on éprouve
les mêmes besoins que dans celui-ci, ressort, du reste,
jusqu'à l'évidence, des offrandes que tous les peuples
de la terre font à leurs morts. Or, la société des
dieux ne diffère guère, à un certain niveau religieux,
des conditions dans lesquelles on place les âmes des
défunts.

Les sacrifices humains nous paraissent aussi odieux
qu'absurdes. Cependant, il n'y a pas de peuple qui ne
les ait pratiqués, à un moment donné de son histoire.
Hindous, Égyptiens, Chinois, Grecs, Romains, Juifs
même, ne diffèrent, sous ce rapport, des nègres contemporains que par le but assigné à leurs immola-
tions. Tantôt on a en vue d'assurer à un mort de
distinction, par le sacrifice de femmes et d'esclaves,
la continuation des services qui lui étaient rendus
en ce monde; tantôt, comme en Polynésie, où les
dieux passaient pour particulièrement friands de chair
humaine, on croit leur offrir le présent le plus digne
de la majesté divine, sinon le plus agréable au palais
des êtres célestes.

Procédés d'intimidation à l'égard des êtres surhumains.

Cependant, la bienveillance n'est pas le seul sentiment sur lequel on puisse compter pour arracher un
avantage à ses égaux ou à ses supérieurs. Même les
hommes les plus puissants sont parfois accessibles à
la crainte. On essayera donc d'intimider les êtres surhumains, en les menaçant par paroles ou par gestes,

soit pour leur arracher une concession, soit pour
refréner leur courroux. Quand la tempête souffle
avec violence, le paysan du Palatinat offre au vent
une poignée de farine, pour qu'il s'apaise. Mais tous
les peuples ne se montrent pas d'aussi bonne compo-
sition. Les Payaguas du Brésil se précipitent à la
rencontre de l'ouragan, en brandissant des tisons enflammés; les Botocoudos du Brésil et les Namaquas de
la Cafrerie, en lançant des flèches dans sa direction.
Les nègres de la Côte d'Or et les Papous de la Méla-
nésie jetteront des offrandes dans la mer pour qu'elle
se calme; les Guanches la frappaient avec des cordes,
tout comme Xerxès fit battre de verges l'Hellespont
« à l'instar d'une esclave », rapporte Hérodote. Aujour-
d'hui encore, nos paysans emploient cette double
méthode avec leurs saints. Sans doute, dans un état
de civilisation plus avancé, les procédés d'intimida-
tion sont réservés aux esprits inférieurs, aux âmes
des morts, aux saints et aux démons. Mais, au début,
les distinctions de la hiérarchie surhumaine ne sont
pas suffisamment établies pour que ces procédés ne
soient d'une application générale. Les Gètes, au dire
d'Hérodote ([1]), ne tiraient-ils pas des flèches contre le
ciel, qui cependant est bien une divinité hors de toute
atteinte?

La sorcellerie.

A côté de ces tentatives pour exercer une action
indirecte sur la volonté des êtres surhumains, nous
en observons d'autres pour les influencer directement.

([1]) *Hist.*, IV, 94.

Il n'est, en effet, si grand potentat sur la terre qui ne puisse être mis à la raison par un plus fort et dont le pouvoir ne doive alors passer à son vainqueur. Les dieux échappent le plus souvent à la coaction matérielle, sauf dans le cas du fétichisme, où l'esprit, logé dans l'objet, est désormais asservi à son possesseur. Mais, de même que les dieux font sentir leur pouvoir par des voies mystérieuses, l'homme se demande si, à son tour, il ne peut agir sur eux par des procédés analogues. Le tout est de savoir s'y prendre; d'où les pratiques de la sorcellerie, qui sont naturellement aussi nombreuses que bizarres — depuis le charivari auquel se livrent tous les peuples non civilisés, sans exception, pour mettre en fuite, dans les éclipses, l'assaillant du soleil ou de la lune, jusqu'aux sortilèges de notre magie populaire et aux évocations de notre spiritisme fashionable.

Il serait oiseux d'entreprendre ici un cours de sorcellerie comparée. Cependant, il n'est pas inutile de montrer, par quelques exemples, comment, à toutes les époques et dans toutes les parties du monde, les imaginations rudimentaires se sont rencontrées dans les mêmes moyens d'agir sur les puissances surhumaines. Il n'est pas de nation qui n'ait cru à l'efficacité des incantations; il n'en est pas qui n'ait eu recours aux lustrations et qui n'ait allumé du feu pour mettre les démons en fuite ou pour empêcher les morts de tourmenter les vivants.

C'est surtout à titre de pseudo-médecine que la sorcellerie s'est donné libre cours. Comme les maladies sont attribuées, par les non-civilisés, soit à la sortie de l'âme, soit à l'entrée d'un esprit étranger dans le corps, le traitement se propose tantôt de ramener l'âme dans son enveloppe, tantôt d'expulser l'esprit auteur du mal, à l'aide de procédés qui offrent une étrange similitude chez les nègres, les Sibériens, les Australiens, les Japonais, les Chinois, les aborigènes de l'Inde et des deux Amériques.

Parfois, on regarde comme indispensable de faire passer l'esprit, qu'on veut expulser, dans le corps d'un être vivant, dans un caillou, dans un morceau de bois, dans un objet quelconque, qui doit être rejeté au loin, voire dans un chiffon qu'on suspend à une branche ou dans un clou qu'on fixe au tronc d'un arbre.

Un corollaire de ces croyances, c'est qu'on peut infliger des maladies en forçant un esprit à s'introduire dans le corps d'une personne. A cet effet, nous avons tout d'abord l'envoûtement, qui consiste à blesser ou détruire une figure faite à l'image de la victime désignée. Cette pratique, bien connue de notre moyen âge, l'était également des Chaldéens et des Grecs; on la trouve encore aujourd'hui employée chez les Hindous, les nègres du Congo et les Chippeways de l'Amérique septentrionale. Viennent ensuite les conjurations exercées sur des objets ayant appartenu de la façon la plus intime à l'adversaire qu'on veut atteindre : une mèche de cheveux, une rognure d'ongle, un vêtement, l'empreinte de ses pas, parfois même son écriture ou son nom. Cette superstition, que nous rencontrons chez les nègres, les Cafres, les Peaux-Rouges, les Polynésiens, comme parmi les diverses branches de la race indo-européenne, implique, —

outre la croyance que la mort, comme la maladie, sont le résultat d'un ensorcellement, — l'idée que la partie vaut le tout et qu'on peut atteindre la personne à travers ses représentations.

A côté des procédés magiques qui affectent la santé humaine, se placent, dans l'ordre d'importance, ceux qui tendent à agir sur les phénomènes atmosphé-riques, en particulier sur la production de la pluie. Si, chez les Peaux-Rouges, le sorcier porte le nom d'*homme médecine,* chez les Cafres il s'appelle « le faiseur de pluie ». J'ai déjà eu l'occasion de vous exposer l'identité de certains procédés employés pour faire pleuvoir, chez les peuples les plus divers. Le Boschiman qui, en vue d'amener ce résultat, promène à travers les champs un hippopotame, animal amphibie par excellence, n'obéit pas à d'autres mobiles que les nègres de l'Afrique occidentale, quand ils jettent dans le même but des cruches à l'eau ; que les Aryas, quand ils versaient sur l'autel la liqueur sacrée du soma ; que les indigènes de Samoa, les Keramins de la Nouvelle-Galles du Sud, les Apaches de l'Amérique septentrionale, voire les Bretons et les Gallois, quand ils arrosent certaines pierres magiques ; ou enfin que les paysans de l'Europe méridionale, quand ils plongent leurs saints dans la rivière. En Russie, si ce dernier traitement reste inefficace, après l'icône, c'est le pope auquel on inflige ainsi un bain forcé [1]. — Toutes ces analogies s'expliquent par le fait que les procédés de la sorcellerie sont, le plus souvent, non le fruit

[1] AN. LEROY-BEAULIEU, *La Religion dans l'empire des tzars.* Paris, 1889, p. 284.

d'un simple caprice, mais le résultat d'une association entre deux faits ou deux objets. Telle est la puissance de la logique que, même au fond de la déraison, il y a toujours un peu de raison ou au moins de raisonnement.

La même remarque s'applique aux procédés de divination, par lesquels l'homme cherche à pénétrer les secrets des êtres surhumains. Quand on croit que tous les événements quelque peu importants sont les résultats de la volonté divine, on doit supposer que celle-ci a dû se déterminer et se formuler plus ou moins longtemps avant de passer à l'exécution. De là le désir de la pénétrer d'avance, afin d'en faire profit. C'est ici qu'a beau jeu la confusion de la concomitance avec la causalité. La divination n'est, d'ailleurs, au début, qu'un département de la sorcellerie.

Origines du symbolisme.

Enfin, il faut tenir compte que l'homme, éprouvant à l'égard de ses dieux, comme je l'ai montré plus haut, un sentiment mixte de crainte et de confiance, les redoute toujours, comme on craint l'inconnu, mais en même temps cherche à s'en rapprocher, pour réaliser avec eux une union intime. De là une série de tentatives pour sanctionner leur alliance par quelque manifestation extérieure, pour vivre de leur vie ou pour s'assimiler à leur nature, depuis les banquets sacrificiaux où le sauvage est censé partager la nourriture offerte aux dieux, jusqu'aux cérémonies où il entreprend d'imiter leurs faits et gestes. Quand ces cérémonies passent pour exercer une action directe et forcée

sur les êtres surhumains, elles rentrent dans la
catégorie des conjurations; mais lorsqu'elles ont
simplement pour objet de simuler la présence de ces
êtres, de reproduire leurs mouvements ou de figurer
les rapports qu'on désire nouer avec eux, alors elles
sont des symboles et rentrent dans la catégorie des
hommages à la divinité. Le symbolisme, c'est-à-dire
la représentation d'une idée par un acte ou par un
objet qui la rappelle en vertu d'une association naturelle ou convenue, se rencontre déjà aux degrés les
plus infimes de l'évolution religieuse. Je proposerais
volontiers de classer les symboles en *subjectifs,* quand
ils ont pour but d'exprimer une nuance de sentiment;
en *figuratifs,* quand ils se proposent de représenter un
être ou une qualité abstraite; en *imitatifs,* quand ils
visent à reproduire les actes supposés d'êtres réels ou
imaginaires.

Les symboles figuratifs, qui tendent à représenter
soit la divinité, soit un de ses attributs, ne se rencontrent guère que chez des peuples déjà parvenus à la
conception de la divinité comme essence distincte des
êtres et des choses matérielles. Les symboles subjectifs, au contraire, se retrouvent jusque parmi les
populations les plus arriérées. On peut les subdiviser
en symboles de soumission, de tristesse, de repentir,
de joie, d'amour, de communion, etc., sans que cette
énumération épuise une matière aussi diversifiée que
le sentiment religieux lui-même dans ses nuances les
plus délicates. Tantôt ils consistent dans une reproduction préméditée de l'attitude que l'homme prend
naturellement sous l'empire des sentiments qu'il veut

7.

simuler ou exprimer; ainsi, pousser des gémisse-
ments, faire des bonds, envoyer des baisers avec la
main, se traîner à plat ventre devant l'objet de l'adoration, se couvrir la tête de cendres, etc. Il en est
souvent ici, comme dans l'hypnotisme, où le seul fait
d'imprimer aux membres et aux traits l'attitude caractéristique de certaine émotion, tend à engendrer ce
sentiment dans la conscience. — Tantôt l'homme
cherchera à exprimer son état spirituel par l'usage de
certaines couleurs ou par la production de certains
objets. En général, le noir est la couleur de mauvais
augure; le blanc, au contraire, l'emblème de l'allégresse, bien qu'il y ait des exceptions, notamment chez
les nègres qui peignent en blanc les effigies de leurs
morts, parce que les esprits leur apparaissent sous
une forme blanchâtre. — Tantôt, enfin, on recourra
à un symbolisme compliqué, mais qui se rencontre
déjà chez des peuples très primitifs, comme le langage des plantes ou des fleurs. Les Tahitiens plantent
sur les tombes des prêles sans feuilles pour figurer la
mort, alors que des peuples non moins arriérés symbolisent déjà par les essences à feuilles persistantes
la foi dans la perpétuation de la vie.

Chez les populations qui vénèrent les phénomènes
personnifiés, le symbolisme imitatif consistera surtout
à reproduire le cours des événements naturels : phases
de la lune, mouvements des planètes et des constellations, mort et résurrection du soleil, luttes du ciel
lumineux et de la nuée orageuse, mystères de la ger-
mination et de la génération, production du feu sur
terre et dans le ciel. De là le rôle considérable joué

par la danse dans les rites des sauvages. Ailleurs, c'est
la croyance à la survivance qui s'affirme par une
simulation de la mort et de la résurrection. Chez les
Australiens, certaines tribus ont l'habitude de célébrer
des initiations, où l'un des néophytes se couche sur le
sol ; les assistants le couvrent de poussière, puis il se
relève au milieu de l'allégresse générale (¹).

La conjuration a-t-elle précédé la propitiation?

On a beaucoup discuté la question de savoir si le
culte est sorti de la sorcellerie, ou la sorcellerie du
culte. Ce que je viens de dire fait comprendre pourquoi cette controverse est absolument oiseuse. Il est
probable que conjurations et propitiations ont coexisté
— bien que peut-être avec des distinctions, au début,
mal définies et mal tranchées — depuis le jour
où l'homme a éprouvé le besoin de se mettre en
communication avec les forces personnifiées de la
nature. Même chez les peuples les plus arriérés,
nous trouvons cette double catégorie d'actes qui
ont pour but, les uns de concilier, les autres de
dominer les puissances surhumaines. Ainsi s'expliquent les caractères complexes du culte, qui font parfois naître des doutes sur la possibilité de retrouver
ses origines psychologiques. Ainsi s'explique également la difficulté de déterminer dans quelle catégorie
se rangent certains actes qui participent ou peuvent
participer à la fois de l'hommage, du symbole et
de la conjuration. Quand on voit, par exemple, les

(¹) J. Bonwick, *The Australian Natives,* dans le *Journal de l'Anthropological Institute,* 1886-1887, p. 206.

Abipones de l'Amérique méridionale et les nègres de
l'Afrique centrale exécuter des danses religieuses où
ils imitent les mouvements astronomiques, on peut se
demander si ce rite est dû soit à la croyance qu'on
peut, de la sorte, contraindre les astres à poursuivre
leur course périodique ([1]), soit au désir de prendre part
à la vie des corps célestes afin d'en partager la destinée
et la puissance, soit, enfin, à la croyance que c'est un
moyen de leur faciliter l'accomplissement de leur
tâche, ou bien à la simple intention de leur rendre
hommage et de leur plaire en imitant leurs faits et
gestes. Aucune de ces notions n'est au-dessus, ni même
en dehors de l'esprit qui règne au niveau inférieur de
la civilisation, comme on peut s'en convaincre en
étudiant le cérémonial compliqué des sauvages soit à
l'égard de leurs dieux, soit à l'égard de leurs chefs,
soit même dans leurs rapports entre eux. Il est bon
de noter qu'elles se retrouvent également toutes chez
des peuples aussi avancés que les Aztèques, les anciens Égyptiens, les Hindous et les Grecs.

A la même question se rattache le point de savoir
si c'est le prêtre ou le sorcier qui a été le premier en
date. Il est probable que, dans les commencements,
chaque individu était son propre prêtre et son propre
sorcier, c'est-à-dire qu'il invoquait ou qu'il conjurait
tour à tour les puissances surhumaines, en variant
ses procédés suivant le degré de pouvoir qu'il leur

---

[1] C'est une idée fréquente chez les sauvages qu'en préfigurant un
événement, on en assure la réalisation ; de là les vraies pantomimes où
les Peaux-Rouges, avant de partir pour la chasse ou la guerre, simulent
la capture du gibier ou la défaite de l'ennemi.

attribuait, ou suivant la nature du service qu'il en
attendait.

Peu à peu, il s'établit une première ligne de démar-
cation entre les opérations religieuses qui peuvent
être exercées par le premier venu et celles qui exigent
une certaine préparation ou un tempérament spécial.
Chacun continua à se mettre librement en rapport
avec les êtres surhumains dont il se croyait entouré,
comme nous le voyons encore chez les sauvages. Mais
le père de famille commença à sacrifier pour les siens,
en l'honneur des puissances les plus redoutables ou
les plus considérées. Enfin, les fonctions encore indis-
tinctes de devin, de sorcier, de médecin, devinrent le
lot d'individus particulièrement recommandés par la
possession de certaines connaissances plus ou moins
réelles ou par des prédispositions à l'hystérie, cette
maladie étant aisément prise pour de l'inspiration.

Dans ce sens, il est juste de dire que le sacerdoce
proprement dit est sorti du culte domestique, non de
la sorcellerie. Mais culte et sorcellerie procèdent
également d'un état religieux où leurs pratiques respectives étaient indifféremment employées par le premier venu. La différenciation, du reste, n'a jamais été
absolue. Il est des cas où la sorcellerie reste l'apanage
du chef, d'autres où le sorcier profite de son prestige
pour devenir le prêtre par excellence. On peut constater
que, même au sein des religions les plus développées,
le prêtre a encore recours aux pratiques de la
sorcellerie; seulement, c'est avec l'appui des divinités
supérieures, non plus en vertu de son pouvoir personnel, qu'il en fait un usage exclusivement dirigé

contre les mauvais esprits. En tout cas, à quelque
solution qu'on s'arrête sur la priorité de ces deux
institutions, elle ne peut influencer ni notre point de
départ, ni notre point d'arrivée, ni même, comme
j'essayerai de l'établir, le développement intermédiaire du sentiment religieux.

CHAPITRE III.

§ I. — *Le spiritisme, le fétichisme, l'idolâtrie.*

Je viens de montrer comment le culte des objets naturels trouve son origine dans l'extension arbitraire de la personnalité humaine à toute source apparente de vie ou même de mouvement. Si cette explication est fondée, il en résulte que, dès le début, la vénération a dû s'adresser non à l'objet matériel conçu comme tel, mais à la personnalité qu'on y croit enfermée, sans toutefois que cet appel, d'abord instinctif et vague, à des êtres psychiquement calqués sur l'homme, ait impliqué nécessairement une opposition consciente entre la personnalité interne et son enveloppe ou son corps.

Le culte s'adresse à la personnalité des choses.

A première vue, il peut sembler que les sauvages adorent parfois les objets en eux-mêmes, abstraction faite de tout attribut spirituel. Prescott rapporte que le Dacotah choisira au hasard une pierre ronde, la

placera sur le gazon, puis lui offrira du tabac ou des
plumes, en la suppliant de détourner quelque péril
réel ou imaginaire ([1]). Dans les îles Hawaï, rapporte
M. Andrew Lang, un indigène se rendra aux concours
athlétiques muni d'une pierre qu'il aura choisie sur
une plage de l'archipel; s'il est vainqueur, il la trai-
tera comme un dieu. Dans le cas contraire, il la
jettera au loin ou il s'en fabriquera une hache ([2]).
Mêmes usages en Afrique. Un nègre assez intelligent
disait un jour au voyageur Bosman : « Si l'un de nous
a résolu quelque entreprise importante, il se met à la
recherche d'un dieu qui protégera son dessein et il
adopte à cet effet la première créature qui se présente,
chien, chat ou autre animal, quelque insignifiant qu'il
puisse être, ou encore tout objet inanimé qu'il
rencontre en chemin, pierre, morceau de bois ou
autre chose du même genre. Il offre immédiatement
un présent à ce nouveau dieu et lui fait le vœu solen-
nel de l'honorer et de le vénérer à jamais, en cas de
succès. S'il réussit, il aura découvert un dieu secourable auquel il offrira journellement ses offrandes;
dans l'hypothèse contraire, le nouveau dieu, rejeté
comme un instrument sans valeur, retournera à sa
condition primitive ([3]). »

Aujourd'hui même, dans l'Inde, les ouvriers adorent leurs outils, la femme de ménage son panier à

---

[1] Cité par sir John Lubbock, *Origin of Civilization*. London, 1870,
p. 228.

[2] A. Lang, dans la *Contemporary Review* de mars 1890, p. 558.

[3] Bosman, *Guinea*, cité par sir John Lubbock, *Origin of Civilization*, p. 244.

provisions, le pêcheur son filet, le scribe son stylet, et (culte qui n'est peut-être pas inconnu chez des peuples plus avancés) le banquier son livre de comptes [1]. Ce fétichisme paraît déjà avoir existé à l'époque védique [2].

Il semble bien que, dans ces cas, on ne se préoccupe guère d'attribuer un esprit aux choses. Cependant, chaque fois que des observateurs ont pu pénétrer plus avant dans la pensée du sauvage, ils ont constaté que l'objet obtenait seulement une valeur religieuse à raison de la personnalité interne qu'on lui prêtait. Un nègre, à qui Halleur demandait comment il pouvait offrir de la nourriture à un arbre, lui expliqua que cette nourriture n'était pas offerte à l'arbre, mais à l'esprit qui y habitait et que celui-ci absorbait seulement l'esprit de l'offrande [3]. Nous aurons occasion de constater que cette interprétation est absolument conforme aux idées religieuses des sauvages dans les deux mondes.

Je ne soutiens pas que l'homme ait commencé par faire de cette âme des choses une entité séparée ou indépendante. Aujourd'hui encore, comme le dit très bien M. Waitz, les nègres établissent une distinction entre l'esprit et l'objet matériel où il réside, bien qu'ils combinent les deux pour en former un tout.

---

[1] L'exemple le plus caractéristique que sir Alfred Lyall cite de cette coutume, est le culte rendu par les Thugs à la pioche qui servait à enterrer leurs victimes. Sir ALFRED LYALL, Asiatic Studies. London, 1882, p. 15.

[2] A. BARTH, Religions de l'Inde. Paris, 1879, p. 7. — Cf., chez les Israélites, le passage d'Habacuc, I, 16.

[3] WAITZ, Anthropologie des Naturvölker, t. II, p. 188.

M. Im Thurn nous dit, de son côté, que les indigènes
de la Guyane regardent les hommes, les animaux, les
corps célestes, les phénomènes atmosphériques et
jusqu'aux objets inanimés, comme des êtres de même
nature, également composés d'un esprit et d'un corps,
ne différant, en un mot, que par l'étendue des pouvoirs (¹). Cette combinaison, ou plutôt cette absence
de distinction raisonnée entre le corps et l'âme, a été
probablement la règle chez des populations préhistoriques bien plus arriérées encore sous le rapport de
la spéculation psychologique. Mais il résulte de ce que
j'ai dit au chapitre précédent, que jamais l'homme
n'en serait venu à invoquer ou à adorer des objets
quelconques, s'il n'avait cru avoir affaire à des personnalités taillées sur la sienne.

Extension de la distinction entre l'âme et le corps.

Peu à peu, soit par analogie avec la double nature
qu'il croyait découvrir en lui-même, soit par suite des
rêves où il entrevoyait des objets éloignés ou détruits,
l'homme aura étendu aux choses la distinction de
l'âme et du corps; bien plus, il aura admis, pour cette
âme des choses, la possibilité de quitter son enveloppe
et de lui survivre. Avant que les Incas eussent établi
le culte du soleil dans les vallées du Pérou, les indigènes adoraient des pierres, des blocs de rocher ou
huacas. Une légende péruvienne rapporte que, comme
une de ces pierres venait d'être brisée par l'ordre de

(¹) *Indians of British Guiana,* dans le *Journal of the Anthropological Society,* t. XI, 1881-1882, p. 377.

l'Inca Roca, il en sortit un perroquet qui disparut dans une pierre voisine, et celle-ci hérita de la vénération accordée à sa devancière ([1]). Sans doute, si on avait traité ce nouveau fétiche comme le précédent, on aurait vu s'en échapper également soit le perroquet, soit quelque autre être vivant qui eût représenté le véritable objet de l'adoration populaire. Nous abordons ici l'état d'esprit qualifié d'animisme par M. Tylor et de polydémonisme par M. C.-P. Tiele.

Il est assez admissible qu'à l'instar des âmes humaines, les esprits des choses aient d'abord revêtu le caractère d'un double. Les Tahitiens croient que non seulement les plantes et les animaux, mais encore tous les objets naturels ou artificiels ont une âme à l'instar des hommes. Si ces objets sont brisés ou détruits, leur esprit survit pour se rendre au pays des morts. Aux îles Fidji, les naturels racontent qu'on peut entrevoir au fond d'une source les âmes des pierres, des bâtons, des haches, des canots, des maisons, s'enfonçant vers le pays d'immortalité, pêle-mêle avec les âmes des morts ([2]). Les Peaux-Rouges, au dire des premiers missionnaires, admettaient l'existence d'un esprit personnel dans les choses les plus vulgaires. L'objet une fois brisé, cet esprit se rendait, comme les âmes humaines, au pays du soleil couchant ([3]). Voilà des gens qui n'auraient fait

---

([1]) GIRARD DE RIALLE, *Mythologie comparée*. Paris, 1878, t. I, p. 14.

([2]) MARINER, *An account of the natives of the Tonga Islands*. Edimbourg, 1827, t. II, p. 125.

([3]) PÈRE LEJEUNE, *Relation de ce qui s'est passé dans la Nouvelle-France en l'année 1634*, p. 58-60.

aucune difficulté pour prendre à la lettre la plaisante
description de Scarron :

> *J'aperçus l'ombre d'un cocher*
> *Qui, tenant l'ombre d'une brosse,*
> *Nettoyait l'ombre d'un carrosse.*

Peut-être est-ce à la même croyance qu'il faut attribuer l'usage, si répandu chez les non-civilisés et que
nous avons déjà constaté parmi nos populations préhistoriques, de briser ou de brûler les objets déposés
près du cadavre. On a soutenu que c'était afin de
garantir les offrandes contre les voleurs. Mais l'interprétation donnée à cette coutume par tous les peuples
où on l'a observée, montre qu'il s'agit de mieux
assurer ainsi la transmission de l'objet à l'esprit du
défunt; s'il ne s'était agi que de protéger l'offrande
contre les voleurs, il eût suffi, le plus souvent, de la
crainte superstitieuse inspirée par les morts. Enfin,
puisqu'on immolait les animaux destinés à suivre le
défunt dans l'autre monde, il est assez logique qu'on
usât du même procédé pour les armes, les vêtements
et les ustensiles de toute nature.

Ici se présente une distinction de la plus haute
importance pour la direction ultérieure de l'évolution
religieuse.

La croyance aux esprits et ses origines.

Si les objets personnifiés possèdent une individualité déterminée et une durée pour ainsi dire illimitée,
à l'instar du ciel, du soleil, de la lune, des fleuves,

des montagnes, leur âme, quand on la croira susceptible de quitter son enveloppe, recevra à son tour une
physionomie fortement accusée et gardera longtemps,
si pas indéfiniment, l'impression de ses rapports avec
l'objet particulier dont on l'a fait sortir et qu'elle
continue à régir du dehors. Mais les âmes attribuées
à des objets qui ne se distinguent par aucun caractère saillant, qui se confondent avec toute une série
d'objets analogues et qui finissent par disparaître, à
l'imitation des hommes et des animaux, auront beau
survivre, conformément à la théorie générale de la
survivance, on perdra bientôt le souvenir de leurs
attaches avec les objets dont elles sont sorties. Il ne
leur restera plus qu'un vague caractère d'être semi-
matériels, anonymes et indépendants, investis des
facultés les plus extraordinaires et susceptibles d'intervenir arbitrairement dans le cours de la nature,
ainsi que dans la destinée des hommes.

C'est par l'action de ces « esprits » qu'on explique
alors tout ce qu'on ne peut attribuer soit à la volonté
humaine, soit à l'intervention de quelque divinité
déterminée, explication commode qui dispense de
tout effort pour rechercher l'enchaînement des effets
et des causes. Aussi le spiritisme — ou, pour employer l'excellente définition de M. Albert Réville, la
croyance à des esprits sans liens de substance ou
sans connexion nécessaire avec des objets naturels
déterminés ([1]) — prédomine surtout aux degrés inférieurs de la civilisation. D'autre part, il semble

---

[1] *Religions des peuples non civilisés*, t. I, p. 79 et suiv.

peu développé chez des populations restées tout au bas de l'échelle, tels que les Boschimans, les Fuégiens et les Samoyèdes. En Sibérie, suivant Castren, il existait des populations qui vénéraient les objets naturels, mais qui n'avaient jamais entendu parler des esprits (¹). Ces faits confirment la présomption que le spiritisme ne peut être un fait primitif.

Les âmes des hommes et des animaux, quand on ne les envoie pas dans un monde spécial, se fondent aisément dans la masse des esprits, soit qu'on ait perdu le souvenir des individus auxquels elles se rattachaient, soit même qu'on les regarde, en général, comme une classe des esprits. Ainsi, au Congo, le terme *Zombi* désigne à la fois les esprits et les âmes des morts. Il en est de même aux îles Mariannes, où les uns et les autres portent le nom d'*Antis*. C'est également parmi les morts que semblent surtout se recruter les esprits chez les Polynésiens, ainsi que dans l'archipel Indien. Aux îles Salomon, rapporte un voyageur, il n'y a d'autre culte que celui des morts ; les défunts y deviennent des esprits « qui font tout ce qu'ils veulent avec les vivants » (²). Les Chinois, suivant M. de Harlez, quand ils veulent désigner les esprits en général, emploient le terme *shên kvei,* formé par la réunion des deux mots *shên* ou *shin*, puissances supérieures, et *kvei,* les mânes des morts (³).

(¹) Castren, *Nordische Reisen und Forschungen,* t. III. — *Vorlesungen über die Finnische Mythologie.* Saint-Pétersbourg, 1853, t. I, p. 196-197.

(²) Lieut. F. Elton, *On Natives of Salomon Islands,* dans le *Journal of the Anthrop. Instit.*, 1887-1888, p. 96.

(³) *Religions de la Chine.* Leipzig, 1891, p. 53.

Les esprits de la nature et les âmes des morts.

M. Herbert Spencer s'est autorisé de ces faits et d'autres semblables pour soutenir que le spiritisme était sorti de la nécrolâtrie; en d'autres termes, que les esprits étaient invariablement des morts dont l'individualité s'était effacée à la longue. Cependant, il n'est pas difficile de montrer les liens qui, chez de nombreux peuples, rattachent directement les esprits à une personnification antérieure d'objets ou de phénomènes naturels Il y a des peuplades qui ont un seul mot pour désigner ces objets divinisés et les esprits proprement dits. A la Côte d'Or, il y a des *Wongs* qui vivent en liberté dans les champs, les forêts, les rochers, les arbres creux, les montagnes, les cavernes, les cours d'eau. D'un autre côté, la mer, les rivières, les plantes, les oiseaux, les serpents sont appelés des *Wongs* et traités en conséquence [1]. Dans l'Afrique occidentale, un Wanika, interrogé par un missionnaire sur ce qu'il entendait par le mot *Mulungu*, répondit que les uns appelaient ainsi le tonnerre, d'autres la voûte céleste, d'autres encore l'auteur des maladies, d'autres enfin un Être suprême; quelques-uns estimaient que les morts devenaient des *Mulungus* [2]. Il est bon de noter qu'il s'agit de populations parfois représentées comme professant exclusivement le culte des morts.

On peut relever, dans les croyances des Peaux-

[1] MAX MULLER, *Origine et développement de la religion, étudiés à la lumière des religions de l'Inde*. Paris, 1879, p. 103.

[2] RÉV. J.-L. KRAPF, *Travels, researches and missionary labours in Eastern Africa*. Londres, 1860, p. 168.

Rouges, les différentes étapes de la transition par laquelle la personnification d'une chose passe à l'état d'esprit indépendant. Le missionnaire Marquette, naviguant sur un fleuve de l'Amérique septentrionale, fut averti par ses bateliers qu'ils avaient à passer devant l'antre d'un redoutable démon. Ce démon, qui dévorait les voyageurs, était tout simplement un écueil qui coupait le courant à un coude de la rivière. Ici, l'esprit est encore inhérent à son enveloppe matérielle, tout comme Charybde et Scylla dans la tradition antique. — La cataracte de la rivière Peihono passait, dans la même partie du continent, pour servir de résidence à des esprits redoutables dont les rugissements retentissaient au loin. Eux aussi dévoraient les voyageurs qui se hasardaient sur la rivière. Mais ils pouvaient, en outre, surprendre l'imprudent qui se serait endormi dans le voisinage. Dans ce cas, les esprits ont déjà une certaine indépendance, puisque, à l'instar de la *Lorelei* germanique, ils peuvent quitter momentanément leur retraite. — Suivant Schoolcraft, les Peaux-Rouges se moquent des esprits pendant l'hiver, parce qu'ils les croient alors engourdis dans la terre ([1]). Il est difficile de contester que nous sommes là devant des esprits de la nature, bien qu'on ne voie plus clairement leurs attaches avec les différents ordres de phénomènes. — Enfin, toute trace de connexion a disparu. Schoolcraft rapporte encore que les Algonquins attribuent à des esprits bons et méchants la fonction de régler les affaires quotidiennes de

([1]) H.-R. Schoolcraft, *Indian Tribes of the United States.* Philadelphia, 1855, part III, p. 492.

l'homme et ses destinées futures! Cette fois, nous
sommes en plein spiritisme.

En réalité, il n'est pas difficile de se rendre compte
de l'évolution qui fait rentrer dans la masse anonyme
des esprits les doubles des hommes et ceux des choses.
Les ancêtres sont généralement regardés comme les
protecteurs de leurs descendants. D'autre part, les
esprits des choses ont chacun leur sphère d'action
nettement déterminée par le rôle de l'objet auquel
ils se rattachent. Mélangez ces attributions par une
sorte de chassé-croisé ou plutôt par l'extension réciproque des pouvoirs réservés à ces deux catégories
d'êtres surhumains. Que les mânes du sorcier ou du
chef soient invoquées pour faire pleuvoir, arrêter une
inondation, détourner l'orage, féconder la récolte, etc.,
comme c'est le cas en Nouvelle-Zélande, en Sibérie,
chez les nègres; que, d'autre part, on demande aux
esprits de la nature, comme chez les Peaux-Rouges,
de vaincre l'ennemi ou, comme chez les Finnois,
d'assurer la santé du corps et de protéger la maison;
il suffira d'enlever à ces deux variétés d'esprits la
trace de leurs origines respectives pour qu'investis
désormais d'attributions analogues, ils se présentent
comme identiques de nature, de fonctions et même
d'aspect.

Forme et rôle des esprits.

En perdant le souvenir de leurs attaches avec
des individus ou des objets déterminés, les esprits
laissent naturellement tomber leur caractère et leur
forme de *doubles*. Cependant, il s'en faut qu'on les

tienne pour « immatériels » dans le sens que nous
attachons à ce mot. En fait, on leur attribue les physio-
nomies les plus diverses, particulièrement des formes
empruntées à certaines espèces d'animaux. Il ne faut
pas oublier que, pour les sauvages, l'animal n'est pas
seulement l'égal de l'homme, mais encore son supérieur. Il possède, à leurs yeux, d'autant plus de prestige
que ses habitudes sont plus mystérieuses, ses mobiles
plus inexplicables. De là, en particulier, la représentation des esprits sous les traits de serpents et d'oiseaux,
qui se rencontre chez tant de peuples dans le vieux et
le nouveau monde. D'autres fois, les esprits revêtiront
des formes fantastiques et monstrueuses, engendrées
par les visions de la nuit ou même par les caprices de
l'imagination.

L'essentiel, c'est que ces formes impliquent la vie
et l'activité. Si les esprits des plantes sont rarement
conçus sous la forme d'un *double,* ce n'est point
parce que ces esprits sont d'anciens personnages
humains ayant porté des noms de plantes, mais
simplement parce que le végétal ne possède pas une
physionomie suffisamment active et spontanée pour
figurer une personnalité taillée sur le modèle de
la nôtre.

On doit noter que les esprits deviennent visibles
dans certaines circonstances et pour certaines personnes. Ou encore ils se révèlent à d'autres sens que
la vue, par un sifflement, un susurement, un frôle-
ment. Notre folklore est rempli de traditions qui attribuent aux esprits tous les bruits quelque peu insolites,
depuis le cri des oiseaux nocturnes jusqu'aux siffle-

ments du vent dans la forêt. Mais c'est surtout par
leurs actes qu'ils révèlent leur existence.

Ils peuvent agir soit en opérant à distance, soit
en s'incarnant dans un corps quelconque. Chez les
Dayaks, les maladies sont attribuées, tantôt à ce que
les esprits ont infligé à l'homme des blessures inté-
rieures avec des lances invisibles, tantôt à ce qu'ils se
sont introduits dans le corps de leur victime pour y
causer des désordres. Dans le premier cas, nous dirons
qu'il y a *obsession*, dans le second, *possession*. Ce double
procédé s'applique aux choses comme aux êtres, c'est-
à-dire que les esprits peuvent agir du dehors sur des
choses inanimées et s'en servir comme d'un instrument (elles sont alors des talismans ou des amulettes);
ou bien ils peuvent s'incarner dans un objet qui sera
alors un *fétiche*. Cette distinction se rencontre déjà
chez la plupart des peuples non civilisés (¹). Dans le
second cas, l'objet devenu le corps de l'esprit sera le
dispensateur de ses bienfaits et tout possesseur de
l'objet, si celui-ci est appropriable, deviendra le possesseur de la puissance qui y est attachée. C'est là tout
le fétichisme qui peut être défini comme la croyance
que *l'appropriation d'une chose peut procurer les services
de l'esprit logé à l'intérieur.*

De plus, l'homme s'imagine aisément qu'il y a moyen
d'attirer les esprits dans des corps à l'aide de procédés
particuliers, de recettes spéciales. Au Vieux-Calabar,
on fabrique des fétiches avec de la paille, des chiffons,
du bois; puis on les expose en plein air, pour que les

_____

(¹) Voy. plus haut, *chap. II*, p. 76, note.

esprits puissent y descendre. Chez d'autres nègres, il
y a des magasins de fétiches, tenus par quelque sorcier. Celui-ci, après avoir invité l'acheteur à faire son
choix, fait entrer un esprit dans l'objet à l'aide de
certaines incantations. De même en Finlande, on
fabriquait des espèces de poupées ou *paras* avec un
bonnet d'enfant rempli d'étoupe et placé au bout d'une
baguette, puis on promenait ce fétiche neuf fois autour
de l'église, en répétant : *Synni, Para,* « Para, nais! »
pour y faire pénétrer un *haltia,* c'est-à-dire un esprit[1].

Nos maisons hantées, nos objets possédés, les sorciers de nos paysans et les tables tournantes de nos
citadins prouvent jusqu'à l'évidence que ces superstitions ne sont pas éteintes parmi nous, bien qu'elles
aient cessé, pour ainsi dire, de prendre rang parmi les
phénomènes religieux.

Sources du fétichisme.

Le fétichisme, tel que je viens de l'analyser, implique la conception d'esprits qui peuvent séjourner
en dehors des objets matériels. Sans doute, si l'on veut
appliquer le terme de fétiche à tout objet appropriable
qu'on tient pour la demeure d'une puissance surhumaine, il n'est pas exact de dire que le fétichisme présuppose nécessairement le spiritisme. Quand l'homme,
en effet, attribue à certains objets, par suite d'une association d'idées quelconque, une influence heureuse ou
néfaste sur sa destinée, il accordera ses hommages à la
personnalité dont il les croit investis, — qu'il regarde

---

[1] Castren, *Finnische Mythologie,* p. 166.

ou non cette personnalité comme pouvant se séparer de son enveloppe matérielle. L'esprit se borne alors à suivre les destinées de son enveloppe. M. de Castren rapporte que les Ostiaques vénéraient un mélèze aux branches duquel ils suspendaient des peaux d'animaux en guise d'offrandes. Comme celles-ci étaient fréquemment enlevées par des voyageurs, ils taillèrent dans le mélèze un bloc de bois qu'ils déposèrent en lieu sûr et auquel ils transférèrent leurs hommages. En pareil cas, le fétichisme rentrera dans le naturisme, tel que je l'ai défini au cours du chapitre précédent (¹). De même, il y a des cas où le fétichisme rentre dans la nécrolâtrie : c'est quand le fétiche est formé par les restes du défunt, soit seulement par un de ses os, où l'on suppose que s'est réfugiée sa personnalité.

J'estime, toutefois, plus avantageux de réserver la qualification de fétiches aux objets qui doivent leur puissance surnaturelle à leur pénétration par un esprit extérieur. On écarte ainsi la véritable querelle de mots qui s'est élevée entre les positivistes de l'école de Comte et les *naturistes* comme M. Albert Réville et même M. Max Muller. Nous pourrons donner raison à ces derniers, quand ils nous disent que le fétichisme

---

(¹) J'ai proposé, ailleurs, de distinguer entre le fétichisme *primitif*, quand l'homme, personnifiant les objets naturels, s'en choisit un comme auxiliaire ou protecteur, et le fétichisme *secondaire* ou dérivé, qui implique l'incorporation d'un esprit indépendant dans un objet matériel. La première forme n'exige évidemment pas une conception antérieure de l'esprit sous forme d'entité distincte et séparable de son enveloppe matérielle. (« Origines de l'idolâtrie », dans la *Revue de l'histoire des religions*, t. XII (1885), p. 4-5, note.)

(le culte des objets matériels franchement regardés comme tels) ne constitue pas toute la religion du nègre, en même temps qu'aux disciples de Comte, quand ils placent à l'origine des religions la tendance à considérer les phénomènes, les êtres et les corps de la nature comme pourvus de volontés et de sentiments pareils à ceux de l'homme, en faisant seulement quelques différences d'intensité ou d'activité [1].

L'idole est un fétiche perfectionné.

Du fétichisme à l'idolâtrie, le passage est facile à établir. On peut regarder l'idole comme un fétiche façonné à la ressemblance d'un être surhumain. Le fétiche est un objet censément habité par un esprit qui lui prête une puissance surhumaine; l'idole, un fétiche fabriqué ou retouché de manière à reproduire la physionomie de l'esprit qu'on croit y résider. Ici, ce n'est plus l'esprit qui est conçu à l'image du corps, mais le corps auquel, par une sorte d'action réflexe, on donne les traits supposés de l'esprit. Bien entendu, je comprends par *idoles,* non pas toutes les images qui représentent un être surhumain et qui peuvent être vénérées à ce titre, mais seulement celles qui sont tenues pour conscientes et animées. Même en ce sens, il n'y a pas de grande religion, ancienne ou moderne, qui ne possède ses idolâtres. Sans doute, les catholiques, les brahmanes, les bouddhistes éclairés, ont le droit de repousser pour leur compte et même pour le compte de leur doctrine officielle, l'accusation

[1] GIRARD DE RIALLE, *Mythologie comparée.* Paris, 1878, t. I, p. 2.

de verser dans l'idolâtrie, malgré la vénération, en quelque sorte symbolique, qu'ils accordent à leurs représentations d'êtres surhumains. Mais la masse ne fait pas toujours ces distinctions, et un saint ou une madone qui roule les yeux, verse des larmes, répand du sang, prononce des paroles, distribue à ses adorateurs la maladie ou la guérison, fait la pluie et le beau temps dans les campagnes, est tout aussi bien une idole, voire un fétiche à forme humaine, que le plus fétiche des fétiches nègres avec ou sans cette forme.

En Chine, quand une idole tarde à rendre les services qu'on en attend, on l'arrache de son temple et on la jette dans la boue. Si cependant l'événement désiré se réalise ensuite, on la nettoie, on la remet en place et, au besoin, on lui promet une couche de dorure. Sans aller aussi loin dans le traitement de ses icônes, l'antiquité païenne ne sut jamais se débarrasser complètement de l'idée que les divinités résidaient dans leurs simulacres. Est-il besoin de rappeler Ramsès, envoyant à son beau-père, en Syrie, pour guérir sa belle-sœur, la statue du dieu Khonsou, — les Tyriens chargeant de chaînes la statue de Baal-Melkart pour l'empêcher de passer à l'ennemi, — les Romains faisant venir à grands frais de Pessinunte le simulacre de la Magna-Mater du mont Ida, pour se procurer la victoire sur Carthage, — Stilpon banni d'Athènes pour avoir prétendu que la Minerve de Phidias n'était pas la déesse elle-même? — Encore aux derniers jours du paganisme, ses défenseurs les plus intelligents le faisaient consister, suivant Arnobe, à

vénérer, non l'or et l'argent des idoles, mais les divinités que la consécration y avait introduites (¹). « Unir
les esprits à une matière corporelle pour en faire des
corps animés, des symboles vivants, dédiés et soumis
aux esprits qui les habitent, voilà ce qui s'appelle
faire des dieux », — disait, suivant saint Augustin,
Hermès Trismégiste, dans une définition que ne désa-
voueraient ni le sorcier nègre dans sa boutique à
fétiches, ni son collègue finnois, quand il anime un
para (²).

En Polynésie, on fabrique des figurines de bois
sculpté dans lesquelles les prêtres font entrer indifféremment les âmes des défunts et celles des dieux. Une
fois l'esprit entré, on peut l'en faire sortir en l'extrayant
au moyen de certaines plumes qui peuvent à leur tour
le faire passer dans d'autres figurines. Ajoutons que,
quand ces figures sont inoccupées, elles conservent
un caractère sacré, mais on ne leur rend plus aucune
espèce de culte. Il y a là un exemple typique de la
différence entre un simulacre et une idole, en même
temps que de l'assimilation entre l'idole et le fétiche.

Cette assimilation est souvent poussée si loin que,
n'était la forme, il serait impossible de déterminer si
on se trouve devant une idole ou devant un fétiche.
Il existe, à vrai dire, des idoles qui sont l'objet d'un
culte public et qui semblent échapper à l'appropriation individuelle. Mais on peut en dire autant des
fétiches, quand ils sont au service d'une tribu et non

(¹) *Adversus Gent.*, VI, 17.
(²) Cf. Sᵗ Augustin, *De Civit. Dei*, l. VIII, ch. 23; trad. Em. Saisset.
Paris, 1855, t. II, p. 116.

plus d'une famille ou d'un particulier. Tels étaient,
par exemple, les Béthyles, ces « pierres vivantes »,
comme les appelait Sanchoniathon, qui jouaient le
rôle de palladium dans plus d'une cité antique. On
peut voir, dans l'Afrique occidentale, comment s'opère
le passage du culte privé au culte public de l'idole-
fétiche, sans que celle-ci modifie sa nature au cours
de cette évolution. C'est souvent le fétiche domestique
du chef qui remplit en grand, pour l'ensemble de la
communauté et sous la direction du sorcier officiel,
ce que les fétiches privés accomplissent en petit entre
les mains des individus — commandant aux changements atmosphériques, guérissant les épidémies,
dénonçant les coupables et prédisant l'avenir. Les
premières idoles de la Grèce, de l'Égypte, de l'Inde,
de la Syrie faisaient-elles autre chose?

Mobiles de l'idolâtrie.

La raison d'être la plus simple de l'idolâtrie, c'est
que, étant donnée la présence d'un esprit dans un objet,
l'homme se sentait mieux en communication avec
cet esprit quand la forme de l'objet lui en retra-
çait l'image. Cependant, on peut trouver d'autres
origines encore à ce phénomène. En premier lieu, la
ressemblance d'un objet avec la physionomie supposée
d'un esprit aura fait présumer la présence intérieure
de celui-ci, tout comme l'apparition d'un corps humain
atteste l'existence d'une âme ou d'une personnalité
interne. Les Zunis de l'Amérique septentrionale et les
indigènes des Indes occidentales choisissent surtout,
comme fétiches, les pierres et les morceaux de

bois offrant une ressemblance quelconque avec des
oiseaux ou d'autres animaux (¹). Nombre de peuples
vénèrent les rochers et les arbres dont la silhouette
rappelle la physionomie humaine. De là à accentuer
cette ressemblance par quelques coups de hache ou
de marteau, il n'y a qu'un pas.

En second lieu, les hommes se seront imaginé
que l'esprit vient habiter de préférence un corps
fait à son image. En Chaldée et en Assyrie, où l'on
attribuait les maladies à des esprits représentés sous
forme d'animaux fantastiques, on sculptait ces monstres aux abords des palais, afin de leur offrir une
reproduction exacte de leur corps et par suite une
demeure préférable au corps du malade (²). De même
les Siamois, qui se représentent les démons des maladies sous forme humaine ou quasi humaine, les font
passer dans des figurines d'argile qu'ils exposent sur
les arbres ou qu'ils abandonnent au courant des
rivières (³).

Peut-être est-ce la même superstition qui se retrouve
au Congo, dans l'usage de fabriquer des images de
crocodile ou d'hippopotame, afin de se protéger contre
les attaques de ces animaux au passage des rivières.
Ainsi encore, d'après les *Nombres* (XXI, 6-9), Moïse,
pour délivrer les Israélites de la morsure des serpents,
fit placer au bout d'une perche un serpent d'airain, le

(¹) Im Thurn, *On the Races of West Indies,* dans le *Journal of the
Anthropological Society,* 1886-1887, vol. XVI, p. 195.
(²) C.-P. Tiele, *Religions de l'Égypte et des peuples sémitiques.*
Paris, 1882, p. 175.
(³) E.-B. Tylor, *Civilisation primitive,* t. II, p. 232.

Nehustan, qu'il suffisait de regarder pour être guéri ([1]). Beaucoup de peuples croient, en vertu du même principe, que les âmes passent de préférence dans des statues ou des portraits faits à l'image du défunt ([2]). Longtemps avant M. Herbert Spencer, le roi Salomon avait rattaché l'idolâtrie au culte des morts. « Un père, affligé de la mort de son fils, fit faire l'image de celui qui lui avait été ravi prématurément; il commença à adorer celui qui venait de lui être enlevé; il lui établit parmi ses serviteurs un culte et des sacrifices. » (*Sapience,* ch. XIV.)

Les Néo-Zélandais façonnent, en l'honneur des défunts, des images de bois sculpté qu'ils placent, soit dans la maison, soit près des tombes; ils donnent des vêtements à ces statuettes et causent avec elles, persuadés que l'esprit du défunt y réside ([3]). Chez les Papous, quand quelqu'un meurt, on se rend à la forêt voisine; on y taille, dans un morceau de bois, une petite statuette ou *Korwar,* puis on invite l'esprit à

([1]) Il est intéressant de rencontrer la même croyance au fond de l'Inde. A Cowtha, près de Koram, existe un temple dédié à un dieu-serpent, Soufi-Nath, qu'on implore pour se garantir contre les morsures de ces reptiles; la légende prétend que, si l'on est mordu, il suffit de se faire porter dans le temple pour être guéri. (*Indian Messenger* du 16 décembre 1888.) Chez les anciens, Esculape était un dieu-serpent, ou tout au moins son culte, d'origine phénicienne, se trouvait en rapport avec celui du serpent regardé comme le simulacre d'Eshmoun. Cette croyance aux vertus curatives du serpent existe même dans le centre de l'Afrique : Livingstone rapporte que des figurines représentant des serpents sont attachées dans les cases où se trouvent des malades. (*Explorations du Zambèse.* Paris, 1866, p. 43.)

([2]) Cf. HERBERT SPENCER, *Sociology,* t. I, §§ 154-158.

([3]) E.-B. TYLOR, *Civilisation primitive,* t. II, p. 227.

venir s'y loger. Les Ostiaques et les Samoyèdes font
des statues grossières à l'image de leurs parents, puis
offrent de la nourriture à ces effigies. De même, les
anciens Égyptiens multipliaient des statues dans les
tombes, afin d'y offrir un réceptacle au double. « Ces
statues, dit M. Maspéro, étaient plus solides que la
momie et rien n'empêchait d'en fabriquer la quantité
qu'on voulait. Un seul corps était une chance de durée
pour le double; vingt statues représentaient vingt
chances (¹). »

Chez certains peuples, on combine cette croyance
avec la notion que le double survit dans les restes du
corps. Les anciens Mexicains pétrissaient avec du sang
humain les cendres de leurs chefs et ils en fabriquaient
une image à la ressemblance des défunts. Chez les
habitants du Yucatan, après avoir brûlé les morts de
distinction, on plaçait leurs cendres dans des statues
d'argile, creuses à l'intérieur (²). C'est à peu près ce
que faisaient les Égyptiens, quand ils sculptaient
l'effigie du défunt sur le couvercle du sarcophage où
ils enfermaient la momie.

Il n'en faut pas cependant conclure que l'idolâtrie
aurait partout sa source dans le culte des morts. Nous
avons vu tantôt que, fréquemment, l'idole était sortie
du fétiche. Il y a d'autres cas où nous pouvons la rattacher plus directement encore à quelque objet naturel
préalablement personnifié. Pausanias parle d'un arbre

(¹) « Histoire des âmes dans l'Égypte ancienne d'après les monuments du Louvre », dans le *Bulletin de l'Association scientifique de
France*. Paris, 1875, t. XXIII, p. 581.

(²) Cf. HERBERT SPENCER, *loc. cit.*

sacré que les Corinthiens, par l'ordre d'un oracle,
adorèrent sous le nom de Bacchus. On tira de son
bois deux statues du dieu qui, au temps de l'écrivain, étaient encore l'objet d'une grande vénération
sur la place publique de Corinthe (¹). Aux Antilles, où
les sorciers prétendaient comprendre le langage des
plantes, on fabriquait des idoles avec le bois des arbres
qui étaient censés s'être désignés eux-mêmes pour
cette opération (²).

De plus, j'ai eu déjà l'occasion de rappeler que la
forme des idoles n'est pas toujours en rapport avec
celle de l'homme. En réalité, elle peut varier à l'infini,
sous réserve de toujours représenter quelque chose
d'animé, comme nous pouvons nous en convaincre
par la fréquence des idoles à formes bestiales ou fantastiques. A la longue, cependant, la forme humaine
prédomine dans la représentation des esprits les plus
puissants, soit que l'homme, s'estimant désormais le
plus élevé des êtres dans la nature, n'en connaisse pas
de mieux fait pour prêter ses traits aux puissances
supérieures, soit qu'à force d'attribuer aux divinités
des sentiments et des mobiles humains, il se trouve
instinctivement entraîné à leur prêter la figure humaine.
Peut-être le passage entre les deux formes est-il marqué par ces idoles, tantôt à corps d'homme et à tête
d'animal, tantôt à corps d'animal et à tête d'homme, qui
nous apparaissent dans l'iconographie des Égyptiens,
des Chaldéens, des Hindous, des anciens Américains, etc.

¹) Pausanias, II, 2, 7.
(²) Tylor, *Civilisation primitive*, t. II, p. 281.

Rapports de l'idolâtrie et du symbolisme.

Certains auteurs ont voulu trouver dans ces combinaisons monstrueuses des merveilles de symbolisme.
On a soutenu, par exemple, que l'artiste, partant de la
forme humaine, avait introduit, dans sa représentation des dieux, des ailes pour indiquer leur pouvoir
de translation à travers l'espace, des nageoires pour
marquer leur faculté de vivre dans l'eau, un corps de
lion pour symboliser leur courage, une tête de taureau pour représenter leur force, etc., de même qu'il
leur avait parfois attribué, dans des intentions analogues, plusieurs bras, plusieurs jambes ou plusieurs
têtes.

Il n'est pas douteux que les exégètes les plus éclairés
des anciens cultes n'aient interprété de la sorte les
images monstrueuses de leurs dieux, à une époque où
elles commençaient à faire scandale. Mais il n'en reste
pas moins évident qu'on a commencé par croire à la
réalité de ces représentations. « Les formes animales
dont on revêtait les dieux, dit fort bien M. Maspéro
à propos des divinités égyptiennes, n'ont pas un
caractère allégorique; elles marquent une adoration
de l'animal, qu'on retrouve dans plus d'une religion
ancienne et moderne. Les formes ambiguës elles-
mêmes, moitié homme, moitié bête, prouvent simplement l'ignorance et la crédulité des anciens en
matière d'histoire naturelle ([1]). »

Puisqu'on croyait possible la présence de pareilles

([1]) *Revue de l'histoire des religions*, t. I, p. 121.

créatures sur terre, à plus forte raison pouvait-on en peupler le monde surhumain, où elles tenaient de leur étrangeté même un titre de plus à l'existence. Tout au plus, s'il faut faire une part à l'invention de l'artiste ou du mythologue, doit-on admettre que ce bizarre amalgame est dû au désir naïf de perfectionner la représentation des êtres surhumains, en combinant avec des traits empruntés à l'homme les formes bestiales consacrées par la tradition et, du reste, nécessaires pour distinguer l'individualité des différents dieux. Il paraît que, dans les hiéroglyphes des premières dynasties, les grands dieux de l'Égypte sont constamment représentés sous des traits d'animaux.

Cependant, on est allé plus loin encore et c'est même une théorie toujours fort répandue, que les idoles sont des symboles dont la signification originaire s'est altérée. A en croire cette thèse, déjà esquissée dans la *Sapience* de Salomon, l'idolâtrie en général représenterait non un perfectionnement, mais une dégénérescence : les hommes, après avoir conçu la divinité comme un pur esprit, se la seraient figurée symboliquement sous des traits matériels, puis ils auraient regardé ces prétendus portraits comme des individualités réelles, le corps temporaire ou permanent des dieux.

Je suis loin de contester que, dans certains cas, une image n'ait pu devenir une idole par l'oubli de sa destination primitive. L'histoire nous montre de véritables exemples de décadence religieuse, où l'idolâtrie, toujours latente au fond des superstitions populaires, remonte, pour ainsi dire, à la surface du culte ([1]). Au sein des mêmes cultes, l'image qui, dans la pensée de ses auteurs ou de ses reproducteurs, n'a qu'une valeur de symbole, peut devenir pour les autres un véritable fétiche. Mais ces faits, qui s'expliquent par des survivances ou des infiltrations locales, ne peuvent prévaloir contre les observations concordantes de l'ethnographie et de l'histoire, qui nous montrent partout les idoles sortant des fétiches par une série d'étapes aisées à retrouver.

L'idolâtrie peut être un progrès.

Le culte si répandu des pierres levées nous laisse encore en plein fétichisme. Mais que sur la pierre on peigne, comme les populations de l'Inde méridionale, une tache rouge, et nous voilà aux commencements de l'idolâtrie. Même distinction entre le pieu, auquel on présente des offrandes chez les Baguirmis de l'Afrique, et le bâton des sorciers brésiliens, que surmonte une calebasse percée d'un trou pour figurer la bouche. Parfois on habillera la poutre et la pierre, on les couvrira d'étoffes et de parures, comme dans les îles de la Société, où l'on rend un culte à des fragments de colonne revêtus du costume indigène. Alors intervient la sculpture. Au sommet du cippe s'ébauchera une tête; nous arrivons ainsi à l'hermès et à la poupée,

([1]) L'exemple du bouddhisme est bien connu. Certes, rien de plus contraire à la doctrine du Bouddha que la vénération idolâtrique dont les masses entourent aujourd'hui les images du maître. Dans le confucianisme, pour éviter les mêmes abus, il fallut, au XVIe siècle, que l'empereur Chi-Tsoung défendît de placer l'image de Confucius dans les temples élevés à la mémoire du sage.

qui constituent déjà un progrès remarquable dans le développement de l'art religieux. Puis on dessinera sur le support les membres qui finiront par s'en détacher, en prenant l'attitude du mouvement et de la vie.

Toutes ces étapes se rencontrent chez les nègres de l'Afrique tropicale où l'idolâtrie est aussi développée que le fétichisme pur et simple. De même chez les Samoyèdes, on trouve, à côté de la statue entièrement ébauchée, le cippe surmonté d'une tête humaine et la pierre simplement entourée d'étoffes de couleur.

On me demandera peut-être sur quoi je m'appuie pour établir que ces formes parallèles se sont historiquement succédé dans l'ordre ainsi défini. En dehors même de la logique qui nous apprend comment, dans l'art ainsi que dans la religion, l'homme va du plus élémentaire au plus perfectionné, nous avons ici le témoignage de l'histoire, particulièrement chez le peuple où l'idolâtrie a atteint son principal épanouissement.

Les Grecs ont commencé, eux aussi, par rendre hommage à des blocs de pierre et à des morceaux de bois qui passaient pour le corps de leurs divinités, témoin les trente pierres informes que Pausanias vit encore à Pharée, où on les présentait comme les plus anciens simulacres des dieux (¹). « Un progrès naturel, dit M. Max Collignon, consista à donner aux pierres brutes une forme régulière, encore que rudimentaire. Zeus et Héra sont ainsi figurés sur les monnaies de

(¹) PAUSANIAS, VII, 22, § 4.

l'île de Céos. A Sicyone, la plus ancienne image de
Zeus-Meilikhios était une pyramide, celle d'Artémis
Patroa, une colonne. Telle était aussi la forme de
l'ancienne Héra Argienne. On retrouve peut-être une
allusion à ces antiques représentations de la déesse
dans une peinture de Pompéi, qui montre des Éros et
une Psyché sacrifiant devant une colonne à laquelle
sont attachés un bandeau et un sceptre. Avec les progrès de l'art, on ajoute à ces piliers des attributs
caractéristiques, une tête, des bras, des emblèmes
phalliques; c'est l'origine de l'Hermès surmonté d'une
ou de plusieurs têtes [1]. » — Le même développement
s'est produit aussi bien dans le bois que dans la pierre,
comme on peut le voir par la transition entre les blocs
équarris, qui figuraient les premières divinités de certaines cités grecques, et les *xoana,* qui restèrent, même
aux meilleurs jours de l'art, les simulacres les plus en
faveur parmi les dévots. D'ailleurs, on aurait tort de
croire que, même dans des religions plus avancées, le
crédit d'une icône se mesure à son mérite esthétique.
Telle vierge grossièrement enluminée, tel vieux saint
qui n'a presque plus de forme humaine, exciteront
souvent plus de vénération, parmi les âmes simples,
qu'une madone de Raphaël ou une statue de Michel-
Ange.

[1] MAX COLLIGNON, *Mythologie figurée de la Grèce,* p. 11-13.

§ 2. *L'organisation de la société des dieux.*

Les grandes divinités de la nature.

C'est parmi les populations à imagination inco-
hérente, sans stabilité dans leur organisation sociale,
sans suite dans leurs idées, que le fétichisme et le
polydémonisme atteignent leur maximum d'intensité,
au point d'étouffer toute autre forme de culture religieuse. Les génies de la nature, — c'est-à-dire les êtres
surhumains, auxquels on attribue la production de
certains phénomènes spéciaux, — ayant une fonction et
une sphère déterminées par la conscience de leurs
attaches, s'y voient de plus en plus relégués à l'arrière-
plan par la pullulation de petites puissances anonymes
et indépendantes que le nègre, le Peau-Rouge, l'Aus-
tralien, sentent beaucoup plus près d'eux, qu'ils
tiennent pour bonnes à tout faire et sur lesquelles ils
possèdent ou croient posséder des moyens d'action
plus directs et plus efficaces. Non pas que ces grandes
divinités disparaissent entièrement, en tant que représentant les phénomènes naturels. Leur maintien à
l'arrière-plan du culte est attesté, chez nombre de
peuples voués au spiritisme le plus intense, par la
croyance à un dieu suprême — généralement le ciel
ou le soleil — dont on fait parfois un créateur, mais

auquel on refuse l'attention accordée au plus infime des esprits.

Les Odjis tiennent le ciel pour la plus puissante des divinités, mais ils pensent qu'il a délégué le gouvernement du monde inférieur aux esprits inférieurs ([1]). Au Dahomey, c'est le soleil qui occupe le rang suprême, mais là aussi, cette suprématie est purement théorique ([2]). Les Timorais de l'archipel Indien regardent également le soleil comme leur dieu principal ; mais ils n'en attendent ni bien ni mal, expliquant qu'il est trop haut pour s'occuper d'eux et trop bon pour leur faire du mal ([3]). Enfin, les Californiens concentrent leurs hommages sur les esprits inférieurs, par la raison que le soleil et la lune les aimaient autrefois, mais qu'aujourd'hui ces dieux ne se soucient plus de l'homme.

On a voulu reconnaître dans cette vague notion d'un dieu suprême, mais impuissant ou impassible, les derniers vestiges d'un monothéisme antérieur. Je pense qu'elle atteste simplement l'existence d'un état religieux où l'on maintient aux régents des corps célestes et des principaux phénomènes une importance proportionnelle à leur rôle réel dans la nature, mais où l'on réserve à d'autres êtres surhumains le soin de régler les destinées de l'homme. Ce n'est pas le monothéisme, mais le naturisme qu'elle présuppose.

---

[1] Waitz, *Anthropologie der Naturvölker*, t. II, p. 171 et suiv.
[2] A. Réville, *Religions des peuples non civilisés*, t. I, p. 56.
[3] de Backer, *L'archipel Indien*, p. 227. — Suivant Tertre, cité par sir John Lubbock (*Origin of Civilization*, p. 289), une notion identique prévalait chez les Caraïbes.

Chez d'autres peuples, au contraire, mieux doués sous le rapport mental ou mieux favorisés des circonstances, la végétation parasite du spiritisme n'a jamais réussi à étouffer le culte des principales divinités naturelles, qui y a directement sa source dans la physiolâtrie, comme je l'ai exposé au chapitre précédent.

« Bien que la croyance aux esprits, dit avec raison M. Pfleiderer, ait eu une grande vogue parmi les Latins comme parmi les Iraniens, les Slaves, les Germains et les Pélasges, il n'y eut cependant, chez ces peuples, aucune phase où les esprits usurpèrent la place des dieux et devinrent les principaux objets du culte (¹). » Je crois qu'on peut ajouter à cette énumération non seulement les Grecs et les Hindous, mais encore les Égyptiens, les Chinois et même les Mésopotamiens.

Prenons, par exemple, les mots qui ont respectivement servi aux Grecs et aux Hindous pour désigner tour à tour le régent du ciel et la voûte céleste, ici Ζεύς et οὐρανός, là Varouna et Dyaus. Il est probable que les Indo-Européens, dès avant leur séparation, possédaient les ancêtres de ces deux termes pour désigner le ciel, quelque chose comme *dyu* et *varana*. Or, — tandis que chez les Grecs, c'est la première de

---

(¹) O. Pfleiderer, *Philosophy of Religion.* Londres, 1888, t. III, p. 111. — M. le professeur Pfleiderer a été un des premiers à soutenir que le sentiment religieux avait dû s'adresser d'abord aux phénomènes et aux objets naturels ou plutôt à la personnalité quasi humaine dont on investissait ces objets par analogie, sans cependant que l'homme se fût, dès lors, formé une conscience bien nette de la distinction entre cette personnalité et son enveloppe ou son corps. (*Der Religion ; ihr Wesen und ihre Geschichte.* Leipzig, 1869, t. II.)

ces appellations qui est devenue le Maître céleste :
Ζεύς, et la seconde qui a désigné le firmament proprement dit : Οὐρανός; — chez les Hindous, par une spé-
cialisation inverse, c'est Varouna qui figure le dieu
du ciel, et Dyaus, le ciel visible. Il y a déjà là une
forte présomption que la distinction du ciel personnifié et du dieu du ciel est postérieure au développement séparé des deux langues, et cette présomption
trouve une confirmation décisive dans le fait qu'Οὐρανός
est resté chez les Grecs une personnalité mythologique, alors que, chez les Hindous, comme M. Max
Muller l'a exposé si clairement, on a découvert
dans les Védas les traces d'une époque où non seulement Dyaus était personnifié, mais où encore on lui
accolait l'épithète de *Pitar*, de façon à en faire l'équivalent du Ζεύς πατήρ hellénique, comme du Jupiter
latin ([1]).

Les épithètes même qu'on lui décerne : très élevé
(ὕψιστος), tonnant (κεραύνιος), pluvieux (ὑέτιος), assembleur
de nuages (νεφεληγερέτης), etc., prouvent que les Grecs
n'ont jamais perdu le souvenir du temps où Zeus
s'identifiait avec le ciel ainsi qu'avec ses manifestations brillantes ou orageuses. On peut en dire autant
des Latins, chez qui des expressions comme *sub Jove
vivere*, pour : « vivre en plein air », nous éclairent
sur la nature primitive de l'Être divin ainsi défini
par le vieux poète :

Adspice hoc sublime candens quem invocant omnes Jovem ([2]).

([1]) Max Muller, *Origine et développement de la religion étudiés
à la lumière des religions de l'Inde.* Paris, 1879, p. 133.
([2]) Ennius, *Tragœdiarum Reliquiæ,* 402.

Ici encore, le parallèle est complet pour Varouna. Dans les Védas, tantôt on lui attribue d'avoir façonné le soleil, tantôt on lui donne le soleil pour œil. Certains hymnes le dépeignent comme un roi et comme un juge, le créateur universel. D'autres racontent qu'il revêt tour à tour les vêtements blancs et les vêtements noirs, que les eaux célestes coulent dans sa bouche comme dans le creux d'un roseau, et que le feu céleste est né de son ventre dans les nuages (¹). Chez les Perses, Ahura Mazda, le Seigneur omniscient, est un dieu si dégagé de la nature qu'on hésite souvent à quel phénomène le rattacher. Cependant des hymnes le décrivent comme revêtu d'un corps éclatant, lumineux, visible au loin ; ils l'appellent le plus solide des dieux, parce qu'il a pour vêtement la pierre très solide du ciel (²). Hérodote, du reste, nous avertit que les Perses adorent Zeus, c'est-à-dire leur dieu suprême, sur la cime des montagnes, « donnant le nom de Zeus à toute la circonférence du ciel » (³).

Chez les Égyptiens, à côté du disque solaire, Aten, nous trouvons, parmi les dieux, le « Seigneur du disque, et même l'âme cachée du Seigneur du disque ». Horus, du reste, selon M. Maspéro, avant de figurer le soleil levant, était la partie du monde située en haut (*hori*), la matière même du firmament, le ciel, père des dieux, qui insensiblement se transforma en un dieu distinct, vivant dans le ciel (⁴).

(¹) *Rig-Veda*, VIII, 41, 10 ; VIII, 58, 12 ; V, 85, 3.
(²) JAMES DARMESTETER, *Essais orientaux*. Paris, 1883, p. 120, 121.
(³) HÉRODOTE, I, 84.
(⁴) *Revue de l'histoire des religions*, janvier 1889, p. 5.

En Mésopotamie, Anou, « le caché », représente le dieu du ciel, à côté d'Ana, « l'élevé », qui personnifie le ciel lui-même ([1]). De même chez les Chinois, nous trouvons Tien, le ciel personnifié, et Chang-ti, l'Empereur céleste; chez les Finnois, Oukko, le grand-père, et Youmala, le « lieu du tonnerre », ce dernier fournit même le nom générique de la Divinité, quand il eut été supplanté par Oukko dans ses relations particulières avec le firmament.

Cette dualité de conceptions en apparence contradictoires, qui s'est appliquée encore à bien d'autres personnifications divines, peut s'expliquer soit par une juxtaposition des croyances de plusieurs communautés, qui, à un moment donné, auraient mis en commun leurs traditions respectives, soit plutôt par un mélange entre des croyances d'époque différente, qui se seraient superposées au lieu de s'exclure. Mais, dans un cas comme dans l'autre, elles témoignent d'un lien direct entre l'objet divinisé et le dieu qui y préside. Une fois qu'on admet une période antérieure où aurait prévalu la physiolâtrie, n'est-il pas manifeste que le culte rendu aux régents de la nature est sorti du culte offert aux phénomènes personnifiés, sans qu'on doive supposer une époque intermédiaire où les dieux de ces phénomènes se seraient confondus dans les rangs des esprits pour reprendre ensuite leur importance primitive?

Non seulement nous ne trouvons nulle part les traces

([1]) TIELE, *Histoire des religions de l'Égypte et des peuples sémitiques.* Paris, 1882, p. 187.

d'un pareil interrègne, mais il semble même que le
dédoublement du ciel, de la terre, du soleil, de la
lune, de l'aurore, de l'orage personnifiés, etc., en un
phénomène visible ou sensible et en un esprit qui
régissait ce phénomène, ait plutôt accru la prépondérance religieuse de ces divinités, en permettant au
dieu, désormais moins enchaîné par son corps, de
remplir des fonctions plus générales et d'exercer son
action dans une sphère plus étendue. Ainsi le Zeus,
père des hommes et des dieux, conducteur de toutes
choses, protecteur de la famille et de la cité, inspira-
teur de la sagesse et gardien de la foi jurée, est un
personnage bien autrement considérable encore que
le Zeus qui se répand en pluie sur les champs des
Athéniens ou même qui, d'un froncement de sourcil,
fait trembler tout l'Olympe.

Esprits passés dieux.

D'autre part, il est probable que, même chez les
peuples les plus prédisposés au culte de la nature,
certains esprits, ayant, pour un motif quelconque,
acquis une prééminence marquée, ont fréquemment
pris place, en tête du monde surhumain, à côté des
grandes divinités naturelles. Tel a dû être le cas des
esprits auxquels a été attribuée la production des phénomènes abstraits les plus actifs dans la destinée de
l'homme. Il est vraisemblable que les dieux de la
maladie, de la guerre, de la mort, de la richesse, de
certaines particularités morales, ont été souvent, non
des dieux-nature, mais des esprits créés tout d'une

pièce par analogie avec les puissances surhumaines
dont on croyait constater l'intervention dans les phénomènes naturels ou dans les événements ordinaires de
la vie. Les peuples, même les plus arriérés, ont déjà
leurs divinités abstraites ou plutôt productrices de
phénomènes abstraits. Chez les Mintiras, de Malacca,
chaque maladie a son *hantu* qui la cause. Il en était de
même chez les premiers Chaldéens. En Polynésie,
comme autrefois chez les Mésopotamiens, chaque
partie du corps a son esprit spécial. Les Iroquois, les
Araucans, les Moussoronghis du bas Congo, les
Khonds, les Maoris, ont leur dieu de la guerre. On
trouve chez les Iroquois un esprit du sommeil et chez
les Ojibways un dieu de la mort représenté comme un
squelette ambulant. Dans le shintoïsme, qui affirme
l'existence de huit millions de divinités, recrutées
parmi « les âmes des héros, les rivières, les montagnes, les cascades et les grands arbres », les seuls
dieux véritablement adorés dans tout l'empire sont,
en sus de la grande déesse solaire, les génies de la
Miséricorde, de la Richesse et de la Médecine [1].

Il n'y a pas si loin de ces personnifications abstraites
au panthéon des Romains, où l'on trouve des divinités,
ainsi que le fait observer M. Preller, pour tous les
événements de la nature comme de l'humanité, toutes
les vicissitudes de la vie et de l'activité humaines,
tous les rapports et toutes les entreprises des
citoyens [2]. Il en était de même chez les Grecs, bien

---

[1] Miss ISABELLA BIRD, *Shintoism*, dans *Religious Systems of the World*. Londres, 1890, p. 98-99.
[2] PRELLER, *Les Dieux de l'ancienne Rome*. Paris, 1884, p. 65.

que cette tendance y fût tenue davantage en échec par
l'anthropomorphisme. Plutarque raconte que Thémistocle ayant imposé une contribution dans l'île d'An-
dros au nom de deux divinités : la Persuasion et la
Violence, les habitants la refusèrent en invoquant
l'ordre de deux autres puissances non moins considé-
rables : la Pénurie et la Pauvreté (¹). Il faut remarquer,
toutefois, que là où des personnifications de ce genre
atteignirent le premier rang, comme dans le parsisme
et le brahmanisme, ce ne fut, en général, qu'à l'aide
d'une spéculation métaphysique assez avancée.

Apothéoses posthumes.

Dans la catégorie des esprits montés en grade
peuvent figurer également les âmes de personnages
illustres ayant vécu d'une existence réelle : chefs,
guerriers, sorciers, etc. D'ordinaire, chez les peuples
non civilisés, les morts sont l'objet d'un culte propor-
tionnel à la vivacité des souvenirs qu'ils ont laissés.
Aussi se borne-t-on généralement à invoquer les
parents qu'on a personnellement connus. « Demandez
au nègre, écrit le voyageur du Chaillu, où est l'esprit
de son arrière-grand-père, il répondra qu'il n'en sait
rien. Demandez-lui où est l'esprit de son père ou de
son frère, il sera aussitôt rempli de terreur (²). »
Cependant, sur le Tanganika et dans les contrées
avoisinantes, selon le lieutenant J. Becker, les

(¹) *Thémistocle*, XXI.
(²) DU CHAILLU, dans les *Transactions of the Ethnol. Society*, t. I,
p. 308.

ombres de certains morts illustres échappent à cet
oubli : « on leur fait des offrandes publiques et la tribu
les considère comme des protecteurs permanents » (¹).
Chez les Ama Zoulous, rapporte l'évêque Callaway,
le culte des parents ne s'étend pas au delà du père ;
on n'y sait pas même le nom des ancêtres plus
éloignés. Néanmoins, l'ensemble de la nation place
au-dessus de ses innombrables esprits un être surhumain, Ounkouloukoulou, « le Grand-Grand-Père »,
auquel on attribue le rôle de créateur, de législateur
et de premier ancêtre. Sans doute, il est très difficile
de dire si nous avons là un progéniteur réel, élevé à
la dignité de créateur universel, ou un esprit de la
nature qui aurait été promu au rang d'ancêtre. Mais
la même difficulté existe pour presque tous les dieux
qui sont regardés comme les fondateurs d'une race
ou même d'un État, par exemple le Yama des Hindous
ou le Manco Capac des Péruviens.

Chez certains indigènes de la Sibérie, on rend des
honneurs aux effigies des morts pendant trois années ;
puis on enterre ces figurines et il n'en est plus
question. Cependant, lorsque le défunt est un shaman
célèbre, sa statue devient l'objet d'un culte persistant (²). On peut, avec raison, rapprocher ce cas de ce
qui s'est passé pour Esculape chez les Grecs. Homère
parlait simplement d'Asclepios comme d'un médecin,
un guérisseur infaillible (ἀμύμων ἰητήρ) (³), fils d'Apollon
et d'une mortelle ; plus tard, comme le fait remar-

(¹) J. BECKER, La vie en Afrique, t. II, p. 298.
(²) AD. ERMAN, Travels in Siberia. London, 1848, t. II, p. 51.
(³) Iliade, IV, 194.

quer Herbert Spencer, on lui dédie des autels et des
temples; son culte s'étend de l'Asie Mineure dans tout
le monde grec et on finit par le définir : « Celui qui
guide et gouverne l'Univers, préservateur du Monde et
Rempart des Dieux immortels (¹). » Mais reste toujours
la question de savoir si nous avons là un personnage historique, ou s'il ne faut pas voir dans ce dieu
de la médecine, soit un ancien dieu-serpent, soit un
représentant de quelque phénomène naturel, voire,
comme le suppose M. Maury, une ancienne personnification du feu, « frère d'Agni le secourable » (²).

En tout cas, quiconque se rend compte de l'importance prise en Grèce par le culte des héros, ne pourrait
être surpris d'apprendre que, même parmi les grands
dieux de l'Olympe, des mortels auraient pu se glisser
en s'assimilant les attributs de quelque divinité naturelle plus ou moins effacée. On peut dire que, dans la
mythologie classique, il s'opère un chassé-croisé con-
tinuel entre les dieux et les héros. Quand les dieux
sont représentés comme des hommes agrandis, il
n'est pas surprenant que les hommes agrandis soient
regardés comme des dieux.

Aujourd'hui encore, l'Inde nous montre à l'œuvre
ce procédé d'apothéose, tout au moins pour les divinités secondaires, dont les rangs s'ouvrent constamment aux mânes des hommes qui se sont fait distinguer

---

(¹) ὁ τὸ πᾶν ἄγων καὶ νέμων, σωτὴρ τῶν ὅλων καὶ φύλαξ τῶν ἀθανάτων. (*Ælii
Aristidis Orationes*, t. I, p. 37 de l'édition d'Oxford. 1722.)

(²) Alf. Maury, *Religions de la Grèce antique*. Paris, 1857, t. I,
p. 448 et suiv.

et surtout redouter de leur vivant ([1]). Sans doute, leur déification ne va pas plus loin. Mais à l'époque où la mythologie de l'Inde était encore tout entière en voie de formation, comme la société hindoue elle-même, les divinités secondaires devaient avoir bien d'autres facilités pour atteindre les degrés supérieurs du panthéon.

Les génies des espèces.

Il y a encore une autre catégorie de divinités qui a exercé une certaine influence dans le développement du polythéisme, sans cependant qu'elle puisse suffire à en fournir tous les éléments, encore moins à expliquer, comme le pensait Auguste Comte, la conception d'esprits indépendants du corps ([2]). Ce sont les génies des espèces.

La notion d'espèce exige un effort de généralisation qui fait encore défaut chez quelques peuples déjà entrés dans la phase du spiritisme. Les Kamtchadales n'ont pas même de nom générique pour les poissons ou les oiseaux, dont ils se bornent à désigner les espèces par la lunaison où ils sont le plus abondants ([3]). Chez les Damaras de l'Afrique méridionale, chaque partie de rivière a sa dénomination, mais non la rivière en général ([4]). Les indigènes d'Australie ont un nom pour chaque espèce de plantes et d'animaux, mais leur

---

[1] Sir Ch. LYALL, *The Religion of an Indian province,* dans la *Fortnightly Review,* t. XVII (1872), p. 133.

[2] *Philosophie positive,* t. V, p. 101.

[3] S.-S. HILL, *Travels in Siberia.* Londres, 1854, t. II, p. 402.

[4] F. GALTON, *An Explorer in Tropical South,* p. 176.

langage manque de termes généraux pour l'arbre,
l'oiseau ou le poisson ([1]). — Il est vraisemblable que
cette notion était également absente de l'humanité
primitive. L'homme, cependant, à force de remarquer
les caractères identiques de certains objets, a fini par
classer ces objets en des catégories idéales, respectivement déterminées par les traits communs à tous
leurs membres; après quoi, l'observation de certaines
propriétés communes dans tout un groupe d'espèces
a conduit à la notion de collectivités plus vastes
encore dans leur compréhension.

Ainsi, de l'existence de traits communs à tous les
arbres groupés sur une certaine étendue, on a conclu
à l'existence de cette individualité collective que nous
désignons sous le nom de bois ou de forêt, et, par
suite, à l'existence d'un génie forestier qui régissait
l'ensemble des arbres. Ainsi encore, la similitude des
épis a engendré la notion de blé, comme la communauté de leur destination a produit la notion de
moisson; d'où la croyance à un génie du blé ou de la
moisson. L'identité des eaux a inspiré la conception
d'un élément liquide et, par suite, d'un dieu de l'eau;
l'identité des flammes, la conception d'un élément
igné et, par suite, d'un dieu du feu. La « terre » elle-
même semble n'avoir été conçue, et par suite divini-
sée, que chez des peuples déjà parvenus à ce degré
de développement mental; aux degrés inférieurs de
l'évolution, on divinise bien des îles, des montagnes,
des parties de territoire; mais l'esprit de généralisa-

([1]) *Encyclopœdia britannica*, au mot *Australia*, t. III, p. 112.

tion ne s'étend pas au delà d'une portion déterminée du sol.

Chaque membre de ces collectivités peut garder son individualité et, par conséquent, son esprit propre. Mais le génie de l'espèce, par le fait même qu'il régit l'ensemble, assume une autorité supérieure. Parfois, il est vrai, quand on a conçu la notion d'espèce ou d'élément, on se borne à répartir les esprits individuels en quelques grandes catégories correspondant aux objets ou aux phénomènes dont ils représentent le principe directeur. C'est ainsi que, chez les Botocoudos du Brésil, les Esquimaux, les Chinois, les Proto-Chaldéens, etc., comme dans les traditions indo-européennes, les esprits sont divisés en esprits des bois, des eaux, de la terre, de l'air, etc. Il en est de même chez les Finnois ; seulement, ceux-ci croient en outre à l'existence d'esprits généraux, les *haltias*, qui président aux destinées des espèces. Il y a les haltias du seigle, de l'avoine, de l'herbe, etc. Ces haltias occupent dans le culte une position entre les esprits ordinaires et les grandes divinités de la nature.

Une conception analogue a été constatée chez les anciens Péruviens ; ils croyaient que tous les animaux avaient au ciel un représentant chargé de veiller à leur conservation et à leur multiplication. Cette croyance se retrouve également dans l'Amérique du Nord. Chez les Iroquois, chaque espèce d'animaux, chaque variété de plantes avait son génie particulier, et l'on y soutenait que le manitou, adoré sous forme de bœuf, n'était pas le bœuf lui-même, mais un manitou de bœuf qui était sous terre et qui animait tous les bœufs (¹).

M. Sayce, dans sa profonde et subtile analyse de la religion mésopotamienne, a montré comment Merodach, Éa, Mullil, et d'autres grands dieux du panthéon chaldéen, pourraient bien avoir été originairement le bœuf ou le taureau, le poisson, l'antilope, etc., vénérés, pour leurs services par les populations locales puis regardés comme le génie tutélaire de l'individu et de la cité, enfin confondus avec l'esprit des planètes et des principaux phénomènes (²). Il ne s'agissait pas là évidemment d'un bœuf ou d'un serpent déterminés, mais des représentants de ces espèces.

Ce que les Rishis védiques adoraient dans leurs foyers, ce n'était pas la flamme elle-même, mais le feu personnifié sous le nom d'Agni, qui, « dispersé en tout lieu, dit un hymne, reste un seul et même roi » (³). Chez les Grecs, Hestia était présente dans toutes les flammes et, chez les Romains, Ovide rapporte que, quand les dépositaires des vieilles croyances prenaient leurs repas autour du foyer, ils se figuraient en présence de la divinité elle-même (⁴).

Les dieux des collectivités humaines — depuis la famille jusqu'à l'État — ont été constitués en vertu du même principe que les génies des espèces. Tout groupe, même arbitraire, ayant une individualité distincte, a droit à une personnalité qui le représente et

---

(¹) DE BROSSES, *Culte des dieux fétiches.* Paris, 1760, p. 59.
(²) *Religion of Ancient Babylonians.* Londres, 1887, p. 280-300.
(³) *Rig Veda*, III, 55, 4.
(⁴) *Fastes*, l. VI, v. 500-510.

10

le dirige. Ici, toutefois, il semble plus rare que cette personnalité ait été créée tout d'une pièce, comme la Dea Roma. Parfois, ce rôle est dévolu au patron du principal membre ou de la principale famille, comme nous l'avons vu pour les fétiches de tribu chez les nègres. Ou bien, on en investit l'âme de quelque chef illustre, le héros de la tribu, le fondateur de la cité. Nous sommes en droit de nous demander si, parmi tous ces *Baalim* qui se partageaient entre eux les villes et les petits États du monde sémitique, il n'y en avait point qui eussent réellement vécu sur terre avant de joindre au gouvernement posthume de leur cité les attributs ordinaires des divinités de la nature. Ou encore, on aura délibérément choisi, pour cette fonction, tantôt l'un des dieux qui représentaient le ciel, le soleil, la lune, oubliant que ces êtres divins luisent pour tout le monde, tantôt quelque puissance surhumaine également empruntée à la nature, mais plus susceptible d'appropriation nationale comme un génie d'espèce, un archétype d'animal. C'est ce dernier cas que nous constatons chez les peuples où règne le totémisme.

Le totémisme.

Je n'ai pas à m'arrêter sur cette étrange coutume, dont l'étude a été popularisée en Angleterre par de savants écrivains. Au point de vue religieux, on peut regarder le totémisme comme le culte rendu au génie d'une espèce par une tribu qui le tient pour son ancêtre et son patron. On doit remarquer que, même chez les Peaux-Rouges, le *totem* ou *dodaim* n'est pas un

animal comme les autres, mais un individu idéal qui
régit tous les représentants de son espèce, — « un
manitou de bœuf qui était sous terre et qui animait
tous les bœufs ».

Le mobile du totémisme, c'est, à mon avis, le désir
de donner à la tribu un représentant de sa personnalité collective qui lui serve de protecteur et qui explique
en même temps son existence distincte. Il est évident
que, dans le choix du totem, comme dans le choix
des fétiches, le hasard et même la fantaisie ont une
large part. Toutefois, nous pouvons approximative-
ment juger, par ce qui se passe pour l'individu, de ce
qui a dû se passer pour la tribu. Tantôt, au moment de
la naissance, les femmes de la famille nomment successivement plusieurs animaux et, pendant le reste de
sa vie, l'enfant aura pour totem l'animal dont le nom
est prononcé au moment où il jette son premier cri.
Tantôt l'enfant lui-même, parvenu à l'âge de puberté,
se rendra dans un endroit solitaire où, après avoir
offert un sacrifice, il choisira comme totem le premier
animal qu'il verra en songe ou en réalité, et il scellera
ensuite ce contrat en se tirant du corps quelques
gouttes de sang [1].

D'autre part, il est parfaitement admissible que des
familles ou des tribus, désignées par un nom d'animal,
en aient conclu à la longue que cet animal a dû être
leur ancêtre et qu'il est resté leur protecteur. Il n'y a
là rien qui ne rentre dans les habitudes mentales et

[1] BANCROFT, *The native Races of the Pacific States of America.*
Londres, 1875, t. I, p. 740-741. — DE BROSSES, *Culte des dieux
fétiches.* Paris, 1760, p. 46-47.

religieuses des peuples inférieurs. Aussi le totémisme
se rencontre-t-il chez presque toutes les races des
deux mondes qui vivent à l'état de tribus isolées; mais
ce n'est pas un motif pour en faire, comme on l'a
parfois essayé, la phase primordiale et nécessaire de
tout le développement religieux.

En un mot, les grandes divinités de la nature, — les
esprits qui président aux faits les plus importants de
la destinée humaine, — les génies des espèces et des
collectivités principales, — les âmes des morts illustres, — telles sont les quatre catégories d'êtres surhumains qui, de bonne heure, ont dû prendre le pas sur
la foule des esprits; surtout parmi les populations
prédisposées à une conception polythéiste du monde.

Subordination des esprits aux dieux.

Toutefois, pour que cette première différenciation
aboutisse au polythéisme, il faut, en plus, un facteur
dont la nécessité a été souvent méconnue : la subordination des esprits aux dieux ; en un mot, l'établissement d'une hiérarchie parmi les puissances surhumaines.

Sans doute, au point de vue pratique, les dieux du
polythéisme ne se distinguent fréquemment des esprits
que par un pouvoir plus étendu. Mais ce pouvoir
s'exerce sur la masse des êtres surhumains aussi bien
que sur l'ensemble des hommes. Les esprits ordinaires
deviennent leurs serviteurs, leurs vassaux, voire une
sorte de serfs attachés à la glèbe ou revêtus de fonctions subalternes, à moins que, n'ayant pu trouver

POLYDÉMONISME ET POLYTHÉISME.

place dans les cadres de l'organisation divine, ils ne soient traités en ennemis, en rebelles, mis au ban de l'empire.

En même temps que se développe cette subordination, il s'opère parmi les dieux eux-mêmes un mouvement analogue de coordination. On en distingue un certain nombre, quelquefois déterminés par des circonstances spéciales : *trois* (la triade familiale), *sept* (les sept planètes connues des anciens), *neuf* (les ennéades des Égyptiens), *douze* ou *treize* (les mois du calendrier), *trente-trois* (peut-être, chez les Hindous, l'année, les quatre saisons et les vingt-huit jours du mois). Ces divinités spéciales, quel que soit l'être ou le phénomène qu'elles représentent, non seulement sont placées à la tête du panthéon, mais exercent encore une certaine autorité sur les rangs inférieurs de la hiérarchie divine et par suite peuvent être regardées comme régissant toute la société surhumaine.

Cette organisation est le résultat de la réflexion humaine qui ne peut laisser longtemps à l'état d'anarchie le gouvernement du monde. Cependant, elle est moins le produit d'une spéculation philosophique qu'une déduction des exemples fournis par l'organisation des communautés terrestres. On peut observer, en effet, que les différents peuples la conçoivent et la développent dans la mesure où ils se rapprochent eux mêmes de l'unité politique.

La société divine modelée sur les sociétés terrestres.

L'idée de calquer la société divine sur leur petite communauté terrestre semble avoir tenté de bonne

heure des peuples, encore fort arriérés. Le jésuite
Molina nous apprend que, chez les Araucans, le dieu
Pillan est le grand *Togui* (Régent) du monde invisible ;
comme tel, il est entouré de ses Apoulmènes et de ses
Ulmènes, auxquels il confie les affaires de moindre
importance. « Ces croyances, ajoute le sagace obser-
vateur, sont sans doute très grossières, mais il faut
reconnaître que les Araucans ne sont pas le seul
peuple qui ait organisé les choses du ciel sur le
modèle de celles de la terre ([1]). » Chez les Yoroubas de
l'Afrique occidentale, il n'y a, suivant le missionnaire
Bowen, qu'un dieu dans le ciel, comme il n'y a qu'un
roi dans la nation. De même que les solliciteurs, pour
s'approcher du roi, doivent passer par l'entremise de
ses ministres, ainsi les hommes, pour s'approcher du
dieu suprême, doivent recourir à l'intercession des
orissas ou esprits([2]). On raconte que, chez les Kimboun-
das du Congo, Soukou Vakanje — probablement une
personnification de la voûte céleste — abandonne les
hommes aux *Kiloulous;* et comme on compte, parmi
ces esprits, plus de mauvais que de bons, la vie devien-
drait intolérable pour le pauvre nègre, si, de temps en
temps, Soukou Vakanje, poussé à bout, ne sortait de sa
neutralité constitutionnelle pour foudroyer les plus
méchants des Kiloulous ([3]).

Que ces premières tentatives de hiérarchie surhumaine soient dues au contact des doctrines chré-

---

([1]) Ignace Molina, *History of Chili.* Londres, 1809, t. II, p. 84.
([2]) E.-B. Tylor, *Civilisation primitive,* t. II, p. 451.
([3]) R. Hartmann, *Les peuples de l'Afrique.* Paris, 1880, p. 184.

tiennes sur le rôle de la divinité et de ses agents, ou
qu'elles soient attribuables à un développement spontané du spiritisme local, elles gardent quelque chose
d'anormal et de précaire, comme ces empires nègres
qui se font et se défont, d'une génération à l'autre,
sur les points les plus divers de l'Afrique, sans
qu'il en résulte le moindre progrès vers la constitu-
tion d'une unité nationale et d'une centralisation politique, même dans les limites d'un territoire restreint.
Le polythéisme, tel que je l'ai défini, ne se rencontre
véritablement que chez des races ayant le sentiment
d'une unité nationale supérieure à la division des vil-
lages et des clans, possédant un degré de culture qui
permet la coordination des traditions religieuses et
surtout parvenues au degré de centralisation admi-
nistrative qui seul peut assurer la souveraineté d'un
pouvoir permanent.

Les Polynésiens, à l'époque de la découverte, possédaient une civilisation relativement avancée et un
panthéon des plus riches, où les dieux des éléments
étaient les héros d'aventures comparables aux mythes
grecs des temps pré-homériques. On peut même
y distinguer les *tikis* ou esprits et les *atuas* ou
dieux. Les premiers comprenaient certains animaux, les âmes des morts, les esprits protecteurs
des familles et des individus, les génies des malades,
enfin d'innombrables fétiches; les seconds comp-
taient les dieux des corps célestes et des phénomènes, auxquels parfois on attribuait également des
formes animales, — du moins quand ils visitaient
la terre, suivant l'explication que les Manguiens don-

naient de leur zoolâtrie ([1]). — Ces dieux étaient en
première ligne : à la Nouvelle-Zélande, le couple
cosmogonique formé de Rangi, le ciel, et de Pépé, la
terre; puis leurs enfants : dieux des vents, des plantes,
des poissons, des forêts, des hommes, etc.; Tanga-
roa, dieu de la mer; Maui, dieu du soleil, une
sorte d'Héraclès polynésien, et son aïeule, peut-être
personnification de la nuit. Aux îles Hervey, on trouvait d'autres divinités cosmiques, comme Vatea, mi-
homme et mi-requin; des dieux de la mer et de la
végétation ou du ciel; aux Sandwich, une déesse de
la lune, Hina, « la femme aux cheveux blancs »; à
Hawaï, Pélé, la déesse du grand volcan local; enfin
des dieux de la guerre, de la moisson, de la pêche, etc.
Cependant la puissance relative de ces divinités variait
dans les différents archipels et nulle part on ne voit
que les *tikis* aient été subordonnés aux *atuas,* ni même
qu'on ait essayé d'introduire parmi ces derniers une
coordination également absente dans cette multitude
de petits États insulaires entre lesquels se partageaient les archipels polynésiens ([2]).

On a quelquefois comparé, pour l'état d'avancement
religieux, la mythologie des Polynésiens à celle des
Finnois. Ici, toutefois, la subordination des esprits
commence à s'affirmer, en ce sens que les esprits

([1]) W.-W. Gill, *Myths and songs from the South Pacific.* Londres,
1876, p. 55.

([2]) Voy., pour la religion des Polynésiens, Albert Réville, *Religions
des peuples non civilisés,* t. II, chap. II à VI. — Sir Georges Grey,
Polynesian Mythology. Londres, 1855. — W.-W. Gill, *Myths and
songs from the South Pacific.* Londres, 1876. — Williams and Calvert. *Fidji and the Fidjans.* Londres, 1870.

inférieurs des bois, des eaux, du sous-sol, y sont
respectivement groupés, à titre d'enfants ou de serviteurs, autour des couples préposés à la direction
de l'élément dont ils relèvent : Ahti et Wellami, dieu
et déesse des eaux, Tapio et Mielliki, qui président
aux plantes, Tuoni et Tuona Akka, qui règnent dans le
monde souterrain ([1]). Cependant, comme à l'époque
de l'introduction du christianisme, les Finnois étaient
encore en plein âge pastoral, cette organisation de la
société divine n'avait pas dépassé le type patriarcal ;
leur Olympe était taillé sur l'image de la maison ; leur
panthéon se modelait sur la famille ; Oukko lui-même,
le dieu suprême, n'y était qu'un majestueux pasteur
qui menait paître les nuages, ses brebis.

Les sociétés divines des Indo-Européens.

Même les Indo-Européens ne semblent pas avoir
possédé, avant leur dispersion, un polythéisme régu-
lièrement organisé. En effet, chez les Letto-Slaves,
qui, de toutes les branches de la race, étaient sans
doute les plus arriérés, nous voyons que les dieux
emportés de la patrie commune, Peroun (peut-être le
Parjanya védique, dieu du tonnerre), Svarog et Ogon
(les équivalents respectifs de Svar, le ciel, et d'Agni, le
feu), les *Dêwas* des Lettes et les *Bogs* des Slaves, ne
s'élevaient guère au-dessus de la foule des esprits dans
l'adoration populaire. D'autre part, l'histoire même
des termes qui ont servi respectivement aux Aryas de
l'Inde et à ceux de la Perse pour désigner leurs grands

([1]) A. RÉVILLE, *Religions des peuples non civilisés*, t. II, chap. II
et III.

dieux : *Devas* et *Ahura,* nous a appris, plus haut, qu'à
l'origine les mêmes termes s'appliquaient plus ou
moins indifféremment à toutes les catégories d'êtres
surhumains, tout au moins parmi les Aryas orientaux.

Chez les Aryas de l'Inde à l'époque védique, il ne
semble pas que l'organisation sociale eût de beaucoup
dépassé le régime patriarcal des clans. En tout cas,
on n'y découvre rien de semblable à la rigoureuse
division des castes ni à l'organisation des grandes
monarchies unitaires qui prévalurent dans la suite.
Aussi la société des êtres surhumains, encore étroitement rattachée aux phénomènes de la nature,
offre-t-elle un caractère d'instabilité, voire une certaine anarchie, corrigée et peut-être — jusqu'à un
certain point — maintenue par ce que M. Max Muller
a qualifié d'hénothéisme, c'est-à-dire cette disposition religieuse qui fait décerner à chaque dieu, dans
l'instant où on l'invoque, tous les attributs de la puissance suprême. Ce partage ou plutôt cette alternance
de souveraineté ne s'exerce, d'ailleurs, qu'en faveur
de six ou sept grandes divinités naturelles. Un hymne
du légendaire Manu Vaivasvata dit bien que parmi les
dieux « il n'y a ni grands ni petits, ni vieux ni jeunes;
tous ils sont également grands » : en pratique, Varouna et Indra, dieux du ciel, Sûrya et Mithra, dieux du
soleil, Ushas, l'aurore, Agni, le feu, Soma, la boisson
fermentée, Aditi, l'espace, sont à tour de rôle élevés
au-dessus des autres dieux et distingués plus nettement
encore des innombrables esprits toujours présents
dans le culte populaire.

Chez les Germains, nous trouvons une systématisation mythologique poussée assez loin. Au bas de l'échelle, les Géants, les Elfes, puis les Vanir, enfin les Ases ou Aesir, répartis dans une organisation qui répond assez bien à celle de la société germanique. Odin, qui dirige le conseil des Ases, n'est, à l'instar des chefs germains parmi les hommes libres, qu'un président de république. Son pouvoir est presque égalé par Thor et même par Loki, avant que ce dernier devînt un esprit rebelle.

Chez les Grecs de l'époque homérique, l'État céleste est plus directement encore calqué sur le modèle de l'État terrestre. Les grands dieux correspondent aux rois locaux, dont la réunion est présidée par le Roi des Rois, de même que l'assemblée des Olympiens se réunit sous la présidence de Zeus; et le pouvoir de ce dernier sur ses divins collègues, bien que clairement établi, en ce sens qu'il peut se dire « le plus fort des dieux » ([1]), n'est pas plus absolu que celui d'Agamemnon sur ses alliés. D'autre part, l'assemblée populaire des hommes libres, l'Agora, a sa contre-partie dans la convocation de tous les êtres divins pour apprendre la volonté de Zeus. On peut ajouter — de même que la Grèce n'atteignit jamais, en poli-tique, à l'unité nationale — que tous les efforts de ses philosophes ne réussirent pas à faire passer dans sa théologie courante une conception plus avancée de l'unité divine.

Il est très difficile de reconstituer le culte des Latins avant les premiers développements historiques de

([1]) *Iliade*, VIII, 17.

Rome ; mais il est probable que leurs *numina* n'étaient guère supérieurs à la masse des esprits, malgré la présence de quelques grandes divinités de la nature, empruntées en partie au fonds commun des traditions indo-européennes. La faculté organisatrice, qui caractérise le génie romain, s'exerça dans le culte plutôt que dans la théologie, et, si l'on en excepte Jupiter, Mars, Neptune, Janus, Junon et Vesta, la plupart des divinités qui occupèrent le premier rang dans la vénération sont d'importation étrangère et, pour quelques-unes, assez tardive. C'est comme chef de cette oligarchie divine que le vieux Jupiter Optimus Maximus du Capitole, devenu le patron spécial de Rome, assuma le gouvernement supérieur de l'univers.

Chez les Perses, la monarchie s'était, de bonne heure, solidement établie, peut-être sous la pression d'une lutte formidable pour l'existence contre les populations touraniennes. Ahura Mazda, le « seigneur omniscient », devait d'autant plus aisément y obtenir la souveraineté absolue des puissances secourables qu'il est en réalité un chef d'armée dirigeant les milices lumineuses contre les puissances des ténèbres. Ici, la hiérarchie est complète. Les vieilles divinités de la nature et quelques grandes abstractions, personnifiées pour la circonstance, constituent les généraux ou les capitaines de l'armée céleste. Ce sont : Mithra, le dieu de la lumière, Naïryo Çanha, le dieu du feu, Apâm Napât, le dieu du feu qui réside dans les eaux, Haoma, le dieu du breuvage d'immortalité, Tistrya, le génie de la canicule, Anâhita, la déesse de la ferti-

lité, les six Amshaçpentas, etc.; enfin, la foule des
Fravashis, qui comprennent à la fois les âmes des
justes et les génies des choses pures ([1]).

Les sociétés divines des Égyptiens.

Si nous quittons les peuples indo-européens pour
étudier le polythéisme des autres races, nous trouvons la même correspondance entre la forme des
institutions politiques et l'organisation de la société
divine. L'Égypte avant Ménès paraît avoir été par-
tagée en nômes indépendants qui avaient chacun un
certain nombre de dieux proprement dits, s'affirmant
à côté et au-dessus des esprits. Il semble que, dès
les commencements de l'histoire, ces petits panthéons locaux avaient subi une certaine concentration par l'établissement de triades et d'ennéades, dont
le membre principal recevait fréquemment le titre
de dieu suprême. Mais, comme l'explique très bien
M. Maspéro, ces dieux suprêmes et même *uniques* ne
l'étaient que dans les limites de leur nôme respectif :
« La féodalité divine, dit le savant historien, est le
fait primordial de la religion égyptienne, comme la
féodalité politique est le fait primordial de l'histoire
d'Égypte ([2]). »

Les sociétés divines des Sémites.

En Mésopotamie, les premiers habitants de la Chaldée, au moment où commence leur histoire, semblent

([1]) C.-P. Tiele, *Manuel de l'histoire des religions*, § 102 et suiv.
2e éd., — J. Darmesteter, *Ormazd et Ahriman*. Paris, 1877, chap. VI.
— Ch. de Harlez, *L'Avesta*, 5 vol. Paris, 1875-1877.

([2]) *Revue de l'histoire des religions*, 1889, t. XIX, p. 11.

avoir déjà placé au-dessus des esprits un certain
nombre de puissances surhumaines (*an* ou *dingir*),
qui régissaient les principaux phénomènes, passaient
pour avoir façonné le monde et protégeaient l'homme
contre les attaques des mauvais esprits. C'étaient surtout Ana, la personnification du ciel; Éa, l'esprit de
la terre; Mullil, régent du monde souterrain; le
soleil; la lune; Istar, l'étoile du soir; peut-être les
dieux des autres planètes alors connues; enfin, les
dieux du feu et de l'orage. Il suffisait de prononcer
leur nom pour mettre les démons en fuite, et ce nom
avait d'autant plus d'efficacité que la divinité occupait
un rang plus élevé, ce rang étant déterminé par un
chiffre correspondant. « Le plus irrésistible de tous
les pouvoirs, dit un hymne, réside dans le nom
mystérieux dont Éa seul a connaissance. Devant ce
nom, tout fléchit dans le ciel, sur la terre et dans
les enfers; les dieux mêmes sont enchaînés par ce
nom et lui obéissent ([1]). »

Ceci, toutefois, n'est qu'une hyperbole en usage dans
la magie, tout au plus de l'hénothéisme. « Toi seul es
élevé, dit un hymne au soleil; parmi les dieux, tu n'as
pas d'égal ([2]). » Le préfet de Kalakh, dans une inscrip-
tion qui date du roi Raman-Ninari III, n'hésite pas à
dire : « Ayez confiance en Nabu (le dieu des scribes) et
ne vous confiez à aucun autre dieu ([3]). » Ailleurs, c'est
Bel qui est appelé le Seigneur et le Créateur des dieux.

([1]) Fr. Lenormant, *La magie chez les Chaldéens*, p. 40.

([2]) Schrader cité par de Pressensé, *L'ancien monde et le christianisme*, p. 63.

([3]) Tiele, *Manuel de l'histoire des religions*, 2ᵉ édit., § 47.

Graduellement, on mit un peu d'ordre dans la multitude des dieux (des passages parlent de 65,000 divinités), par des groupements en triades dont les membres variaient avec les localités, les provinces ou les États : c'étaient tantôt Anou, l'ancien Ana, dieu du ciel, Bel et Éa, devenu le dieu de l'Océan ; — tantôt Sin, dieu de la lune, « le dieu des dieux », Shamas, dieu du soleil, et Rimmon, dieu des vents. — Mais ces triades mêmes semblent plutôt une juxtaposition de divinités qu'une combinaison tendant à l'unité. Il en fut autrement chez les Assyriens, qui formaient surtout une monarchie militaire dont le type se reflète dans l'organisation de leur monde divin : au bas de l'échelle, l'armée innombrable des esprits ; puis les dieux, qu'on peut assimiler aux officiers et aux fonctionnaires de l'empire ; au-dessus d'eux, les divinités principales, au nombre de trente-six, de treize, de douze ou de sept, suivant les inscriptions ; ce sont là comme qui dirait les ministres et les généraux d'Assour, lui-même archétype céleste du tout-puissant despote qui préside aux destinées de l'Assyrie.

Les populations syriennes nous offrent un type de religion sémitique moins altéré que le culte assyrien par le contact des croyances proto-chaldéennes. Ce n'est pas, à la vérité, le monothéisme qu'on a cru longtemps propre au génie de la race sémitique, mais c'est presque une monolâtrie, en ce sens que souvent on y trouve un dieu local, regardé comme suprême et aussi élevé au-dessus des autres dieux que ceux-ci le sont au-dessus des esprits. Il y a, toutefois, lieu de distinguer ici entre les populations du littoral, où la facilité

de la vie développa de bonne heure une mythologie
assez riche, et celles de l'intérieur, chez qui l'âpreté de
la nature fit naître une conception plus sévère de
l'ordre divin. Parmi ces dernières, où l'imagination
était plus frappée par l'imposante unité des forces
naturelles que par la variété incessante de leurs
manifestations, l'idée de force domine celle de substance; aussi les êtres surhumains y sont-ils beaucoup
moins variés, sinon moins nombreux. Comme l'a dit
M. Renan, rien ne ressemble à un eloh comme un
autre eloh, et, dès lors, il suffit de donner à ces *elohims*
un chef qui les dirige, pour obtenir un dieu auquel nul
rival ne disputera la prééminence.

Du reste, chez les Sémites occidentaux, les noms
mêmes des dieux expriment une idée générale et
abstraite de force ou de pouvoir, bien plus qu'ils ne
reflètent l'expression d'une individualité déterminée.
On a cru longtemps que les noms de Baal, Adon,
Moloch ou Melek, El, Çedeq, Rabba, Asherah, etc.,
dénotaient autant de personnalités divines, vénérées
par l'ensemble de la race. On sait aujourd'hui que
c'étaient là simplement des appellations génériques,
des titres, en un mot : le Maître, le Seigneur, le Roi,
le Fort, le Juste, la Dame, etc., par lesquels chaque
groupe de populations désignait sa divinité principale [1]. Il est probable que, dans chaque État, celui de
ces « rois » divins qui était adopté comme patron
suprême, avait autour de lui une cour composée de
divinités secondaires ou d'esprits subalternes, rem-

[1] TIELE, *Religions de l'Égypte et des peuples sémitiques*. Paris,
1882, p. 281 et suiv.

plissant tous les emplois du gouvernement et de la
domesticité. Jahveh lui-même, le Jahveh Sebaoth,
dieu des armées célestes, était entouré d'un véritable
divan dans lequel siégeaient en première ligne, suivant
l'expression de M. Renan, une sorte de séraskier, ou
généralissime, l'archange Michel, et un grand vizir,
le Melek, l'ange chargé de communiquer avec les
hommes; puis les autres anges, les séraphins, les
chérubins.

La conception du monde surhumain ne devait guère
différer de ce type chez les Philistins, les Moabites et
les autres peuples, plus ou moins indépendants, de
toute la région syrienne qui confinait au désert, voire
dans certaines cités de la Phénicie. A Beyrouth, on
vénérait particulièrement les sept Cabires, probablement des divinités planétaires. Il arriva un moment où
l'on plaça au-dessus d'eux le huitième (Eshmoun), qui
devint le dieu principal, soit que sous ce nom se cache
une divinité de la nature, soit que nous devions y voir
une création de la spéculation théologique [1].

Les sociétés divines des Aztèques et des Incas.

Le nouveau monde, à l'époque des premières inva-
sions européennes, présentait tous les degrés d'organisation religieuse, comme tous les types d'organisation sociale. A côté des formes rudimentaires qui ont
persisté jusqu'à nos jours dans les coutumes et les
croyances des anciennes populations aborigènes, on
trouvait des nations policées aux différents stages du

[1] Tiele, *Religions de l'Égypte et des peuples sémitiques*, p. 307.

polythéisme. Celui-ci en était encore à sa première
étape — en dépit d'une mythologie fort développée —
parmi les populations de l'Amérique centrale et du
Mexique. Elles rendaient un culte aux *teotl*, c'est-
à-dire aux principales personnifications des éléments
conçues sous des noms et des formes qui variaient
dans les principaux centres de culture. Mais, tout
en élevant certains de ces dieux au rang de protecteurs officiels et de législateurs mythiques, elles ne
semblent nulle part les avoir fait rentrer dans les
cadres d'une classification coordonnée. C'est que,
chez ces peuples, comme l'explique M. Albert Réville,
il n'y eut jamais d'empire unitaire et centralisé, mais
seulement de grandes confédérations et des États
exerçant une prépondérance passagère [1].

Tout au contraire, plus au sud, le Pérou des Incas
nous présente le type de l'État le plus centralisé qu'ait
jamais connu notre planète, et cette centralisation,
ici encore, a sa contre-partie dans l'organisation du
monde divin. L'Inca était non seulement censé descendre du soleil, mais encore appliquer sur la terre le
gouvernement du dieu solaire, et de même que tout
dans l'empire était subordonné à l'Inca, tout dans le
ciel était subordonné au soleil. Celui-ci avait une cour
où figuraient la lune, les planètes et les principales
constellations. D'autres grands dieux, qui, autrefois,
ne devaient guère lui céder en importance : Vira-
cocha, Pachacamac, Catequil, étaient devenus ses
enfants ou ses ministres.

[1] A. RÉVILLE, *Religions du Mexique et du Pérou*. Paris, 1885,
p. 23.

La société divine chez les Chinois.

Dans la religion officielle de la Chine, le parallélisme dont je viens de donner tant d'exemples est poussé plus loin encore. Non seulement nous y trouvons, dès les plus anciens temps, l'État divin étroitement imité de l'État terrestre, mais encore les différents degrés de leur organisation respective sont strictement en rapport les uns avec les autres. En tête, Chang-ti, l'empereur céleste, qui veille aux intérêts généraux du monde. L'empereur terrestre, le « fils du ciel », reste son mandataire pour le gouvernement des hommes, et il se trouve, en outre, exclusivement chargé de présider au culte réclamé par son mandant. De même, les plus hauts fonctionnaires offrent le culte aux grands esprits de la nature; les gouverneurs des provinces et des cités, aux principales divinités locales de leurs circonscriptions respectives; enfin le père de famille, aux mânes de ses ancêtres et au commun des esprits. Confucius déclare que les fonctionnaires de l'État sont des employés du ciel, tout comme le Li-ki proclame que les esprits sont les fonctionnaires de Chang-ti.

Il est intéressant de constater que, partout, on avait conscience de ce parallélisme spontanément établi entre le royaume céleste et les États terrestres. Mais, par une illusion d'optique, c'était la société humaine qui semblait le décalque de l'État divin.

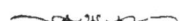

CHAPITRE IV.

DUALISME.

§ I. — *La lutte pour l'ordre.*

Nous venons de voir les dieux constitués en société à l'instar des hommes. Quel sera l'objet de cette organisation, le but qu'elle se propose, j'allais dire sa plate-forme?

Alliance contractuelle avec les êtres surhumains.

Ce sera d'abord l'intérêt de ses membres. Les dieux poursuivent leur propre bien et ils ne se font pas faute d'afficher naïvement un égoïsme façonné sur celui de leurs fidèles. Cependant — et c'est là pour nous le point important — le bien des dieux peut, de diverses façons, s'accorder avec celui de leurs adorateurs.

D'une part, ceux-ci peuvent avoir contracté avec leurs dieux une alliance fondée sur la réciprocité des services. D'où cette double conséquence, d'abord que les dieux seront intéressés à la prospérité et à l'agrandissement de la nation qui les aura adoptés, en second lieu, qu'ils se trouveront en opposition avec les dieux des nations voisines, chaque fois que leurs sujets respectifs entreront en conflit. Déjà les sauvages mon-

trent une tendance à se mettre sous la protection de
leurs ancêtres et de leurs fétiches, pour se défendre
contre les esprits des défunts et des fétiches appartenant
aux peuplades voisines; s'ils rangent quelquefois parmi
ces puissances hostiles tous les esprits en général,
c'est que ces derniers, plus ou moins indépendants et
anonymes, représentent l'étranger et, partant, l'ennemi.
Dans le polythéisme, ce ne sont plus des puissances
isolées, mais des panthéons, organisés par nations ou
par groupes de nations, qui sont ainsi mis en présence, et les relations entre ces communautés surhumaines sont également taillées sur les rapports de
leurs modèles terrestres.

Mission régulatrice de la divinité.

D'autre part, la mythologie favorise un nouvel ordre
de conceptions qui amène directement les dieux à
assurer le bien de l'homme ou du moins à organiser
une des conditions nécessaires à la conservation de
l'humanité : l'établissement de l'ordre dans la nature.

J'entends par mythologie la transformation des
phénomènes naturels ou des événements abstraits en
aventures personnelles qui sont mises au compte
d'êtres surhumains.

Il n'entre pas dans mon plan d'exposer les règles
qui doivent présider à l'interprétation de la mythologie, encore moins de discuter à fond les vues des
écoles qui entendent respectivement trouver dans
tous les récits mythiques, les unes, un oubli du sens
primitif des mots, les autres, une déformation de l'histoire, d'autres encore, une production purement fan-

taisiste de l'imagination sauvage. Le fait certain, —
qui se trouve à la base de tous les mythes, — c'est
que l'homme tend à personnifier les détails, ainsi que
les forces de la nature, et qu'il attribue à ces personnalités imaginaires le don de se comporter comme
des personnes humaines, mais avec des facultés indéfiniment agrandies.

Dans le naturisme, c'est-à-dire tant que les objets
personnifiés apparaissent comme le corps d'un esprit
qui agit par leur intermédiaire, on peut se borner à
dramatiser les plus caractéristiques des rapports réels
entre ces objets. L'orage sera conçu comme une
lutte du ciel ou du soleil contre les nuages ; l'occulta-
tion des astres sera représentée comme leur englou-
tissement par un monstre ; la création sera attribuée
à une union ou même à une séparation originaire du
ciel et de la terre ; etc.

Peut-être la formation de ces premiers mythes
a-t-elle été précédée d'une période où l'homme se
figurait simplement les manifestations de la nature
par des analogies isolées qu'il tirait de sa propre
expérience. C'est ainsi qu'avant de se représenter
l'orage, soit comme le mariage du ciel et de la terre,
soit comme le combat du soleil contre le nuage, avec
ce luxe de détails qui fait le charme des mythologies
indo-européennes, on a dû s'imaginer la pluie comme
la chute d'une semence, la production des récoltes
comme un enfantement, les nuées comme une armée
de monstres ou de géants, le soleil comme un être qui
lance des traits, l'éclair comme une arme céleste et le
tonnerre comme la voix d'un combattant invisible ou

un choc d'armes au haut des cieux. Ces éléments mythiques restent pour ainsi dire à l'état fruste chez les
peuples dont l'imagination est trop pauvre, — comme
chez les Chinois — ou trop désordonnée, — comme
chez les nègres, — pour grouper ces conceptions
rudimentaires dans des vues d'ensemble. Mais ailleurs,
ils se combinent bientôt pour former de véritables
drames naturistes, comme ceux dont nous trouvons
la description dans les plus anciens textes religieux
des Chaldéens, des Égyptiens et de tous les peuples
indo-européens.

Lorsque, par suite des progrès de la réflexion
humaine, on arrive à une conception plus juste de
l'impersonnalité des choses, il semblerait difficile de
faire encore jouer aux corps célestes ou aux objets
terrestres le rôle de personnes quasi humaines. Mais
il ne faut pas oublier que la personnalité de ces objets
n'a pas disparu : elle a simplement quitté son enve
loppe pour la régir du dehors. Ainsi, d'une part, elle
gardera ses anciens attributs et ses anciennes relations. D'autre part, plus sa physionomie nouvelle se
rapprochera de la forme humaine, et c'est généralement le cas, plus elle se prêtera à figurer dans les
combinaisons dont la vie de l'homme présente le
modèle. N'est-ce pas en Grèce que les divinités de la
nature se sont le plus rapprochées du type humain
au physique comme au moral? Or, n'est-ce pas là
aussi que la mythologie a pris le plus d'extension et
exercé le plus d'influence?

Cependant, peu à peu, quand on aura rompu les
liens qui rattachaient les esprits des choses aux choses

elles-mêmes, on se laissera entraîner à prêter à ces êtres surhumains des actes qui n'ont plus rien de commun avec les relations des phénomènes entre eux. Les dieux tendront à se transformer en personnages historiques, englobant dans leurs aventures les exploits de héros réels et même les créations de la fantaisie populaire. Le mythe rentrera dans le conte ou dans la légende. Ou encore, il tendra à se fixer sur le premier personnage venu, au point qu'on ne sait plus si l'on se trouve devant un dieu transformé en héros ou un héros transformé en dieu.

Rapports de la mythologie et de la religion.

On a pris prétexte de ces altérations pour distinguer entre la mythologie et la religion; celle-ci comprendrait les sentiments que l'homme nourrit à l'égard de ses dieux; celle-là, les histoires qu'il admet sur leur compte ou plutôt les faits et gestes qu'il leur prête. Mais les sentiments qu'on porte à quelqu'un ne dépendent-ils pas en grande partie de l'idée qu'on se fait de sa nature, de ses dispositions, de ses procédés, c'est-à-dire précisément de tout ce que la mythologie révèle sur les dieux?

S'il y a une distinction à faire, — et j'y serais assez disposé, considérant le peu d'influence qu'un grand nombre de mythes exercent sur le sentiment religieux ou sur le culte, — c'est que toute une catégorie de mythes se bornent à satisfaire la curiosité de l'homme, sans affecter ses rapports avec les dieux. Tels sont notamment les mythes qui prétendent expliquer l'origine première des phénomènes sans s'occuper de leur

maintien ou de leur reproduction. En effet, c'est
l'avenir, non le passé, qui suscite les espérances et les
craintes dont se nourrit le sentiment religieux. Aussi,
au point de vue qui nous occupe, les traditions qui
se rapportent au cours périodique des phénomènes
ont une tout autre importance que les traditions
relatives à la façon dont l'univers a été formé, bien
que les unes et les autres se présentent également
sous une forme mythique, c'est-à-dire comme s'étant
réalisées à un moment des âges antérieurs. Encore,
pour que cette importance se fasse sentir, les peuples
doivent-ils avoir conscience de trouver dans ces traditions autre chose que des contes inventés à plaisir,
ou même que le récit fidèle de faits historiques sur
lesquels il n'y a plus à revenir. Alors — mais alors
seulement — la mythologie devient de la religion,
en assignant pour but, aux divinités les plus importantes, de faire prédominer l'action des phénomènes
bienfaisants auxquels elles président sur les efforts
des agents qui régissent ou produisent les phénomènes opposés.

De là un dualisme qui s'applique tout d'abord aux
forces en conflit sur le terrain de nos deux grandes
nécessités vitales : la lumière et l'alimentation, mais
qui, la mythologie aidant, ne tarde pas à embrasser
l'ensemble des êtres surhumains. Ceux-ci sont répartis
en deux camps suivant leur nature ou leurs affinités.
L'homme lui-même ne tarde pas à entrer en ligne : il
apporte à ses divins défenseurs non seulement ses
sympathies, mais encore un concours actif, en les
encourageant par ses prières et par ses louanges, en

développant leurs forces par ses offrandes et ses
incantations, enfin en s'abstenant des actes qui pourraient entraver ou affaiblir leur action. D'où un lien
de plus entre l'homme et ses dieux, qui se sentent
combattants de la même armée, champions de la
même cause.

Progrès et régularisation du dualisme naturiste.

Le dualisme naturiste se montre encore peu développé chez les peuples qui en sont à la première phase
du polythéisme, tels que les anciens Mexicains, les
Polynésiens, les Finnois. Chez les Proto-Chaldéens, il
se révèle moins dans la sphère des phénomènes naturels que sur le terrain de la lutte journalière à soutenir
par l'homme contre les mauvais esprits, particulièrement les esprits de la maladie. Cependant la mort de
Tammouz, la descente d'Istar dans les enfers à la
recherche de l'amant qu'elle a perdu, les incidents de
sa querelle avec sa sœur Allât, reine du monde souterrain ; d'autre part, la légende du déluge, le combat
du dieu lune contre les sept mauvais esprits, sans
compter le récit même de la création, prouvent bien
que le dualisme naturiste n'était pas entièrement
absent de la mythologie assyro-chaldéenne. Il faut
remarquer que les sept mauvais esprits, placés à la tête
de la milice infernale, représentent les sept vents principaux, et que les grandes divinités, invoquées pour
leur tenir tête, sont incontestablement des divinités
planétaires, ou du moins des personnifications de
phénomènes naturels. Selon M. Sayce, les textes conservent la trace d'une époque où tous les êtres sur-

humains étaient à la fois bons et mauvais; ce serait
graduellement que les Chaldéens en seraient venus à
séparer les deux faces de ce caractère mixte, pour
faire des dieux supérieurs les dispensateurs de tous
les bienfaits, alors que les esprits inférieurs assu-
maient exclusivement le rôle d'agents malfaisants [1].

Chez les Égyptiens, on comptait originairement
trois espèces de divinités : les dieux des éléments, les
dieux des morts et les dieux solaires. Les premiers,
tels que Sib et Nout, ne jouèrent qu'un rôle effacé dans
le culte; les seconds, Osiris en tête, furent graduellement assimilés au soleil couché ou souterain, et ainsi
toute la religion égyptienne devint, selon l'expression
de M. Pierret, un drame solaire [2], c'est-à-dire qu'elle
se concentra tout entière dans la lutte de la lumière
contre les ténèbres, et, par extension, de la vie contre
la mort. — Les dieux lumineux montent de compagnie
dans la barque solaire, « la bonne barque des millions
d'années ». Ils y sont rejoints par les âmes des justes,
assimilées elles-mêmes à Osiris. Un Horus se place au
gouvernail; un autre à la proue, la lance en arrêt. Les
rames sont tenues par les Akhimou Ourdou, « ceux qui
ne cessent jamais d'exister », et par les Akhimou
Sokou, « ceux qui ne sont jamais détruits ». Cependant
l'embarcation quitte les champs lumineux du ciel
pour s'avancer dans les régions obscures du monde
souterrain. A la sixième heure de la nuit s'engage le
combat quotidien où le serpent Apap, avec toute son
armée de monstres, essaye d'arrêter le cours de la

---

[1] *Religion of ancient Babylonians*, p. 205.
[2] Paul Pierret, *Le Panthéon égyptien*. Paris, 1881, p. xv.

barque. Mais les dieux de lumière renversent tous les obstacles : Râ triomphe, « Apap est anéanti » ; et c'est pourquoi le soleil se lève chaque matin, avec un nouvel éclat, sur l'horizon de l'Égypte reconnaissante (¹). C'est le même dualisme qui apparaît sous une forme quasi historique dans le mythe osirien, tel que celui-ci est reproduit par Hérodote et qu'il se retrouve, sous des traits encore plus anthropomorphisés, dans les inscriptions du temple d'Edfou (²).

On connaît l'importance qu'avait prise, dans le culte des Syro-Phéniciens, les véritables représentations scéniques où l'on reproduisait la passion d'un dieu tour à tour immolé et ressuscité. En Phrygie, c'était Attis qui, mutilé par la jalousie de Cybèle, puis transformé en un arbre au feuillage persistant, se réveillait de sa léthargie hivernale au commencement du printemps. — A Byblos, c'était Adonis qui, tué par un sanglier, était rappelé à la vie par son amante, la divine Astarté. S'il faut en juger par les dates où se célébraient respectivement les fêtes de sa mort et de sa résurrection, Adonis, chez ces populations syriennes, qui souffraient surtout des ardeurs de l'été, représentait le ciel printanier qui était mis à mort par le soleil ou le ciel brûlant, et qui renaissait, pour ainsi dire, aux approches de l'automne, alors que la nature féconde retrouvait l'amant perdu (³).

(¹) G. Maspéro, *Histoire ancienne des peuples de l'Orient.* Paris, 1886, p. 280 et suiv.

(²) H. Brugsch, *Die Sage von der geflügelten Sonnenscheibe,* dans les *Abhandlungen der Konigl. Gesellschaft der Wissenschaften.* Göttingen, 1868-1869.

(³) C.-P. Tiele, *Histoire des anciennes religions de l'Égypte et des peuples sémitiques.* Paris, 1882, liv. III, chap. IV.

Chez les Grecs, la religion des mystères trahit nettement l'influence des religions orientales. Mais, sous le riant climat de l'Hellade, le génie aryen avait conçu de l'univers une vue trop sereine et trop harmonieuse pour se complaire aux tragiques émotions des cultes naturistes. C'est à l'origine des choses qu'il se plaît à reléguer le combat contre les forces chaotiques de la nature. Les Titans sont enchaînés pour toujours dans leurs ténébreux cachots, et, n'était la prédiction menaçante d'un Prométhée, rien ne viendrait plus troubler la quiétude olympienne de Jupiter. Cependant, la religion grecque, quand elle eut franchi ses frontières, finit par s'assombrir; et, sous l'influence des théories émanatistes, le δαίμων, qui anciennement signifiait simplement un esprit, parfois même le bon génie de l'homme, comme au temps de Socrate, était devenu insensiblement un synonyme de la puissance mauvaise, le *démon* dont le christianisme accueillit le nom, avec cette acception nouvelle, pour l'appliquer à l'ensemble des divinités païennes.

Chez les Germains, il est facile de constater que le dualisme s'est également accentué avec le développement de la religion. Les géants de la Gelée, le loup Fenris, le serpent Nidhugr, qui ronge les racines de l'arbre du monde, furent de tout temps des esprits malfaisants Mais l'organisation de l'armée des ténèbres et des frimas n'est complète que quand Hel et Loki ont pris place à sa tête, pour la conduire à l'attaque des Ases. Or, Hel et Loki étaient primitivement conçus sous des traits moins antipathiques. Hel, la déesse du crépuscule, avant de devenir la déesse qui

enchaîne les morts et terrifie les vivants, occupait,
comme le fait observer M. Tiele, une place d'autant plus
élevée qu'on remonte à des temps plus éloignés ([1]).
Quant à Loki, le dieu du feu, il avait été d'abord le
frère et le compagnon d'Odin; il avait même rendu des
services signalés aux dieux dans leur campagne contre
les géants. Mais il finit par être regardé comme le père
des puissances mauvaises; c'est lui qui dépouille de
ses parures la déesse de la terre, qui dérobe à Thor
son marteau fertilisant et qui cause la mort de Baldur
le bon soleil.

Chez les Hindous, le dualisme assume un rôle plus
important encore dans le culte comme dans la mythologie. On y rappelle sans cesse comment Indra, Agni,
Vishnou, les Maruts livrent combat au serpent Ahi —
surnommé tour à tour « Vritra » celui qui enveloppe,
« Coushna » celui qui dessèche, « Dàsa » celui qui tue
— pour la délivrance des vaches ou des épouses
célestes, c'est-à-dire des eaux retenues captives dans
les cavernes de la nuée. Ailleurs, c'est le feu, l'aurore,
le soleil, qui sont l'enjeu de la bataille. La destinée
des asouras, ou plutôt du nom qui sert à désigner ces
personnifications des influences mauvaises, atteste
bien le progrès, ou, si l'on veut, la régularisation du
dualisme chez les Hindous, à mesure que se développait leur mythologie. Au début, le terme d'asoura (*être*
ou *esprit*) s'applique indifféremment aux êtres bons et
mauvais. Varouna est même, dans les Védas, l'asoura
par excellence. Au contraire, les devas des chants

([1]) *Manuel de l'histoire des religions*, trad. VERNES. Paris, 1885,
p. 275-276.

védiques jouent parfois un rôle démoniaque, quand on
nous les fait voir retenant eux-mêmes la lumière ou
les eaux (¹). C'est dans les brahmanas et les pouranas,
compositions d'un temps postérieur, que le dualisme
atteint son apogée, quand on représente les devas d'un
côté, les asouras de l'autre, se disputant la possession
de l'*amrita,* l'eau céleste qui assure la fécondité de la
terre et l'immortalité des êtres (²).

Qu'on attribue le zoroastrisme à une évolution naturelle de l'ancienne religion indo-éranienne ou à une
réaction violente contre le naturisme dont les Védas
nous ont transmis les plus anciens vestiges, toujours
est-il que nous trouvons, là aussi, un dualisme qui
a dû grandir considérablement depuis la séparation
des deux peuples. On peut dire que, dans aucune religion, il n'a été poussé plus loin. En face d'Ormuzd et
des êtres surhumains qui se groupent autour de lui,
pour maintenir tout ce qu'il y a de bon dans le
monde, se dressent Ahriman et ses daevas, dont le but
est de contrecarrer absolument l'œuvre du Seigneur
omniscient, soit en détruisant ses créations, soit en
produisant à leur tour des contre-créations parallèles.
Ici, l'opposition est complète. Non seulement nous
avons en présence deux hiérarchies exactement taillées l'une sur l'autre, mais encore cette correspon-

---

(¹) Bergaigne, *La religion védique d'après les hymnes du Rig Véda.*
Paris, 1883, t. III, p. 78.

(²) Une image religieuse, reproduite par Moor dans son *Hindu
Pantheon* (pl. 49), représente, d'après les données du Râmâyana
(I, XIV), le barattement de la mer de lait ou de l'océan primordial, au
moyen de la montagne Mandara, que le serpent Vâsûki entoure en guise
de corde. Les devas tirent une de ses extrémités et les asouras l'autre.

dance s'étend à tous leurs actes respectifs, et ce sont tous les détails de la nature qui sont répartis entre les deux pouvoirs. Rien de mixte, de neutre, d'équivoque. Tout ce qui ne relève pas d'Ormuzd procède d'Ahriman. Si un être ou un phénomène ne trouve point sa contre-partie dans les forces antagonistes de la nature, on lui en inventera une par abstraction, et ainsi peut-être s'explique le singulier mélange de génies abstraits et de divinités naturelles qui caractérise le système religieux des Perses (¹).

Il n'est pas jusqu'à la religion juive qui n'atteste, au cours de son développement, une accentuation du dualisme. Dans les premiers temps, on n'y connaissait pas d'être surhumain en opposition avec Jahveh. A côté de lui — en dehors des dieux étrangers — il n'y avait guère que des esprits subordonnés au dieu suprême, tels que les anges, les séraphins, les chérubins et ces Beni-Elohims ou fils de Dieu qui, selon le livre de Job (I, 6), venaient de temps à autre faire leur cour à l'Éternel. Même Satan n'était qu'une sorte de ministère public, de juge d'instruction, d'agent provocateur qui, pour tourmenter ou tenter l'homme, devait obtenir la permission de son maître. Ce fut seulement assez tard qu'on voit les anges révoltés s'organiser, sous sa conduite, en armée des ténèbres, pour lutter contre la milice céleste sous la direction de Jahveh, et on peut se demander jusqu'à quel point ce phénomène n'est pas dû aux influences de la démo-

(¹) Voy. J. Darmesteter, *Ormuzd et Ahriman*. Paris, 1877, part. II, chap. VI.

nologie éranienne. Jahveh apparaît entouré des six
archanges, comme Ahura Mazda entouré des six Amp-
shaçpands; et, de même que dans la mythologie éranienne, l'introduction du mal et de la mort sur terre
devient l'œuvre des esprits révoltés.

Il faut remarquer que si le dualisme s'est ainsi
renforcé à mesure que la religion s'organisait, nulle
part il n'a abouti à mettre sur un pied d'égalité
absolue les puissances du bien et les puissances du
mal, voire à admettre, pour ces dernières, la possibilité du triomphe final. Même dans la religion des
Perses, Ahura Mazda est antérieur à Ahriman, et il
lui survivra. Trois mille ans après Zoroastre, les
mauvais esprits seront anéantis, tandis que les justes
verront se réaliser le règne définitif du Seigneur
omniscient, où le désordre et le mal seront bannis de
la nature.

La notion d'ordre cosmique et l'idée de loi.

Cette confiance dans la permanence, le retour ou
le triomphe des forces qui ont assuré le développement actuel du monde, finit par prendre, dans l'esprit
humain, la forme de l'idée de loi et par aboutir à la
conception d'un ordre naturel, que maintiennent les
puissances surhumaines.

Figurons-nous, si c'est possible, l'état mental des
peuples enfants, quand ils commencèrent à réfléchir
sur les grands phénomènes de la nature. A leurs yeux,
il n'y avait là que hasard, caprice, tout au plus habitude. Ils n'étaient jamais certains que le jour, une fois

évanoui, reparaîtrait le lendemain, ni que l'été revien-
drait après l'hiver. — Si, à chaque printemps, le soleil
se rapproche après s'être éloigné, si la lune reprend
chaque mois sa forme disparue, si la pluie vient
mettre fin à la sécheresse, si le vent s'apaise, c'est que
ces phénomènes le veulent bien ; mais qui sait s'ils le
voudront et le pourront toujours?

Les Abipones, qui croient leur race engendrée par
la constellation des Pléiades, s'imaginent, quand elle
descend sur l'horizon aux approches de l'été, que leur
grand père est malade et ils célèbrent avec grandes
démonstrations de joie sa réapparition en automne([1]).
Nous trouvons ici l'explication des fêtes qui, chez les
peuples anciens, accompagnaient la renaissance du
soleil au solstice d'hiver et qui se sont perpétuées
jusqu'à notre époque dans nos traditions populaires.

On n'est pas même sûr si l'être qui reparaît à intervalles fixes est toujours le même. Chez les Bechunanas
de l'Afrique méridionale, on ne dit pas que le soleil
se couche, mais qu'il meurt ([2]). Notre terme de Noël
remonte, par le *dies natalis solis invicti* de l'antiquité
païenne, à une époque où l'on devait croire que le
soleil renaissait chaque année. Aujourd'hui encore,
ne parlons-nous pas de nouvelles lunes, en témoignage du temps où l'on pensait qu'il y en avait
de vieilles ([3])? Chez certaines tribus de l'Australie, on

([1]) DOBRIZHOFFER, *Historia de Abiponibus*. Vienne, 1784, t. II, p. 77.
([2]) MAX MULLER, *Essais sur la mythologie comparée*, trad. PERROT.
Paris, 1873, p. 188.
([3]) Dans le pays wallon, on raconte aux enfants que les étoiles sont
faites avec des morceaux de vieilles lunes. (*Questionnaire de Folk-Lore*.
Liége, 1890, p. 67.)

raconte que le soleil tue la lune tous les mois. Les
Bassoùtos sont, sous ce rapport, plus avancés; car ils
disent que le soleil poursuit, chaque mois, la lune et la
mange peu à peu, mais qu'elle est assez adroite pour
s'échapper, quand elle est réduite à l'état de simple
croissant, et qu'elle peut ainsi reprendre graduellement sa forme première (¹).

Peu à peu, cependant, certains peuples consta-
tèrent, par le rapprochement d'observations maintes
fois répétées, que les jours et les saisons se succè-
dent à intervalles réguliers; — que le soleil, la
lune, les astres reparaissent périodiquement sur
les mêmes points de l'horizon et fournissent invariablement la même course; — que toujours l'orage
met un terme à la sécheresse et l'azur remplace les
nuées. Cette constance finit par rassurer l'homme.
Il se dit que les phénomènes, pour agir ainsi, devaient
avoir des raisons supérieures, puisées, soit dans
une inaltérable affection pour les créatures, soit
dans les nécessités de leur propre existence, et ainsi
il se trouva amené — dans un acte de foi où la religion a précédé la science — à envisager le cours
des phénomènes célestes comme une voie tracée une
fois pour toutes. Alors naquit dans son esprit la
première notion d'un ordre naturel où le passé est
garant de l'avenir. C'est cette voie immuable que les
Aryas de l'Inde ont qualifiée de Rita (²), — les Perses,

(¹) ALBERT RÉVILLE, *Religions des peuples non civilisés*, t. I, p. 143,
et t. II, p. 131.

(²) MAX MULLER, *Origine et développement de la religion étudiés à
la lumière des religions de l'Inde.* Paris, 1879, p. 230.

d'Asha (¹), — les Chinois, de Tao ou de Tien (²), — les Égyptiens, de Mâ ou de Maât (³).

Conséquences de la croyance à un ordre naturel.

On peut aisément s'imaginer combien cette notion, si concrète et, en quelque sorte, si matérielle qu'elle fût à sa naissance, fit apparaître à l'esprit humain, sous un jour nouveau, le tableau de l'univers. Il est certain que seule elle a rendu possible le développement de la science. L'explication des phénomènes par une intervention capricieuse des êtres surhumains est une solution si facile, qu'elle décourage, comme nous le voyons chez les peuples non civilisés de notre époque, toutes les tentatives de rechercher les causes naturelles des événements. Mais, quand, au lieu d'avoir affaire à des êtres fantasques et arbitraires, l'homme croit à des êtres surhumains qui gouvernent le monde suivant des lois, non seulement il n'hésitera pas à chercher ces lois par l'étude rationnelle des faits, mais il s'y adonnera même avec d'autant plus d'empressement qu'il y verra un nouveau moyen de démontrer la sagesse et la puissance divines. En faisant

(¹) JAMES DARMESTETER, *Ormazd et Ahriman*. Paris, 1877, chap. I, §§ 11-17. — M. Darmesteter fait remarquer que l'*Asha* comporte chez les Perses, comme le *Rita* chez les Hindous, la double acception d'ordre cosmique et d'ordre liturgique; d'où il conclut que cette notion est antérieure à la séparation des Indo-Éraniens. M. Max Muller, remontant plus haut encore, s'efforce d'établir qu'elle a pris naissance avant la formation des langues indo-européennes.

(²) Cf. A. RÉVILLE, *La religion chinoise*, p. 102, 120, 137, 138. — DE HARLEZ, *Les religions de la Chine*. Leipzig, 1891, p. 47.

(³) LE PAGE RENOUF, *op. cit.*, 119 et suiv. — EUG. GRÉBAUT, *Hymne à Ammon-Ra*. Paris, 1875, p. XIX.

acte de science, il aura conscience de faire acte de religion.

Sans doute, l'ordre naturel, tel qu'on le conçoit à cette époque, ne s'applique qu'à la partie la plus régulière de l'ensemble des phénomènes. D'autre part, on y comprend encore bien des faits qui, pour nous, sont absurdes et impossibles. On admet même qu'il puisse toujours être violé, dans certaines limites, par les caprices ou les passions dont les dieux n'ont pas su entièrement se dégager. Mais ce domaine de l'arbitraire est de plus en plus considéré comme une exception, une anomalie, et, par cela même qu'il est mis en opposition avec le cours normal des choses, il atteste la croyance bien arrêtée à l'existence de cet ordre, en même temps qu'il marque, dans l'histoire de l'esprit humain, le commencement d'une lutte qui ne s'arrêtera plus, tant qu'elle n'aura pas mis le surnaturel ou plutôt le contre-naturel — (qu'on ne doit pas confondre avec le supra-sensible) — hors de la raison et de la conscience.

Élargissement de l'horizon religieux.

Il ne faudrait pas, néanmoins, conclure que les ressorts du sentiment religieux aient été affaiblis par cette suppression graduelle de l'arbitraire divin. A première vue, il est manifeste que la conception d'un ordre naturel a pour résultat de reléguer dans des bornes de plus en plus étroites l'indépendance des phénomènes personnifiés et même des dieux qui les régissent. « Sûrya, dit un hymne védique, ne viole pas

les places indiquées » [1]) et Héraclite formule la même
pensée à propos d'Hélios. Mais il faut observer que cet
ordre lui-même est regardé comme l'œuvre d'agents
personnels, sur qui la vénération se reporte aussitôt
avec une intensité multipliée par l'agrandissement de
leur rôle. Le problème de l'Auteur des choses ne fait,
en somme, que se déplacer.

Qui a mis l'ordre dans la nature?

Nous avons vu que les Incas adoraient le soleil,
qu'ils regardaient comme leur père et leur premier
législateur. Cependant, Garcilasso de la Vega raconte
que l'Inca Yupanqui aurait tenu le langage suivant
pendant l'inauguration du grand temple de Cuczo :
« Si le soleil vivait, il se fatiguerait; s'il était indépendant, il visiterait d'autres parties du ciel. Il est,
au contraire, comme un animal domestique qui fait sa
tournée quotidienne sous l'œil d'un maître; il est
comme une flèche qui doit se rendre où on l'envoie
et non où elle veut aller [2]. » Le même auteur prête
encore un langage analogue à un successeur de cet
Inca, Huyana Capac : « En vérité, aurait-il proclamé
dans une fête officielle, notre père, notre seigneur, le
Soleil, doit relever d'un autre seigneur plus puissant
que lui, car s'il était souverain seigneur des choses
d'ici-bas, il y a quelque apparence qu'il se reposerait
quelquefois pour son plaisir [3]. »

[1] *Rig Véda,* III, 30, 12.
[2] Garcilasso de la Vega, *Histoire des Incas.* Amsterdam, 1715,
t. II, p. 293.
[3] *Ibid.,* t. II, p. 396.

On peut se demander si ces paroles n'ont pas été
mises dans la bouche des deux Incas pour en faire des
précurseurs du christianisme, mais ce naïf raisonnement s'est reproduit chez bien d'autres peuples encore.
« Quel est — demande le Zend Avesta — le Père qui,
au début des temps, a engendré l'ordre? Qui a frayé
leur route au soleil et à l'étoile? Qui fait croître et
décroître la lune [1]? »

A cette question, il a été répondu de diverses
manières. La plus simple consiste à dire que chaque
corps céleste est dirigé par son propre dieu. Chez les
Polynésiens, on racontait que le soleil suivait autrefois
une route capricieuse, mais le dieu solaire, Maui, lui
jeta une sorte de lasso, qui, malgré ses efforts et ses
cris, le contraignit désormais à rester sur l'horizon le
temps nécessaire aux hommes pour leurs occupations [2]. Il n'y a pas tant de siècles qu'en Europe
même on plaçait, dans l'intérieur de chaque planète, un génie chargé, comme une sorte de pilote,
de la diriger dans l'espace. Cependant, quand on aura
mis en rapport les uns avec les autres les phénomènes
réguliers dont l'ensemble constitue l'ordre cosmique,
on arrivera à faire de celui-ci soit le mouvement
propre du Firmament personnifié, soit le résultat
d'une impulsion due au dieu qui régit l'ensemble
des phénomènes célestes. La première de ces deux
notions a prévalu dans l'antique religion chinoise, où
le majestueux enchaînement des phénomènes cos-

[1] *Yaçna*, XLIV. (Cf. MAX MULLER, *La science de la religion*. Paris,
1873, p. 151-152.)
[2] *Mélusine*, t. I (1878), p. 13.

miques est regardé comme la manifestation même de
l'activité céleste ; la seconde, notamment chez les Juifs,
où la Genèse fait dire à l'Éternel : « Qu'il y ait des
luminaires dans l'étendue des cieux pour séparer le
jour de la nuit et qu'ils servent de signes pour les
journées, les saisons, les années. » Chez les Chaldéens,
c'est Bel qui fixe les étoiles, établit la demeure des
planètes et du soleil, « afin qu'ils connaissent leurs
limites et ne puissent s'en écarter » ([1]). Chez les
Égyptiens, c'est Osiris qui a tracé au ciel et à la terre
« la route d'où ils ne s'écartent point » ([2]). Chez les
Perses, c'est naturellement Ahura Mazda qui est investi
de ce rôle.

Les deux conceptions sont, en quelque sorte, juxtaposées dans les Védas, où tantôt l'on nous dit que les
lois inébranlables reposent en Varouna, comme dans
le roc, et où tantôt on nous présente ce même dieu
comme l'auteur, le « gardien », le « conducteur » du
Rita : « Varouna a frayé les routes au soleil ; il a jeté
en avant les torrents impétueux des rivières ; il a
creusé de larges lits où se déroule en ordre le flot
déchaîné des journées ([3]). »

Enfin, l'on pourra aussi personnifier l'ordre naturel
sous les traits d'une divinité abstraite : le Gathu, la
« large voie », qui figure, chez les Hindous, parmi les
divinités du matin, — le Rita lui-même, — l'Asha
Vahista, génie de la pureté ou plutôt de la régularité,

([1]) Cinquième tablette du récit de la création (trad. SAYCE, *op. cit.*,
p. 589).

([2]) LE PAGE RENOUF, *op. cit.*, p. 222.

([3]) *Rig Véda*, X, VII, 87, 1.

chez les Perses, — la déesse *Mâ,* qui représente, parmi
les Égyptiens, une personnification de la vérité, c'est-
à-dire de la conformité au réel, — peut-être la Moira
des Grecs, sans compter leurs personnifications de la
loi, *Nomos,* ainsi que les Érinnyes, ces filles de Jupiter
et de la Justice qui n'empêchent pas seulement le
soleil de quitter son orbite, mais encore le cheval
d'Achille de parler le langage des hommes ([1]).

Ces personnalités abstraites peuvent se constituer en
opposition avec les dieux, là où ceux-ci gardent de leur
passé mythologique un caractère capricieux et arbitraire. Alors, ou bien les anciennes divinités seront
graduellement reléguées à l'arrière-plan par cette
nouvelle conception de la puissance surhumaine, ou
bien leur volonté s'assimilera peu à peu avec les arrêts
irrévocables du nouveau pouvoir qui est appelé à régir
les destinées de l'univers. En Chine, le taoïsme, si
altéré aujourd'hui par des superstitions vulgaires,
définissait le *Tao* comme ayant existé avant même la
divinité ([2]), alors que la religion officielle de l'empire
voit dans l'ordre de la nature la volonté même du
ciel. En Égypte, des textes proclament Mâ « dame du
ciel », « régente du monde », « qui ne connaît pas
de maître » ([3]), alors que d'autres passages, peut-être

([1]) *Iliade,* XIX, 418.

([2]) CH. DE HARLEZ, *Religions de la Chine,* p. 174 et suiv.

([3]) M. Eug. Grébaut fait remarquer avec raison que cette conception
de la vérité, comme loi suprême du monde, est, en Égypte, antérieure
et supérieure au monothéisme. « Devenue, dit-il, le fondement de toute
la théodicée et de toute la religion, elle plaçait, en effet, les relations
du fidèle avec le monde surhumain sur des bases indépendantes des
questions de panthéisme, de dualisme, de création proprement
dite, etc. » *Hymne à Ammon-Ra.* Paris, 1875, p. XIX.

plus fidèles à la conception dominante, déclarent, à propos d'Osiris : « Il maintient l'ordre dans l'univers et met le fils à la place de son père. » Tandis que le brahmanisme, comme nous venons de le voir, attribue à Varouna la création du Rita, le bouddhisme ne reconnaît dans l'univers que l'action du *Karma,* le résidu des actes, c'est-à-dire l'enchaînement des effets et des causes. Dans les écritures bouddhistes, Çakra, le chef des trente-trois dieux qui habitent l'Olympe védique, se déclare impuissant à agir contre les conséquences du Karma ([1]). Ainsi, chez les Grecs, la Moira est supérieure même à Zeus, mais cette opposition s'affaiblit à mesure que la volonté du maître de l'Olympe devient plus constamment en harmonie avec les exigences de l'ordre universel et il vient même un moment où Cléanthe pourra s'écrier dans son hymne à Zeus : « O Zeus, cause première de la nature, tu conduis toutes choses suivant une loi ([2])! »

On voit si cette assimilation de l'ordre cosmique à l'ordre divin — le règne de la loi dans toute la série des faits observables — implique, comme on l'a soutenu dans des jugements superficiels, un premier pas vers l'athéisme. En réalité, elle conduit, au contraire, à proclamer un principe rationnel de l'univers. C'est

---

([1]) S. Beal, dans *Religious systems of the World.* Londres, 1890, p. 84.

([2]) Dans les *Églogues* de Stobbée, édit. Heeren, t. I, chap. II, 12. — M. Jules Girard signale à juste titre, dès les temps homériques, la tendance à faire des dieux, en vertu de leur essence propre, « les représentants de la stabilité, de la durée, des principes fixes, des lois sensibles ou cachées du monde ». *Le sentiment religieux en Grèce d'Homère à Eschyle,* 2e édit. Paris, 1879, p. 52. — Pindare disait déjà : Νόμος ὁ πάντων βασιλεύς θνατῶν τε καὶ ἀθανάτων.

ce qu'avait bien compris le poète védique quand il
s'écriait : « Le soleil et la lune se meuvent en succession régulière, afin que nous puissions croire,
ô Indra ([1]). » N'est-ce pas dans le même sens qu'il nous
faut prendre la parole du psalmiste : « Les cieux proclament la gloire de Dieu »? — « C'est par la loi,
disait de son côté Euripide, que nous connaissons les
dieux » ([2]), et les Égyptiens n'hésitaient pas à affirmer plus énergiquement encore que « les dieux vivent
par Mâ » ([3]).

Quelles leçons pour ceux qui, aujourd'hui encore,
prétendent demander à une violation quelconque des
lois naturelles une preuve de l'omnipotence et même
de l'existence divines! Combien Kant était davantage
dans la ligne du progrès religieux, je dirai même dans
le courant de notre vieille tradition indo-européenne,
quand il nous engageait à chercher cette preuve dans
le spectacle du ciel et dans la voix de la conscience,
plutôt que dans les miracles de Josué arrêtant le soleil
ou de Jésus ressuscitant les morts!

Toutefois, la conception ainsi formulée de l'ordre
universel implique encore un autre progrès : l'assimilation à l'ordre divin, non plus seulement de l'ordre
cosmique, mais encore de l'ordre moral.

[1] *Rig Véda*, I, 102, 2.
[2] νόμῳ γὰρ τοὺς θεοὺς ἡγούμεθα. *Hécube*, v. 800.
[3] LE PAGE RENOUF, *Religions of ancient Egypt*. London, 1884,
p. 120.

§ 2. — *La lutte pour le bien.*

De l'immoralité des mythes.

Comment des peuples qui professaient des vues relativement avancées sur la nature et les fonctions de la
divinité — par exemple les Hindous et les Grecs —
pouvaient-ils admettre, à propos de leurs dieux, des
histoires aussi absurdes et aussi grossières que les
récits de leur mythologie? Comment surtout des peuples qui avaient des mœurs assez pures, comme les
Germains, pouvaient-ils attribuer à leurs dieux des
vices et même des crimes dont ils eussent rougi pour
eux-mêmes? Les vues que j'ai développées aux chapitres précédents permettent déjà de répondre en
partie à cette question. Certains faits — tels que la
destruction du crépuscule par le soleil; l'enlève-
ment des nuages par le vent; les relations apparentes
du ciel avec l'atmosphère, la terre, la nuée, l'aurore, etc. — qui n'ont en eux rien de moral ni
d'immoral, alors même que le langage les qualifierait
respectivement de parricide, de vol, d'adultère, etc.,
revêtent un tout autre aspect quand les êtres auxquels on les attribue ne sont plus regardés comme des
corps célestes et des objets naturels, — personnifiés ou
non, — mais sont tenus pour des héros à physionomie

humaine ou quasi humaine, vivant dans une société
assimilée à celle de l'humanité.

Cette explication s'était déjà présentée à l'esprit des
anciens. C'est ainsi que, dès le vi^e siècle avant notre ère,
Théagène de Rhegium enseignait que les guerres des
dieux voilaient le conflit des éléments. Socrate expli-
quait que, si Orithye avait été enlevée par Borée, c'est
qu'elle avait été précipitée des rochers par le vent du
Nord. De même, dans l'Inde, un vieux commentateur,
Kumârila, nous expose en ces termes le rôle que la
chronique scandaleuse prêtait aux dieux védiques :
« La fable raconte que Prajâpati, le seigneur de la
création, fit violence à sa fille. Que signifie cela ? Prajâpati, le seigneur de la création, est un nom du
soleil et on l'appelle ainsi parce qu'il protège toutes
les créations. Sa fille Ushas est l'aurore. Et quand on
dit qu'il s'en éprit, cela signifie tout simplement qu'au
point du jour le soleil court après l'aurore, celle-ci
étant appelée en même temps la fille du soleil, parce
qu'elle se lève quand il s'approche. De même, quand
on dit qu'Indra fut le séducteur d'Ahalyâ, cela ne veut
point dire qu'il commit un tel crime, mais Indra est le
soleil et Ahalyâ est la nuit, et, comme la nuit est
séduite et anéantie par le soleil du matin, il en résulte
qu'Indra s'appelle le séducteur d'Ahalyâ (¹). »

Néanmoins, nombre de mythes et surtout d'épisodes
mythiques ne se laissent pas aussi facilement ramener
à de simples métaphores. Lorsqu'on a fait, en mythologie, la part de l'interprétation naturiste, on se

_____

(¹) MUIR, *Sanscrit texts*, part IV, chap. I, p. 2.

trouve devant un résidu qui représente la part de la fantaisie populaire. Pourquoi, ici également, l'imagination s'est-elle donné libre carrière dans un sens réprouvé à la fois par ce que nous regardons comme la raison et la morale? L'école anthropologique explique cette anomalie en faisant remonter la formation des mythes à une époque où leurs auteurs n'avaient pas dépassé le niveau intellectuel et moral des sauvages actuels. M. Andrew Lang a particulièrement contribué à mettre cette conclusion en lumière par la comparaison qu'il a faite de la mythologie classique avec les traditions des peuples non civilisés dans les deux hémisphères ([1]). On ne peut assez insister sur ce point que le dieu des sauvages est simplement un chef ou un sorcier idéalisé. Pourquoi, dès lors, ne se comporterait-il point comme ses adorateurs supposent que se conduirait un chef ou un sorcier doué de facultés plus développées?

Mais, si cette théorie rend compte des absurdités et des crudités qui amènent des générations plus cultivées à rougir de leur mythologie, elle ne nous dit pas pourquoi les auteurs des mythes ont prêté à leurs divinités des actes que, même à leur point de vue de sauvages, ils jugeaient blâmables ou dégradants. La seule explication possible, c'est qu'au début de l'évolution religieuse, la morale n'a rien à voir dans la conception des dieux; — l'éthique et la religion sont absolument indépendantes l'une de l'autre.

([1]) Voy. principalement son ouvrage, *Myth, Ritual and Religion*. London, 1887.

Indépendance originaire de la morale et de la religion.

Je n'ai point à discuter ici les origines de la morale. Quelle que soit la théorie qu'on professe à cet égard, il y a un fait certain, c'est que, même au sein des peuplades les plus primitives, le droit du plus fort a pour limites certaines obligations consacrées par la coutume et dont la violation entraîne tout au moins la défaveur publique, en même temps qu'elle soulève chez la victime le sentiment d'une injustice. Sans cette règle, du reste, il n'y aurait pas de société possible en dehors de la famille, où, à la rigueur, l'autorité paternelle suffit pour maintenir les liens sociaux. Sans doute, les peuples diffèrent grandement dans la définition de ce qu'ils entendent par le bien et le mal, mais il n'y en a point qui n'admette la distinction en elle-même et qui ne déclare qu'il faut faire le bien et éviter le mal.

Ceci n'a rien de commun avec la croyance à des êtres surhumains dont l'appui, quand il n'est pas le résultat de leur pur caprice, se mesure à la générosité avec laquelle on les traite ou à l'adresse qu'on met à se les asservir.

Même chez des groupes qui sont déjà arrivés à la première étape du polythéisme, tels que les anciens Mexicains, les Polynésiens, les shintoïstes du Japon, on ne trouve, dans la religion, aucune trace de préoccupation morale. Il ne faut pas se méprendre sur le sens de certaines prières où le fidèle demande aux dieux, souvent en termes fort élevés, de par-

donner ses péchés et d'effacer ses souillures : « De loin,
dit une prière japonaise, j'implore avec révérence
Ameno Mi-hashira et Kuni no Mi-hashira (dieu et
déesse des vents) et je leur dis avec humilité : Daignez
me bénir en corrigeant les fautes involontaires que
vous m'avez vu ou entendu commettre. » Et pourtant
l'auteur qui nous donne la traduction de cette prière
ajoute que le shintoïsme ne renferme aucune trace
d'un code éthique (¹).

Il ne semble guère que dans l'antique civilisation de
la Chaldée, la conduite morale des hommes ait été
influencée par leurs rapports avec les dieux. Cependant,
on y trouve une littérature religieuse dont quelques
hymnes ont été qualifiés avec raison par M. Lenormant
de psaumes de la pénitence ; « Seigneur, s'y écrie le
fidèle de Bel ou d'Istar, mes fautes sont très grandes.
Très grands sont mes péchés. J'ai commis des fautes
sans le savoir. Du Seigneur, dans la colère de son
cœur, la force s'est enflammée contre moi... Seigneur,
tu ne rejetteras pas ton serviteur au milieu des eaux
de la tempête ; viens à son secours, prends sa main.
Je commets le péché, tourne-le en piété. Je commets
des fautes ; que le vent les enlève. Mes blasphèmes sont
très nombreux ; déchire-les comme un voile (²). » Il
ne faut pas creuser bien profondément ces appels
désespérés d'une conscience aux prises avec les affres
du remords, pour constater qu'il s'agit de manque-
ments, non envers les hommes, mais envers les dieux,

(¹) *Religious systems of the World.* London, 1890, p. 93 et 98.
(²) Trad. Lenormant. — Cf. SAYCE, *Religion of ancient Babylonians*, p. 350.

d'omissions dans le culte ou d'impuretés légales con-
tractées par le fidèle, quelquefois à son insu.

Premières interventions de la religion dans les rapports sociaux.

Cependant, dès ses débuts, la religion a dû exercer
une influence favorable à la consolidation des rapports
sociaux, d'abord en ce qu'elle développe l'esprit de
subordination, empêche l'éparpillement de la tribu et
forme un lien entre les générations successives,
ensuite en ce qu'elle enseigne à sacrifier une jouis-
sance directe et immédiate à un bien plus grand, mais
éloigné ou indirect.

Le serment.

La transition entre les interventions purement inté-
ressées des êtres surhumains dans la conduite de
l'homme et le commencement de leurs fonctions morales ou justicières, se trouve peut-être dans le soin
qu'ils prennent de faire respecter le serment. En
général, les esprits se soucient fort peu des mensonges
qu'échangent leurs adorateurs. Mais ceux-ci — pour
inspirer confiance dans l'exécution des promesses
qu'ils peuvent avoir à se faire réciproquement —
doivent souvent éprouver le besoin de se mettre dans
l'impossibilité de manquer impunément à leur parole.
Ce résultat peut être atteint en donnant des gages, ou
plus simplement en prenant les dieux à témoin, particulièrement les plus puissants ou les plus redoutés,
afin que, si l'une des parties manque à ses engage-
ments, la divinité mise en cause se sente person-

nellement atteinte et se venge en conséquence [1].

Chez les Grecs, l'importance du serment variait avec celle des divinités qu'on y invoquait [2]. Les plus solennels se faisaient par les Euménides ou par Zeus Horkios. Dans tout serment il y a un vœu, une promesse faite à la divinité. On sait avec quelle rigueur Jahveh même exigeait l'accomplissement des vœux les plus imprudents, comme celui de Jephté. D'autre part, quand les dieux se sont ainsi faits les défenseurs de la vérité dans les occasions les plus solennelles, on en vient aisément à admettre qu'ils aiment la vérité pour elle-même et qu'ils tendent à la faire prévaloir en toute occasion.

Les ordalies.

Une autre institution où la divinité commence à apparaître sous les traits d'un pouvoir justicier, ce sont les « jugements de Dieu », où les êtres surhumains tantôt contribuent à punir le coupable, tantôt remplissent simplement les fonctions de juges d'instruction.

Tout le monde connaît les ordalies de notre moyen âge, où l'accusé était soumis à l'épreuve du feu, du fer ou de l'eau. Certaines de ces coutumes semblent remonter au passé commun de la race indo-euro-

[1] Le simple fait de mentir en présence d'une divinité est déjà un manque de respect. Mme MURRAY-AINSLEY rapporte que, dans certaines parties de l'Inde, les marchands refusent de s'installer sous un arbre *pipal*, parce qu'il leur serait impossible d'y demander plus que le juste prix de leurs marchandises. (*Revue des traditions populaires*, janvier 1889.)

[2] A. MAURY, *Religions de la Grèce antique*. Paris, 1857, t. II, p. 167.

péenne, car on en trouve des traces dans le Code de
Manou, et c'est peut-être chez les anciens Germains
que nous en rencontrons l'explication la plus ancienne; car ils en attribuaient l'efficacité, non à l'intervention d'un dieu extérieur, mais aux sentiments
intimes des éléments personnifiés. Ainsi, ils croyaient
que si le coupable ne pouvait s'enfoncer dans l'eau,
c'est qu'elle le rejetait. Ailleurs, on pensait que le
feu épargnait spontanément l'innocent qui se con-
fiait à lui en s'élançant dans les flammes ou en marchant sur des tisons enflammés. Il est assez significatif
que des coutumes analogues se rencontrent chez tous
les peuples où commence à poindre une sorte de justice sociale, parmi les nègres, les Madécasses, les
Polynésiens, les Peaux-Rouges, etc. Chez les roitelets
de l'Afrique païenne, où l'épreuve consiste généralement dans l'absorption d'un breuvage empoisonné,
elles constituent même souvent, par la complicité du
sorcier chargé de préparer la boisson, tout le système
de gouvernement.

M. Albert Réville représente les ordalies comme
une preuve que le non-civilisé croit à la supériorité
des esprits de justice et de vérité sur ceux de méchan-
ceté et d'erreur [1]. Je me demande si ce n'est pas là
faire une part trop large au dualisme moral chez des
peuples qui n'ont pas encore atteint ce degré du développement religieux. Aussi serais-je plutôt tenté d'y
voir la simple constatation d'une supériorité, visuelle
ou intellectuelle, attribuée à des êtres surhumains qui

[1] *Religions des peuples non civilisés,* t. I, p. 105.

sont censés plus capables que l'homme de découvrir
les auteurs de certains méfaits. A qui, en effet, pour-
rait-on mieux s'adresser dans ce but qu'aux puissances
réputées susceptibles de connaître le passé comme
l'avenir? Le lieutenant Becker vit un jour à Boma,
dans l'Afrique orientale, une idole à plusieurs têtes.
Comme il demandait le motif de cette polycéphalie,
on lui répondit que c'était afin que le dieu pût mieux
découvrir les coupables (¹). — Ce qu'on peut soutenir,
c'est que les dieux ainsi employés comme dénoncia-
teurs ou *détectives,* deviennent aisément la terreur des
criminels et finissent par acquérir la réputation de
haïr le crime en lui-même.

Crimes contre les dieux de la communauté.

D'autre part, quand l'homme croit à des dieux de
la communauté, il doit bien admettre que leur protection s'étend à toutes les personnes de sa tribu et,
par conséquent, qu'ils feront respecter les droits des
autres membres aussi bien que les siens. Bien plus,
il y a des méfaits qui affectent directement les intérêts,
sinon l'existence même de la tribu, par exemple la trahison, la violation de la coutume, etc. La répression de
ces attentats devient naturellement l'affaire des dieux
de la communauté, et cela avec d'autant plus de force,
quand ces dieux sont regardés comme les auteurs de
la coutume, les organisateurs de la société. Or, tel est
déjà le cas parmi des populations aussi arriérées que
les Araucans, les Andamans et les Australiens.

(¹) *La vie en Afrique,* t. II, p. 304.

Conception d'un ordre moral sur le plan de l'ordre cosmique.

Enfin, il vient un moment où la notion de loi — déjà appliquée à l'ensemble des phénomènes périodiques ou permanents qui sont représentés, en conséquence, comme *devant* se reproduire — s'étend à l'ensemble des actes qu'impose la voix de la conscience, et qui sont censés *devoir* être accomplis par l'homme. De là, l'assimilation de la route que l'homme est obligé de suivre dans sa conduite à celle que les corps célestes doivent suivre dans leurs mouvements. « Les malfaiteurs, dit le Rig Véda, ne suivent pas le chemin du Rita ([1]). » Même dans nos langues, les termes : régularité, rectitude, droit, droiture, impliquent que l'idée morale dont ils sont l'expression a d'abord reçu une acception physique. Respecter les prescriptions de la coutume ou de la morale, se traduit encore chez nous, comme dans l'antique Égypte, par « se conformer à la règle ». Rester fidèles aux principes du bien, c'est pour nous, comme pour les chantres du Rig Véda, « suivre le droit chemin ».

Nulle part, cette assimilation de l'ordre moral avec l'ordre cosmique n'a été poussée aussi loin que dans l'ancienne religion de la Chine. Tout le ritualisme et même l'éthique y reposent sur l'idée que, le ciel se mouvant par des règles fixes, l'homme doit en faire autant. D'autre part, on y admet que les crimes des hommes réagissent d'une manière presque fatale sur le cours de la nature, en déchaînant les phénomènes désordonnés ou les mauvais esprits, et qu'alors ceux-ci

([1]) *Rig Véda*, IX, 73, 6.

à leur tour interviennent pour punir les hommes. Dans le Kia-iü, Confucius enseigne que si le prince cesse de suivre le Tao, le ciel trouble également l'ordre cosmique ([1]), et, vingt-sept siècles plus tard, en 1731, nous retrouvons la même théorie dans une proclamation que l'empereur Yong-Tcheng adressait à son peuple après une longue sécheresse : « La justice, y est-il dit, provoquée originairement par le ciel et l'homme, agit avec la rapidité de l'éclair. Les inondations, sécheresses ou afflictions qui accablent toute terre, proviennent des actes des hommes ([2]). »

Protecteurs et adversaires surhumains de l'ordre moral.

Ce sont naturellement les dieux chargés de maintenir l'ordre physique, qui reçoivent également la mission de maintenir l'ordre moral, et leur importance s'en accroît d'autant. Toutefois, ils sont souvent aidés dans cette tâche par des divinités spéciales, surtout chez les peuples qui déifient les qualités abstraites et les vertus morales. Tantôt celles-ci agissent comme inspiratrices de l'homme, tantôt comme vengeresses des offenses qui les intéressent directement.

« La Justice, dit Hésiode, est une vierge, fille auguste de Zeus, vénérée par les Olympiens; si quelqu'un l'outrage, assise dans sa gloire, près de son père, elle accuse l'esprit inique des hommes, afin

---

([1]) J. Happel, dans la *Revue de l'histoire des religions*, t. IV, p. 264.
([2]) de Harlez, *Les croyances des premiers Chinois*. Bruxelles, 1887, p. 53 (extrait des *Mémoires couronnés de l'Académie royale de Belgique*, t. XLI, in-4°).

que le peuple soit châtié ([1]). » Tel était également
chez les Égyptiens le rôle de Mâ, que nous voyons
introduire les défunts au tribunal d'Osiris et assister à
leur jugement; son image figurait même, en guise de
poids, dans la balance dont l'autre plateau était occupé
par le cœur du défunt ([2]). Les Perses ne pouvaient manquer de diviniser les qualités morales de l'homme
pour les faire figurer dans l'armée d'Ahura Mazda;
il suffira de mentionner le Bon Esprit, la meilleure
Pureté, la Justice suprême, etc. ([3]). Chez les Romains,
les Vertus formaient une classe particulière de divinités; ce n'étaient, toutefois, que des hypostases de
dieux plus anciens, c'est-à-dire un attribut divin qu'on
avait détaché pour le personnifier séparément. Ainsi,
suivant M. Preller, *Fides* se rattachait à Jupiter, *Con-
cordia* à Vénus, *Pudicitia* à Junon, etc. ([4]).

Par une évolution analogue, ce sont les esprits en
révolte contre l'ordre cosmique qui seront représentés
comme travaillant à bouleverser l'ordre moral. Chez
les Perses, où les conflits du naturalisme indo-éranien
se sont transformés en une lutte surtout éthique, on
peut reconnaître encore, dans les deux armées en
guerre, les anciens champions de la lumière et de
l'obscurité ou de l'orage, auxquels les Védas ont conservé le caractère de personnifications naturelles ([5]).
De même, chez les Juifs, les anges des ténèbres

([1]) *OEuvres et Jours*, éd. Didot, v. 257-261.
([2]) P. PIERRET, *Panthéon égyptien*. Paris, 1881, p. 64.
([3]) TIELE, *Manuel de l'histoire des Religions*, 2e édit., § 102.
([4]) PRELLER, *Les dieux de l'ancienne Rome*. Paris, 1884, p. 416.
([5]) J. DARMESTETER, *Ormazd et Ahriman, passim.*

sont devenus essentiellement les anges du mal. En Égypte, la lutte d'Osiris et de Set était d'abord un mythe de la mort combiné avec un mythe solaire. « Set, dit M. Maspéro, représentait surtout le mal matériel. Mais le dualisme matériel entraîne partout le dualisme moral. De même qu'Osiris est l'Être bon (*Ounnofir*), Set devient l'Être méchant (¹). » Enfin, chez les Germains, le dualisme, d'abord purement physique, tend également à prendre une tournure morale, quand Loki, rejeté par les dieux, est devenu le chef des milices malfaisantes (²). Ainsi, partout, s'établit une sorte d'assimilation entre les forces qui représentent, d'une part, la lumière, la vie, l'ordre, la vérité et la justice ; d'autre part, les ténèbres, la mort, le désordre, le mensonge et l'iniquité. Le drame qui, jusque-là, s'est confiné dans la nature, s'étend à la conscience, et l'homme se sent, plus que jamais, le devoir d'apporter son concours aux dieux qui luttent pour le bien du monde.

Celui qui manque à ce devoir prend parti pour les puissances mauvaises dont il se condamne désormais à partager les destinées. Les dieux lui retirent la protection qui seule lui garantissait les avantages de l'ordre universel, ou même ils lui infligent directement un châtiment proportionné à sa faute. Parfois, ils foudroient eux-mêmes les grands coupables, comme nous le voyons chez les Juifs, les Grecs, les Hindous ; le plus souvent, ils agissent par l'intermédiaire d'agents

---

(¹) *Revue de l'histoire des religions*, t. XIX (1889), p. 24.
(²) Tiele, *Manuel*, §§ 118, 119.

ou de préposés spéciaux, personnifications du châtiment. « Le châtiment, lit-on dans le Code de Manou,
est un être céleste créé par les dieux pour protéger
tous les êtres dans la possession de leurs droits (¹). »
Les Grecs avaient toute une série de divinités qui
représentaient la vengeance céleste ; Némésis, née de
l'union de Zeus avec Thémis, — les Peines, que les
poètes donnaient pour suivantes à la Justice, — Atê,
le sombre remords, — les Erinnyes, qui poursuivaient
le coupable et exécutaient les arrêts du juge infernal.
Chez les Perses et les Juifs, c'étaient les esprits du
mal qui étaient chargés de tourmenter les coupables
jusqu'au jour du châtiment final.

Le problème du crime impuni.

Cependant on devait observer que le vice n'était pas
toujours puni, ni la vertu constamment récompensée.
La demande de Job à l'Éternel : « Pourquoi les méchants
sont-ils les plus puissants ? » (*Job*, XXI, 7), cette poi-
gnante question se retrouve, adressée à Zeus, sur les
lèvres de Théognis : « Comment peux-tu, fils de Saturne,
mettre sur le même pied le prévaricateur et le
juste (²) ? » C'est l'éternel et redoutable problème qui,
réduisant le penseur à l'alternative d'exclure soit la
toute-puissance, soit l'absolue justice de la divinité, a
été de tout temps la forteresse de l'athéisme. « Puisque c'est maintenant un malheur d'être juste, s'écriait
déjà Hésiode, je ne veux plus l'être parmi les hommes,

(¹) *Manou*, VII, 14.
(²) Vers 377 et suiv.

mais je pense que Jupiter, qui se réjouit de la foudre, ne laissera pas les choses en finir ainsi (¹). »

On a essayé d'expliquer cette anomalie, en disant, avec le chœur d'Eschyle, que la souffrance est une leçon ; avec Solon, que les enfants payent la dette de leur père ; avec Confucius et les prophètes, que les bons payent pour les mauvais ; enfin, avec Job, que les décrets de la Providence sont impénétrables. Mais ces solutions n'ont jamais laissé de mécontenter, soit la raison, qui veut connaître le pourquoi des choses, soit la conscience, qui se révolte à l'idée de rejeter sur les innocents les conséquences des fautes d'autrui. Aussi la plupart des peuples ont-ils cherché dans les conceptions relatives à la vie future le moyen de réparer les maux et les iniquités de la vie présente.

La théorie de la continuation posthume.

Au début, nous avons vu l'homme amené par ses rêves à admettre non seulement la persistance de la personnalité humaine après la mort, mais encore son intervention posthume dans les affaires des survivants. Cette personnalité, désormais conçue sous la forme d'un double, quelquefois figurée sous les traits d'un animal, erre aux abords de son dernier domicile, circule au milieu de ses descendants et persiste à vivre de leur vie, s'associant même à leurs repas. Ou bien elle se réincarne dans d'autres corps et — tout en faisant la part des rêves qui peuvent suggérer l'idée de semblables transformations, — je ne suis pas éloigné

_____

(¹) *OEuvres et Jours,* éd. Didot, v. 270 et suiv.

d'admettre que la théorie des réincarnations humaines
a parfois sa source dans l'anthropophagie, de même
que la croyance à la métempsycose serait due à l'habitude de laisser les corps en pâture aux animaux (1).

Ou bien encore, on se l'imagine reléguée dans la
tombe, près du corps qu'elle continue à fréquenter,
tant qu'il n'est pas réduit en poussière ; par extension, les peuples qui enterrent les cadavres se la
figurent errant, avec ses compagnes, dans les profondes
cavernes du monde souterrain. De même ceux qui
confient leurs morts aux flots, la croient partie, à
l'instar du soleil, pour une terre lointaine située au-
delà des mers. Enfin, ceux qui pratiquent l'incinération supposent qu'elle gagne les hauteurs du ciel avec
la fumée du bûcher. De là, insensiblement la conception d'un autre monde, situé sous terre, dans une île
lointaine, sur le sommet d'une montagne, au-dessus
du firmament, ou même dans les astres, séjours mystérieux où presque tous les peuples envoient leurs
morts continuer la vie de ce monde.

Le mot « continuer » est ici à sa place ; car la vie
future est considérée, tout d'abord, comme la continuation ou plutôt la copie de l'existence présente.
On y mange, on y boit, on y chasse, on y pêche, on
y récolte, on y travaille même, ainsi qu'en ce monde ;
on y fait la guerre et l'amour, « bien que, disent les
Araucans, on n'y puisse plus avoir d'enfants, n'étant

(1) Voir, sur tous ces points, l'exposé si complet et si clair de
M. HERBERT SPENCER, dans les chapitres XII à XV du t. I de sa
Sociology.

plus que des ombres (¹) ». Chacun y garde son ancien
rang. Au dire des Polynésiens, les défunts y sont
répartis entre les classes sociales auxquelles ils appar-
tenaient respectivement dans leur pays. Cette opinion
se retrouve chez les Cafres, les Dahomiens, les aborigènes de l'Inde. Descendu dans l'Hadès, Achille continue à jouer le rôle d'un puissant prince parmi les
morts (²).. Eabani voit, aux enfers, les grands rois
des vieux temps porter encore leur couronne (³). Chez
les Égyptiens, si toutes les scènes de la vie publique
et privée étaient reproduites par la peinture à l'intérieur de la tombe, c'est qu'on s'imaginait ainsi les faire
revivre au défunt dans l'autre monde.

La vie future conçue comme meilleure ou comme pire.

Il arrive souvent que, sans cesser d'être modelée
sur la vie terrestre, la vie future est conçue, soit
comme pire, soit comme meilleure. Tantôt — sans
doute à la suite de déductions tirées des rêves — elle
prend le caractère d'une copie vague, pâle, effacée et,
par suite, misérable. Rien de plus mélancolique que le
sort des âmes dans le Schéol des Hébreux, l'Arali des
Assyriens, l'Hadès des Grecs. « Mieux vaut une place
dans ce monde que dans celui des esprits », disent les
Yoroubas de l'Afrique occidentale (⁴). C'était aussi
l'avis d'Achille, qui eût préféré être esclave sur terre
que roi chez les morts. Les Finnois croyaient que,

(¹) TYLOR, *Civilisation primitive*, t. II, p. 98.
(²) *Odyssée*, liv. XI, v. 489, 490.
(³) SAYCE, *op. cit.*, p. 62.
(⁴) TYLOR, *Civilisation primitive*, t. II, p. 103.

dans la région souterraine du Tuonela, on trouvait un
soleil, du poisson, des ours, comme sur cette terre,
mais l'astre y était plus pâle, le sol plus ingrat, les
eaux plus froides (¹).

D'autres fois, on s'imagine la vie future comme devant
donner satisfaction à des aspirations qui n'ont pu se
réaliser ici-bas. L'homme en tous temps, en tous lieux,
se forge un idéal de félicité en rapport avec son genre
de vie et avec son niveau d'éducation. Que cet idéal
soit purement matériel ou surtout moral, chacun n'en
doit pas moins constater sa propre impuissance à le
réaliser sur terre, ou si, par hasard, il y réussit grâce
à la modestie de ses aspirations ou à une faveur ines-
pérée de la fortune, aussitôt il sent reculer les bornes
de ses désirs, comme pour lui faire d'autant mieux
sentir l'insuffisance des choses. De là un sentiment de
malaise qui, de bonne heure, a dû pousser l'homme à
regarder au delà de cette vie pour y chercher un peu
plus de bien-être, en attendant le jour où il y a cherché
un peu plus de justice. Il s'est alors représenté la vie
future comme devant lui fournir les jouissances ou les
réparations qu'il souhaite vainement ici-bas.

« Puissent ceux qui prononcent ces prières, écrivait
un poète de la cour d'Assourbanipal, avoir pour
demeure le pays du ciel d'argent; pour nourriture de
l'huile inépuisable et du vin béni; pour lumière,
l'éclat de la pleine lune (²)! » — « Place-moi, ô Soma,

(¹) A. RÉVILLE, *Religions des peuples non civilisés*, t. II, p. 204.
(²) Cf. SAYCE, *op. cit.*, p. 357.

disait le chantre védique, là où règne la lumière éternelle, où abondent les eaux puissantes, où la vie est
libre, où les mondes sont radieux, où s'accomplissent
les désirs de mes désirs [1]. »

Les Groenlandais s'imaginent que, dans l'autre
monde, il ne fait jamais nuit; il s'y trouve partout de
l'eau potable et des poissons en abondance. Les Peaux-
Rouges se figurent le monde supérieur comme un vaste
territoire de chasse où le gibier s'offre de lui-même
aux coups des chasseurs. Aux îles Tonga, on croyait
que les morts habitaient une maison spacieuse et
ombragée où l'on s'amusait à danser, quand on n'y
suçait pas des cannes à sucre [2]. Les sorciers patagons
racontent qu'ils voient parfois, au plus profond de la
terre, une caverne où les âmes possèdent à foison du
bétail et des liqueurs fortes. Les Égyptiens décrivaient,
au fond de l'Amenti, le royaume d'Osiris, où le blé a
sept coudées de haut. Tout le monde connaît de
réputation le Paradis de Mahomet et les Champs-
Élysées des Grecs. Combien de chrétiens, aujourd'hui
encore, ne se font pas une idée plus élevée de leur
paradis, où ils s'imaginent qu'ils passeront leur temps
à ne rien faire, sauf peut-être de longues promenades
et de la musique religieuse!

Beaucoup de peuples possèdent simultanément ces
deux conceptions, en apparence contradictoires, du
sort qui attend les défunts dans la vie future. Mais
l'imagination populaire ne s'embarrasse pas pour si

[1] *Rig Véda*, IX, 113.
[2] On chante encore en Belgique, dans le pays wallon, qu'au paradis
« on mange du sucre à la louche » *(on magne dè souc al losse).*

peu. On répartira quelquefois les âmes entre les deux
séjours posthumes, suivant le rang, la profession, le
genre de vie ou de mort. Déjà, chez quelques peuples
qui admettent seulement un monde meilleur, comme
aux îles Tonga et Samoa, la vie future n'existe que
pour les chefs et les prêtres.

Cependant, dans la vie présente, on a observé que le
succès n'était pas toujours le lot de la naissance et du
rang; qu'il échéait souvent aux plus insinuants ou aux
plus courageux. On destine donc le monde meilleur
aux braves qui ont succombé sur le champ de bataille,
notamment chez les Toupinambas du Brésil, les
Comanches, les anciens Mexicains, peut-être les Assyriens, enfin les Germains, où le Walhalla s'ouvrait
aux guerriers tombés les armes à la main. Les indigènes du Nicaragua envoyaient dans le monde souterrain ceux qui mouraient dans leur lit; seules, les
morts violentes donnaient accès au pays du soleil. Il
est assez curieux de retrouver la même superstition en
pleine Russie contemporaine, où la secte des *Étouf-
feurs*, prenant à la lettre la déclaration de Mathieu
(XI, 12) : « c'est par la violence qu'on ravit le royaume
des cieux », préserve ses membres de mourir d'une
mort naturelle, en hâtant leur fin quand ils sont gra-
vement malades ([1]).

De leur côté, les Esquimaux, peuple pacifique et
laborieux, promettaient le ciel à ceux qui avaient
pris beaucoup de phoques et de baleines, à ceux qui
s'étaient noyés en mer et, en général, aux bons tra-

([1]) Leroy-Beaulieu, *La religion en Russie*, p. 367.

vailleurs; enfin, comme chez les Mexicains, aux
femmes mortes en couches.

On remarquera que les défunts ainsi avantagés
— surtout parmi ceux que les puissances surhumaines
ont ravi à la fleur de l'âge — ont succombé en ren-
dant service à la communauté. Il est donc naturel que
les dieux de la communauté les en récompensent ou
plutôt les en dédommagent. Quoi qu'il en soit, nous
voyons poindre ici, en opposition avec la théorie de
la continuation, ce qui sera bientôt la théorie de la
rétribution.

La théorie de la rétribution posthume.

Dans l'état religieux que j'ai qualifié de spiritisme,
les morts deviennent une catégorie d'esprits qui n'est
soumise à aucune autorité supérieure. Mais quand
on commence à admettre des dieux, il faut bien leur
accorder une part d'intervention dans la destinée
des âmes. Généralement installés eux-mêmes dans
une sorte de paradis, ils y accueilleront de préférence
ceux qui ont su gagner leurs bonnes grâces par des
louanges ou des offrandes; en revanche, celui qui
leur aura manqué ira souffrir en enfer. A plus forte
raison, quand ils seront devenus les protecteurs de
l'ordre moral, réserveront-ils le paradis à ceux qui
auront combattu avec eux le bon combat, qui auront
fait le bien, pratiqué la vérité, servi la justice.

L'idée d'un jugement des morts où aboutit d'ordinaire la théorie de la rémunération, semble avoir déjà
pénétré chez des populations assez arriérées. Suivant
Bosman, certains nègres de la Guinée s'imaginent

qu'au moment de franchir la rivière de la mort, ils sont interrogés par un être surhumain qui leur demande s'ils ont observé les jours consacrés et s'ils se sont abstenus des viandes prohibées. Sans doute, les Égyptiens, comme tous les peuples connus, avaient, eux aussi, des prescriptions ritualistes dont la violation pouvait entraîner des châtiments dans ce monde et dans l'autre. Mais quelle distance morale entre l'interrogatoire du nègre de Guinée et l'apologie que, plusieurs milliers d'années avant notre ère, le fidèle d'Osiris venait présenter en ces termes au tribunal des dieux : « Moi, certes, je vous connais, Seigneurs de la Vérité et de la Justice. Je vous ai apporté la vérité; j'ai détruit pour vous le mensonge. Je n'ai commis aucune fraude contre les hommes. Je n'ai pas tourmenté la veuve. Je n'ai pas menti devant le tribunal. Je ne connais pas la mauvaise foi. Je n'ai fait aucune chose défendue. Je n'ai pas fait exécuter à un chef de travailleurs, chaque jour, plus de travaux qu'il n'en devait faire... Je n'ai pas été négligent. Je n'ai pas été oisif. Je n'ai pas fait ce qui était abominable aux dieux. Je n'ai pas desservi l'esclave auprès de son maître. Je n'ai pas affamé. Je n'ai pas fait pleurer. Je n'ai point tué. Je n'ai pas ordonné le meurtre par trahison. Je n'ai commis de fraudes envers personne... Je suis pur, je suis pur, je suis pur [1]. »

La théorie de la continuation et celle de la rétribution se trouvent quelquefois juxtaposées chez le même peuple. Cette coexistence est, du reste, facilitée par la

---

[1] Maspéro, *Histoire des peuples de l'Orient*, 4e édit., p. 38.

croyance à plusieurs séjours des morts ainsi qu'à plusieurs facteurs de la personnalité. Rien n'empêche — quand on voudra mettre un peu d'ordre dans ce parallélisme ou plutôt dans cette superposition de conceptions en apparence exclusives l'une de l'autre — qu'on n'envoie le double continuer sa vie d'ici-bas dans un des séjours réservés aux défunts par la tradition populaire, alors que l'âme ou l'esprit s'en irait au paradis ou en enfer, suivant la balance de ses mérites et de ses démérites. Tel était le cas des Égyptiens, qui semblent avoir cru, à la fois, que le double continuait à mener dans la tombe son ancienne existence, et que l'âme descendait dans l'Amenti pour y être jugée. Chez les Grecs, le monde souterrain, qui originairement recueillait toutes les ombres, reçut un compartiment spécial, le Tartare, destiné au châtiment des grands coupables, alors que les héros et même tous les hommes vertueux se rendaient, après leur mort, aux Champs-Élysées, dans les Iles Fortunées.

Croyance à une rémunération en ce monde.

Dans l'Inde, la répartition des bons et des méchants entre divers séjours des morts semble avoir été rendue inutile par la croyance à la métempsycose. C'est principalement sur terre que la théorie de la rémunération sortit ses effets par une échelle graduée de réincarnations animales, alors que l'absorption de la personnalité au sein du grand Tout devint de plus en plus la récompense suprême dans la théologie brahmanique.

Les bouddhistes allèrent plus loin encore dans cette voie : ils supprimèrent toute idée de tribunal et de jugement posthumes, même de juge, puisqu'ils se passèrent de dieux dans leur morale; mais ils gardèrent du brahmanisme la théorie des renaissances, en admettant que chaque réincarnation était déterminée, en quelque sorte, mécaniquement, par la conduite antérieure du défunt. À la vérité, ce n'est pas même l'âme qui se réincarne, mais le *karma*, c'est-à-dire une force résultant de tous les actes, bons et mauvais, de l'individu.

Peut-être est-ce à leurs théories de l'existence future que les bouddhistes sont redevables de l'étonnant succès de leur propagande parmi les populations chinoises aux dépens de la vieille religion officielle ou plutôt du confucianisme. Celui-ci admet bien la survivance des âmes qu'il fait passer à l'état d'esprits, et il justifie ainsi le culte domestique; mais il ne s'explique pas sur les conditions de leur état futur, ni sur l'idée d'une rétribution posthume. « Tu ne connais pas encore la vie », répond Confucius à un de ses disciples, plus de deux mille ans avant le positivisme moderne, « comment prétends-tu connaître la mort [1]? » Le seul châtiment que le grand réformateur chinois semble admettre pour les méchants, c'est que leurs descendants, corrompus par leurs mauvais exemples, se déroberont aux devoirs de la piété filiale [2]. Mais la masse ne pouvait se contenter de cette solution philosophique, et, le jour où elle s'est trouvée en contact avec une religion aussi riche en révélations sur les

[1] J. Happel, dans la *Revue de l'histoire des religions*, t. IV, p. 275, note.

[2] A. Réville, *Religion des Chinois*, t. I, p. 345.

destinées futures que le bouddhisme, — surtout le bouddhisme indo-thibétain, déjà fort altéré par une réaction des superstitions locales, — une partie importante de la nation n'a pas manqué de superposer la doctrine amplifiée et dégénérée du Bouddha au culte traditionnel des ancêtres ainsi qu'aux pompes officielles du rationalisme confucianiste.

L'eschatologie juive.

Le judaïsme ancien ne semble pas s'être ouvert davantage aux idées de rémunération dans un autre monde. Sa conception de la vie future n'a pas dépassé le Shéol, où il n'y a ni arts, ni travail, ni connaissances, ni sagesse; où gisent pêle-mêle les criminels et les justes, les infidèles et les saints, Assour et sa multitude, Élam et son peuple, tout comme Israël et ses descendants. Pour compléter l'analogie avec les croyances que nous avons déjà constatées chez les Assyro-Babyloniens, il y a cependant quelques hommes d'élite, tels que Énoch et Élie, qui ont été enlevés au ciel par une faveur spéciale de Jahveh, de même que Eabani et Xisûthros, le Noé chaldéen, ont été soustraits aux ténèbres de l'Arali et placés, par la condescendance des dieux, au pays du ciel argenté (¹). Mais en Judée, où le sentiment moral finit par devenir l'élément essentiel de la religion, ces exceptions ne pouvaient satisfaire le besoin de justice qui réclamait un dédommagement pour la droiture persécutée et l'iniquité triomphante en ce monde.

(¹) F. LENORMANT, *La divination et la science des présages chez les Chaldéens.* Paris, 1875, p. 153.

D'autre part, la solution des consciences aryennes et
égyptiennes était fermée aux Juifs. Jahveh était déjà
trop grand pour admettre rien d'immortel à côté de
lui. Tandis que la philosophie grecque développait
l'idée de l'âme dans le sens d'une substance spirituelle
formant l'homme véritable et se servant du corps
comme d'un instrument, la spéculation juive se refu-
sait à voir dans le corps autre chose qu'une « chair
vivante ». Le *rouakh* qui anime tous les êtres, cet
équivalent de notre souffle vital, n'est autre qu'une
émanation ou plutôt un don volontaire de Jahveh,
voire une parcelle de son rouakh divin qui seul existe
en lui-même et par lui-même. « Tu retires ton souffle,
dit un psaume (CIV, 27-30), et ils expirent, — tu émets
ton souffle et ils sont créés, et tu renouvelles la face
de la terre. »

Ne pouvant donc placer leurs espérances dans la vie
future, les prophètes devaient bien les ramener en ce
monde, et c'est sur terre, d'abord au profit exclusif de
leur nation, puis pour le salut de l'homme en général,
qu'ils conçurent l'avènement du règne de l'Éternel.
C'était, comme l'a dit M. Renan, le seul moyen de venger l'honneur de Jahveh (¹). De là les idées messianiques, qui, dès la fin de la captivité, semblent avoir
pris une double direction. Pour les uns, il s'agit simplement d'une restauration nationale qui finira par
donner à Israël l'hégémonie sur tous les peuples de la
terre. Cette restauration sera due à un Messie regardé
tantôt comme un descendant de la dynastie légitime,

(¹) *Histoire du peuple d'Israël*, t. II, p. 438.

tantôt comme une sorte d'ange envoyé par le Seigneur. Pour les autres, il s'agit d'une véritable rénovation sociale qui fera régner la paix et la justice dans l'ensemble des nations converties au culte du vrai Dieu — le rôle de Messie échéant au peuple élu. — « En ce jour, Israël sera en tiers avec l'Égyptien et l'Assyrien. Il y aura bénédiction sur la terre. Jahveh Sebaoth la bénira en disant : Béni soit mon peuple d'Egypte, l'Assyrien œuvre de mes mains et Israël mon héritage. » (*Isaïe*, XIX, 24-26.)

Heureux ceux qui devaient voir l'aurore de ce grand jour! Mais les autres, ceux qui sont morts dans le passé ou qui succomberont d'ici-là? Est-il équitable que les justes persécutés, durant leur vie, pour la cause de Jahveh, soient privés de toute participation au triomphe final? Est-il équitable que les méchants, morts dans la richesse et l'impunité, soient à l'abri de tout châtiment futur? La croyance à la solidarité des générations, et même l'idée d'expiation qui faisait souffrir les justes afin de compenser les fautes des pécheurs, ne pouvaient qu'imparfaitement satisfaire la conscience des prophètes. On imagina alors ou du moins on mit en évidence un dogme qui se rencontre également dans le mazdéisme : celui de la résurrection des corps. Chez les Perses, on croyait qu'à la fin des temps le monde actuel serait détruit, ensuite qu'Ormuzd procéderait à une nouvelle création d'où le mal serait exclu et où les justes, morts depuis les commencements, recevraient un corps nouveau, tandis que l'âme des méchants serait définitivement anéantie en compagnie d'Ahriman. Les Juifs ne pouvaient accepter complètement cette théorie, puisqu'ils ne croyaient pas à la survivance de l'âme; mais ils l'adaptèrent à leurs propres aspirations, en supposant, pour le jour du jugement dernier, une résurrection générale des défunts ou plutôt de leur corps que viendrait reconstituer et ranimer le souffle de Jahveh (¹).

On sait comment ce dogme s'introduisit dans le christianisme, où, au point de vue moral, il fait double emploi avec la conception du jugement après la mort. Mais l'esprit religieux, j'en ai déjà donné ici de nombreuses preuves, ne recule jamais devant la juxtaposition ni même devant la contradiction des thèses les plus disparates. Il trouve même certains avantages dans cette inépuisable richesse d'explications, en ce que, sans rompre la continuité du développement religieux, il peut ainsi mettre de côté les théories qui se trouvent dépassées par les découvertes de la science ou par les progrès de la conscience, tout en faisant passer à l'avant-plan celle qui répond le mieux aux aspirations nouvelles de l'époque.

Moralisation des types divins.

L'union de la morale avec la religion, ou plutôt avec la croyance que l'ordre moral rentre dans l'ordre divin, n'influe pas seulement sur la conception de la vie future, mais encore sur l'idée que l'homme se forme de la divinité. Si nous examinons l'ordre dans lequel se sont fixés, sur la personne des dieux, les attributs de nature diverse qui les caractérisent

---

(¹) *Ézéchiel*, XXXVII, 8-11; *Isaïe*, XXVI, 19; *Daniel*, XII, 2.

au degré le plus avancé du polythéisme, nous voyons
que l'homme leur a d'abord reconnu les qualités qui
procèdent de la force, puis successivement celles qui
sont regardées comme caractéristiques de l'intelligence, de l'amour et, en dernier lieu, de la moralité.
Bien des dieux, dépeints comme punissant les crimes
des hommes, sont encore représentés, dans la mythologie, comme des débauchés et des brigands; cependant, du jour où on les regarde comme les protecteurs
de l'ordre moral parmi les hommes, ils font l'effet de
juges se livrant dans la vie privée aux crimes qu'ils ont
charge de réprimer du haut de leur tribunal. De là une
tendance graduelle à moraliser leur caractère et leurs
rapports entre eux, au même degré que leurs interventions dans les affaires humaines.

Comment un fourbe peut-il inculquer la franchise;
un parjure, la véracité; un adultère ou un voleur, le
respect du mariage ou de la propriété; un égoïste
doublé d'un avare, l'esprit de dévouement ou de
sacrifice? On commence par rejeter dans l'ombre, ou
par expliquer à l'aide de l'allégorie, les traditions qui
attribuent aux dieux des actes scandaleux ou simplement grossiers. On ne leur laisse que des passions
regardées comme nobles : le courage, le ressentiment
des injures, la jalousie, la colère, le repentir, le goût
de la louange, la partialité envers leurs amis. Jahveh
réserve ses faveurs aux enfants d'Israël, et leurs infi-
délités le jettent dans de terribles accès de colère. Il
veut détruire toute la race humaine, puis il s'en repent.
Il endurcit le cœur du Pharaon, pour se donner
l'occasion d'infliger les plaies d'Égypte. (*Exode,* IV, 21.)

Bien plus, il trompe les Israélites eux-mêmes, pour
les punir de leurs profanations, en leur donnant
« des statuts qui n'étaient pas bons et des ordon-
nances par lesquelles ils ne vivraient point ». (*Ézéch.*,
XX, 25.)

En même temps, on choisit, pour la mettre en relief,
une des qualités traditionnelles qui figurent dans le
caractère du dieu. Indra, Thor, Arès-Mars, devront à
leurs prouesses mythologiques d'être surtout regardés
comme les types de la vaillance. Varouna et Osiris —
le Ciel qui voit toutes les actions humaines et le Soleil
qui les éclaire — deviendront les justiciers par excellence. Athéna, sortie tout armée de la tête de Zeus,
— qu'elle ait personnifié originairement l'éclair ou
l'aurore, — deviendra la déesse de la sagesse. Hestia,
la pure flamme du foyer, représentera la chasteté et
les vertus domestiques. Zeus lui-même — qui, tout
d'abord, n'a pas osé prendre sur lui de juger en personne les âmes des morts et qui a prudemment laissé
ce soin à trois juges souterrains — ne tardera pas à
devenir le vengeur du droit outragé en même temps
que le régulateur moral de l'univers. « Quand les dieux
agissent avec bassesse, dit énergiquement Euripide, ce
ne sont plus des dieux [1]. » Parmi les Germains, c'est
quand les fautes et les trahisons de Loki blessèrent
leur sens moral qu'ils le firent déchoir du rang des
Ases [2].

Enfin, à mesure que s'élève l'idéal humain, on sup-
prime, parmi les passions conservées aux dieux,

[1] BELLÉROPHON, XIX, 4.
[2] TIELE, *Manuel*, § 118.

tous les mouvements de l'âme qui semblent en contradiction avec la majesté, la sainteté, la bonté, dont on ne les laisse plus se départir. « Je ne mettrai pas à exécution l'arrêt de ma colère; je ne retournerai pas à détruire Éphraïm, *car je suis Dieu et non pas homme,* je suis le Saint au milieu de toi et je ne viendrai pas en fureur. » (*Osée,* **XI, 9.**) Bref, on en arrive ainsi à ne plus prêter à la divinité que les deux sentiments supérieurs de l'âme humaine : l'équité et l'amour. « Dieu, dit Plutarque, est parfaitement bon, il n'est dépourvu d'aucune vertu, surtout en ce qui concerne la justice et l'amour ([1]). » Allant plus loin encore, on observe que le premier de ces sentiments est subordonné au second, en ce que le châtiment lui-même a pour objet l'amélioration du coupable, comme lorsque le père châtie son fils, et une élite religieuse en vient à proclamer que « Dieu est amour », non pas en excluant, par ce terme, l'idée de justice, mais en la réalisant, au contraire, sous la forme la plus sublime.

Identité d'aspirations entre l'homme et la divinité.

Désormais, le lien entre les hommes et les dieux ne repose donc plus sur l'analogie des jouissances et des passions, mais sur une identité d'aspirations et une réciprocité de sympathies qui font ressentir par les uns toute souffrance infligée aux autres. Ce n'est plus seulement pendant la durée d'une vie humaine qu'Osiris, Vishnou, Krishna, le Bouddha, le Messie,

[1] *De defectu oraculorum,* XXIV.

se soumettent personnellement aux misères de l'existence terrestre, pour apporter aux hommes le bonheur, la justice, le salut; c'est partout et toujours
que, du sein de la gloire céleste, ils ressentent le
contre-coup de toute injustice, de toute déchéance, de
tout malheur immérité. « Depuis que j'ai reçu la
grande blessure, dit Osiris, je suis blessé dans toute
blessure (¹). » C'est presque l'expression dont se sert
Isaïe pour qualifier la sympathie de Jahveh à l'égard
des Israélites. « Dans toute leur angoisse, il a été en
angoisse. » (*Is.*, XLIII, 9.) L'idée que toute injustice,
toute cruauté envers les pauvres est infligée à Jahveh,
pénètre toute la littérature hébraïque, et, chez les Hindous, le Vishnou Pourana, étendant davantage encore
les bornes des sympathies divines, proclame que quiconque fait du tort à une créature vivante le fait à
Dieu.

Réciproquement, les qualités et les vertus qu'on
prête de la sorte aux puissances surhumaines, ne tar-
dent pas à exercer sur les fidèles une véritable attraction morale. « Est-il possible, dit Platon, qu'on
admire et qu'on recherche constamment un objet
sans s'efforcer de lui ressembler (²)? » — Ainsi religion
et morale réagissent l'une sur l'autre, l'idée du devoir
purifiant la conception du divin, et celle-ci à son tour
fortifiant le sentiment de l'obligation, en le fécondant
par l'amour.

(¹) DE PRESSENSÉ, *L'ancien monde et le christianisme*, p. 124.
(²) *République*, VI, chap. XIII.

CHAPITRE V.

MONOTHÉISME.

Dieux attachés au territoire ou au peuple.

Nous avons vu que chaque nation a débuté par admettre la réalité des dieux adorés par ses voisins. Les Israélites, à l'époque des juges, concevaient la souveraineté de Kamos sur le peuple de Moab au même titre que celle de Jahveh sur le peuple d'Israël (¹), et, quand les armées de Rome faisaient le siège d'une cité, elles commençaient par offrir un sacrifice aux divinités de la place, soit pour les gagner à leur cause, soit en vertu du même principe qui porte les sauvages à apaiser par une offrande l'esprit de l'arbre qu'ils vont abattre.

Il s'ensuit naturellement que, partout, la sphère d'action des dieux est limitée, soit au territoire qui passe pour leur patrimoine, soit au peuple qui a accepté leur suzeraineté. Si le pays d'Israël appartient aux douze tribus, c'est qu'il a été promis à Abraham

---

(¹) « Ne possèdes-tu pas, disaient les envoyés de Jephté au roi de Moab, le pays que Kamos, ton dieu, t'a donné en héritage ? De même nous posséderons le pays de tous ceux que Jahveh, notre dieu, aura chassés devant nous. » (*Juges*, XI, 24.)

et à Jacob par le dieu de Béthel. (*Genèse*, XIII, XXVIII
et XXXV.) Dans un autre passage de la Bible, nous
voyons les Syriens se croire à l'abri d'une invasion
israélite, parce que, disent-ils, Jahveh est un dieu de
montagne et que sa puissance ne peut s'étendre sur la
plaine. (I *Rois*, XX, XXI.) Bien plus, un changement de
patrie implique un changement de dieux. Quand David
reproche son exil à Saül, il se plaint que ses ennemis
l'aient forcé à quitter « l'héritage de l'Éternel », en lui
disant : « Va servir des dieux étrangers » (I *Samuel*,
XXVI, 19.) Réciproquement, quand Ruth la Moabite
suit sa belle-mère à Bethléem, elle ne lui dit pas seulement : « Où tu demeureras, je demeurerai; mon
peuple sera ton peuple », mais encore : « ton dieu
sera mon dieu. » (*Ruth*, I, 16.) Le dieu d'Israël est si
intimement lié au sol que, quand le général syrien
Namaan, guéri de la lèpre dans les eaux du Jourdain,
veut, par reconnaissance, élever chez lui un autel à
Jahveh, il est forcé d'emporter une certaine quantité
de terre israélite « jusqu'à concurrence de la charge
de deux mulets. » (II *Rois*, V, 17.)

D'autre part, dans son domaine, Jahveh est le
maître des étrangers, comme des Israélites. Lorsque
les Assyriens, après la prise de Samarie, eurent
emmené les Israélites en captivité à Babylone et les
eurent remplacés par des populations trans-euphra-
tiques, celles-ci se plaignirent d'être exposées à la
colère de Jahveh, parce qu'elles ne savaient comment
lui rendre hommage; le roi d'Assyrie rapatria alors
quelques-uns des anciens sacrificateurs pour résider
avec les immigrés et leur apprendre « la manière de

servir le dieu du pays. » (II *Rois,* XVII, 27.) Cependant,
la Bible nous informe que ces populations conservè-
rent en même temps le culte des dieux vénérés dans
les pays d'où elles étaient sorties. Les dieux d'un
peuple, en effet, ont beau être liés à son territoire, ils
finissent par s'identifier si bien à la nation elle-même,
qu'ils l'accompagnent désormais partout où elle trans-
porte son séjour. Jahveh resta le dieu des Juifs en
Babylonie, même quand la captivité eut pris fin et
que l'exil se fut transformé, pour les colons, en une
résidence volontaire. Ainsi encore, Assour n'était
d'abord, lui aussi, que le dieu de la ville qui portait
son nom. Mais quand les Assyriens transférèrent à
Ninive le siège de leur empire, le dieu de leur ancienne
capitale resta le dieu suprême de la nation.

Les dieux partagent la destinée de leur peuple.

Une autre conséquence de ce rapport étroit entre
chaque peuple et ses dieux particuliers, c'est que
ceux-ci partagent la destinée de la nation et même de
la tribu ou de la province qui leur est originairement
échue en partage. Aux temps pré-assyriens, la Mésopotamie était divisée en petits États qui avaient chacun
leur dieu principal, emprunté soit aux membres du
panthéon local, soit aux divinités communes de la
Chaldée. La fortune de ce dieu suivait invariablement
celle de l'État ou de la dynastie qui l'avait adopté pour
protecteur. Nous voyons ainsi parvenir à une hégémonie temporaire le dieu lunaire Sin avec la ville
d'Our, le dieu maritime Éa avec celle d'Eridou, le

dieu solaire Samash avec Larsa, Anou avec Ouroukh, Mullil avec Agadé, Mérodach avec Babylone, et, comme nous venons de le rappeler, Assour avec l'Assyrie. Il en fut de même en Égypte, où, quand les nomes furent réunis en État, on s'efforça d'identifier les uns aux autres les dieux respectifs des petits panthéons locaux, tout en choisissant, pour occuper la position de dieu suprême, la divinité principale de la dynastie qui tenait le pouvoir ou de la ville qui lui servait de capitale : Osiris à Abydos, Râ à Héliopolis, Phtah à Memphis, Ammon à Thèbes, Naït à Saïs, etc.

Quand une nation perdait son indépendance, ses dieux ne cessaient pas d'exister; ils passaient au service des vainqueurs et se subordonnaient aux divinités de ces derniers. Ainsi, les dieux des pays annexés par les armées de Rome vinrent successivement grossir les rangs du panthéon impérial, en s'affublant plus ou moins d'une livrée romaine. Le même fait s'est passé au Pérou, où les Incas avaient réuni dans leur grand temple du Soleil, à Cuzco, les images des dieux adorés par les diverses nations qu'ils avaient englobées dans leur empire.

Dieu suprême de l'univers.

Dans un pareil système, plus une nation se rapprochait de la suprématie sur le monde connu, plus ses dieux principaux, et notamment son dieu suprême, devaient approcher de la monarchie universelle. C'est ainsi que, grâce à la fortune des armées grecques et romaines, Jupiter étendit son empire de la mer d'Irlande au bassin du Gange. D'autre part, il a pu se faire également que des peuples, par le seul développement de leur théologie, aient été amenés à regarder leur dieu comme le maître de tous les dieux. En effet, à force de redire que son propre dieu est le plus grand des dieux, on finit par croire que ces derniers, non seulement lui sont inférieurs en puissance et en rang, mais encore qu'ils sont comme ses vassaux ou ses sujets. C'est le point de vue où était arrivé le peuple juif à la fin de la royauté. Enfin, une troisième voie qui peut conduire à l'unité politique du monde surhumain, c'est l'assimilation réciproque des divinités qui forment les divers panthéons nationaux. On pourrait même s'étonner que cette assimilation ne se soit pas opérée facilement et fréquemment entre tant de peuples qui adoraient les mêmes manifestations de la nature. Mais il faut se rendre compte que les dieux de la nature, une fois conçus comme régissant du dehors les phénomènes dont ils émanent, revêtent partout une physionomie suffisamment distincte pour offrir, en dehors même de la différence de noms, une individualité originale. Aussi est-ce seulement aux époques de syncrétisme qu'on s'efforcera d'établir leur identité, et, même alors, ce sera à ses propres divinités que chaque nation ramènera les dieux analogues de l'étranger.

Ce sont les dieux phéniciens que Philon de Byblos retrouve dans les dieux de la Grèce, et, réciproquement, c'est tantôt à Apollon, tantôt à Cronos que les Grecs assimilent Melkart, le divin roi de Tyr. On connaît les rapprochements tentés au profit du pan-

théon classique par Hérodote avec les dieux de l'Égypte,
par Mégasthène avec ceux de l'Inde, par César et Tacite
avec ceux de la Gaule et de la Germanie. Zeus absorba
non seulement un certain nombre de dieux suprêmes
en Thrace et en Thessalie, mais encore des régents de
panthéons bien plus importants : l'Ammon des Lybiens,
le Sérapis de l'Égypte, le Bel Mérodach de Babylone,
tandis qu'Hérodote donne son nom au grand dieu des
Perses, cet Ahura Mazda qui devait survivre de tant de
siècles au maître de l'Olympe.

Établissement de familles divines.

Cependant, l'imagination ne s'est pas bornée à
concevoir autant de monarchies divines qu'il y avait
d'États indépendants ou de races diverses sur la terre.
A l'intérieur de ces petites sociétés surhumaines, elle
a constitué des groupements sur le type de la famille.
J'ai déjà dit comment l'homme avait été amené, par les
nécessités du langage, à sexualiser toutes les manifestations de la nature. La personnification aidant, les
divinités ont été ainsi classées en masculines et en
féminines. Dès lors, quand deux phénomènes s'unis-
saient pour en produire un troisième, par fusion ou
par réaction, quoi de plus simple et de plus logique
que de considérer la personnification du dernier
comme le rejeton de ses deux facteurs regardés eux-
mêmes comme des époux? Par suite de déductions
analogues, les phénomènes qui étaient issus d'une
même cause ou qu'on croyait tels, voire ceux qui
avaient certains traits ou certaines propriétés en

commun, furent tenus pour frères et sœurs, comme
par exemple le soleil et la lune, les deux crépuscules,
le sommeil et la mort, etc.

La paternité divine.

Bientôt on élargit ces rapports familiaux des dieux
jusqu'à y faire rentrer tous les êtres de la création, et
surtout les hommes. La confusion qui, dans les
langues encore mal développées, persistait entre les
termes créer et engendrer, devait aisément amener à
identifier la notion de créateur avec celle de père.
Parfois, comme chez les Égyptiens et chez les Incas,
c'était la dynastie régnante qui seule pouvait revendi-
quer cette haute filiation : « O mon père Ammon, je
t'invoque ! » s'écriait Ramsès II, à la bataille de
Kadesh; « mes nombreux soldats m'ont abandonné,
aucun de mes cavaliers n'a regardé vers moi. Quand
je les appelais, aucun n'a écouté ma voix. Mais je pense
qu'Ammon vaut mieux pour moi qu'un million de
soldats, que cent mille cavaliers ([1]). »

L'analyse des noms identiques que les Hindous, les
Grecs et les Latins donnaient à leur dieu du ciel :
Dyaush-pità, Ζεὺς πατήρ, Jûpiter, n'implique pas
seulement que les ancêtres des Indo-Européens ont
parlé la même langue et vénéré le même dieu, mais
encore qu'ils s'adressaient à ce dieu comme à un père
céleste : « Sois-moi bienveillant, dit le poète védique
à Agni, comme un père l'est à son fils ([2]). » Un autre

([1]) LE PAGE RENOUF, *Religion of ancient Egypt.* Londres, 1884,
p. 227-228.

([2]) *Rig Véda,* I, 1, 9.

hymne invoque, à côté de Dyaush « notre père », Pri-
thîvi « la bonne mère » et Agni « notre frère » ([1]). C'est
la même pensée qu'exprimait le poète grec, quand il
soutenait que : « Hommes et dieux sont fils de la
même mère » ([2]). En Occident, toutefois, cette idée,
n'étant pas contrecarrée par le régime des castes,
devait se montrer plus riche en corollaires généreux
et en conséquences pour ainsi dire démocratiques.
La paternité divine ne pouvait qu'aboutir à la fraternité humaine : « Rappelez-vous, dit Épictète en parlant des esclaves, qu'ils sont, par nature, vos semblables, vos frères, la descendance de Dieu ([3]). »

Chez les Sémites, la notion de la paternité divine
est restée d'abord à l'arrière-plan, enrayée dans son
développement par la majesté même de la divinité,
qui ne comportait pas l'établissement d'un rapport
aussi intime avec les dieux. Cependant, elle n'y est pas
complètement absente; témoin cette invocation d'un
hymne mésopotamien à Istar : « Mère déesse, absous
mes péchés; que ton cœur s'apaise, comme celui d'une
mère qui a enfanté » ([4]); et l'on sait comment, parmi
les Juifs, elle apparaît à la fin de la captivité — dans
les prophéties de Jérémie ainsi que dans les derniers
chapitres attribués à Isaïe — pour devenir, avec son
corollaire de la fraternité humaine, la doctrine essentielle de la religion enseignée par Jésus.

([1]) *Rig Véda*, VI, 51, 5. — M. Max Muller a montré que cette idée
se présente à chaque pas dans le *Rig Véda*. (*Religions de l'Inde*,
p. 204 et suiv.)

([2]) PINDARE, *Néméennes*, VI, 1.

([3]) *Disc.*, I, 13.

([4]) SAYCE, *op. cit.*, p. 352.

Part de la spéculation métaphysique dans le développement du monothéisme.

Le plus haut point de développement que puisse atteindre le polythéisme, se rencontre dans la conception d'une monarchie ou d'une famille divine, qui s'étend à tous les êtres terrestres et même à l'ensemble de l'univers. Cependant, le monarque céleste ou le père divin peut encore n'être que le premier entre ses égaux. Pour que le dieu suprême devienne le dieu unique, il lui faudra s'élever au-dessus de tous les êtres surhumains aussi bien qu'humains, non seulement en puissance, mais encore *en nature*.

Cette nature nouvelle, c'est à la spéculation métaphysique qu'il la devra. Le monothéisme n'est guère complet que le jour où l'homme, ayant conçu les notions de cause première, d'éternité, d'infini, d'absolu, les aura rattachées à un seul être, l'Être par excellence. Cependant, ces concepts ne se forment pas d'un seul jet dans la raison humaine; ils sont le produit d'une lente évolution mentale qui opère sur des matériaux préexistants, fournis par les notions antérieures sur la divinité. Ainsi s'explique à la fois que cette évolution ait pris des voies fort diverses pour atteindre son terme et qu'elle ait pu s'accomplir, dans la plupart des cas, sans rompre la chaîne des traditions religieuses.

Simplification des panthéons nationaux.

La spéculation métaphysique s'est exercée de bonne heure sur la théologie des nations policées. L'unité

divine a été presque partout préparée par l'identifica-
tion des dieux principaux qui représentaient le même
phénomène ou les divers aspects de ce phénomène.
Les Égyptiens trouvèrent ainsi le moyen de faire rentrer à peu près toutes leurs divinités dans le cadre des
familles divines qu'ils avaient constituées en triades,
sur le plan idéal de la famille représentée par le
père, la mère et le fils. Nous avons constaté qu'ils
avaient graduellement ramené les dieux des morts et
ceux des éléments au type des divinités solaires;
celles-ci, à leur tour, furent identifiées au soleil ou
plutôt à l'âme du soleil, qui reste une dans toutes les
manifestations de l'astre et qui devient ainsi l'âme
commune de tous les dieux. « C'est moi », fait-on dire
à cette mystérieuse entité, dans le papyrus de Turin,
« c'est moi qui ai fait le soleil et la terre, qui ai donné
à tous les dieux l'âme qui est en eux... Je suis Chepra
le matin, Râ à midi, Toum le soir [1]. »

En réalité, c'est un être nouveau qui apparaît ici derrière les anciens dieux, mais, comme cette « âme
cachée du Seigneur du disque » se manifeste également dans les principales divinités, on peut indifféremment lui donner le nom de l'une ou de l'autre. De
là l'hénothéisme égyptien, qui assimile tour à tour au
dieu suprême : Râ, Osiris, Phtah, Ammon, etc. Pour
accentuer encore cette équivalence, on attribue parfois
à la divinité principale de la localité le nom de tous

---

[1] LE PAGE RENOUF, *Religion of ancient Egypt*. London, 1884. —
Cf. *Atharva Véda*, XIII, 3, 13 : « Le soir, Agni devient Várouna; il
devient Mithra, quand il se lève au matin; devenu Savitar, il traverse
le firmament; devenu Indra, il brûle le ciel au zénith. »

les autres dieux. Sur les tombes royales de Biban el
Moluk, Râ est invoqué sous soixante-quinze noms différents, et le *Livre des morts* contient tout un chapitre
formé rien qu'avec les noms d'Osiris ([1]). Ou bien on
donne à l'Ame suprême un nom formé par la réunion
des appellations qui désignent respectivement la divinité supérieure des différents cycles : Sokar-Osiris,
Phtah-Sokar-Osiris; noms complexes qui apparaissent
déjà sous l'ancien empire; plus tard : Horus-Chem,
Chnoum-Râ, — Sebak-Râ, — Ammon-Râ, — Râ-
Toum-Horus ([2]). Et ce n'était pas là seulement une
juxtaposition de mots, un syncrétisme verbal. On
avait conscience que les dieux ainsi rapprochés étaient
bien identiques les uns aux autres. C'est, en quelque
sorte, la formule mythique de cette fusion qui est
donnée dans les termes suivants : « Osiris vint à
Mendès, il y rencontra l'âme de Râ; ils s'embrassè-
rent et devinrent comme une âme en deux âmes ([3]).»

Il faut remarquer que, dans ces identifications, nous
avons seulement affaire aux dieux solaires, c'est-
à-dire aux premiers personnages des triades; mais,
comme l'unité ainsi obtenue représentait surtout le
principe actif de la nature symbolisé par le rayonnement solaire, les déesses — ramenées à leur tour, par
un procédé analogue, à un type unique — devinrent
facilement la personnification de l'espace ou de la
matière dans lesquels opérait l'activité divine pour

---

[1] LE PAGE RENOUF, *Religion of ancient Egypt*, p. 87.
[2] Cf. C.-P. TIELE, *Religions de l'Égypte et des peuples sémitiques*,
p. 157.
[3] *Livre des morts,* chap. XVII, l. 42, 43.

produire le monde. A Denderah, Hathor est assimilée non seulement à Isis, mais encore à Neith de Saïs, à Saosis d'Héliopolis, à Bast de Bubastis, à Sothis d'Éléphantine, etc. [1]. Quant aux dieux qui, à raison de leur nature ou de leurs attributs, voire de certaines circonstances locales, n'avaient pu se fondre dans la grande divinité solaire, ils formèrent aisément le troisième personnage de la triade, le fils du couple divin, la personnification et la synthèse du monde phénoménal engendré par une incessante procréation.

Le dieu triple et un de l'Égypte.

Il ne fallait qu'un nouvel effort d'abstraction pour mettre, en arrière et au-dessus de cette triade, un être en qui elle vînt se résumer et, pour ainsi dire, se résoudre. Cette unité supérieure fut tantôt le premier personnage de la triade, regardé comme se dédoublant lui-même pour s'engendrer éternellement, tantôt un « Esprit plus spirituel que les dieux », « l'Ame sainte qui revêt des formes, mais qui reste inconnue » [2].

C'est ce dieu — triple et un, pour employer l'expression de M. Maspéro [3] — qui « crée perpétuellement ses propres membres », c'est-à-dire les dieux. Ceux-ci sont comme « un pain immense au milieu duquel réside l'Unique », comme « une société qui se totalise en un seul cœur » [4]. Bien plus, chacun de ces dieux,

[1] LE PAGE RENOUF, op. cit., p. 87.
[2] Livre des morts, XV, 46.
[3] MASPÉRO, Histoire des peuples de l'Orient, 4e édit., p. 279.
[4] PAUL PIERRET, Panthéon égyptien, p. x.

en apparence secondaires, peut devenir à son tour un centre d'émanation qui donne naissance à d'autres dieux par le procédé des triades. Mais, en somme, ils ne sont toujours que les noms et les aspects divers de l'Être unique. « Ammon est une image », dit un hymne copié par Brugsh sur les murs d'El Kargeh, « Atmou est une image, Chepra est une image, Râ est une image; Lui seul se fait par des millions de voies ([1]). »

Le monothéisme chez les Sémites.

Un mouvement analogue de concentration théologique s'était opéré chez les Sémites occidentaux, singulièrement facilité par l'habitude qu'on y avait prise de désigner exclusivement par leurs titres les divinités les plus importantes. En effet, on peut éprouver une certaine difficulté à fondre ensemble des dieux qui représentent ou régissent respectivement le ciel, le soleil, la foudre, le vent ou quelque autre phénomène, peut-être des morts illustres ou des abstractions quelconques. Il y en a beaucoup moins à identifier des êtres surhumains qui se nomment le Fort, le Roi, le Tout-Puissant, le Créateur, l'Éternel — voire les Redoutables, ces *Elohims* qui, suivant l'observation de M. Renan, agissent toujours de concert, comme un seul être, et qui se construisent avec le verbe au singulier.

Chez les Phéniciens, les États ou plutôt les cités principales eurent leurs triades, formées, non, comme en Mésopotamie, de trois dieux choisis parmi les plus puissants du panthéon local, mais, comme en

---

([1]) LE PAGE RENOUF, *op. cit.,* p. 253.

Égypte, d'un roi divin, d'une épouse et de leur fils. Le premier, probablement emprunté aux personnifications lumineuses du ciel ou du soleil, figurait le pouvoir créateur et ordonnateur par excellence; la seconde, peut-être originairement une personnification de la terre ou de la lune, représentait la nature proprement dite sous sa double face féconde et meurtrière; le troisième semble avoir joué un rôle assez effacé, sauf là où la mythologie intervint pour lui attribuer une physionomie concrète et une mission déterminée. Du reste, la grande déesse elle-même, la « Maîtresse » (Baalit), la « Reine » (Milkat), était moins regardée comme l'épouse proprement dite, que comme la manifestation visible, « la face » et, par suite, le simple reflet du dieu suprême. Si parfois, comme la Tanit de Carthage et l'Astarté de Chypre, il lui arriva de rejeter son époux à l'arrière-plan, c'est elle qui, le plus souvent, tomba au second rang ou finit même par s'évanouir dans le rayonnement de son seigneur et maître.

On ne peut contester le caractère anthropomorphique de la divinité telle qu'elle apparaît dans les plus vieilles traditions de la Bible. Jahveh pétrit l'homme à la façon d'un potier; il plante le jardin de l'Éden et s'y promène à la fraîcheur du soir, comme un riche Mésopotamien; Adam entend le bruit de ses pas. Il descend du ciel pour voir bâtir la tour de Babel. Il boit et mange avec Abraham et celui-ci lui lave les pieds. Il lutte avec Jacob et se laisse vaincre. Au temps des prophètes, il ne se montre plus en personne; celui qui l'entrevoit doit mourir, mais il se

révèle dans les manifestations de la lumière et de
l'orage. Enfin, il s'élève au-dessus de ces phénomènes
naturels et devient la voix qui parle dans la conscience
du juste.

Je n'ai trouvé nulle part cette évolution de la notion
hébraïque de la divinité, ou, pour parler plus exactement, cette spiritualisation de Jahveh, mieux suivie et
mieux décrite que dans un mémoire de M. A. Sabatier,
professeur à la faculté de théologie protestante de
Paris, sur la *Notion hébraïque de l'Esprit* ([1]). Il y montre
comment le souffle, le « rouakh » de l'Éternel, après
avoir été simplement assimilé au vent qui « rassérène
le ciel » (*Job, XXVI, 13*) et « dessèche l'herbe » (*Isaïe,
XL, 7*), devint le synonyme de *force* au sens moral
aussi bien que physique, pour représenter enfin l'idée
abstraite de force absolue, « Celui qui est ».

Dieu distinct de la matière.

Nous avons là une première forme de monothéisme, celle où le Dieu universel est regardé comme
extérieur à l'univers, ou du moins comme distinct de
la matière. On remarquera que ce système, généralement qualifié de déisme, a surtout prévalu chez les
peuples qui, à l'instar des Sémites, regardent la force
comme l'attribut essentiel des êtres surhumains et qui
sont arrivés à la conception de l'unité divine en développant l'idée de causalité. Au contraire, dans les
races qui, comme les Indo-Européens, semblent

([1]) Dans la publication intitulée : *La Faculté de théologie protes
tante de Paris à M. Édouard Reuss.* Paris, 1879, p. 5 et suiv.

surtout avoir été frappées par l'identité de nature entre
leurs personnifications divines, c'est l'idée de substance
qui a fourni la pierre angulaire du monothéisme et
qui, ensuite, par une extension nouvelle, l'a transformé
en un panthéisme où le créateur et sa création se
fondent en une unité supérieure. Il est intéressant de
suivre cette évolution chez les peuples où elle a parcouru toutes ses phases, ne fût-ce que pour constater
l'uniformité de ses procédés.

Dieu formant l'univers de sa substance.

La conception d'un Être unique, se résolvant en
fragments pour constituer l'univers, se rencontre,
sous une forme rudimentaire, chez des peuples encore
barbares. Les traditions chinoises parlent d'un certain
Pankou, qui produisit le vent par son souffle, créa
le jour en ouvrant les yeux et le tonnerre en élevant
la voix; son œil droit devint le soleil, son œil
gauche devint la lune; son sang donna naissance aux
rivières; sa chair, au sol; ses cheveux, aux étoiles; les
poils de son corps, aux arbres; ses os, aux métaux;
sa moelle, aux perles et aux diamants; enfin, par une
comparaison assez peu flatteuse pour notre espèce,
ce sont ses parasites qui devinrent les hommes [1].
L'Edda nous fournit une conception analogue dans
le géant Ymir, dont le corps et le sang engendrèrent
respectivement la terre et l'océan, alors que son
crâne forma la voûte du ciel et son cerveau les

---

[1] A. Réville, *La religion chinoise*. Paris, 1889, t. I, p. 38-39.

nuages ([1]). Les Védas mentionnent également un Être primordial, Pourousha, dont le corps, suivant certains récits, servit aux dieux pour créer l'univers, mais qui, suivant d'autres, se dédoubla de lui-même en mâle et en femelle pour engendrer l'œuf du monde ([2]). Ainsi encore, les traditions chaldéennes parlent de la monstrueuse Tiamat, la personnification du chaos, que Bel coupa en deux moitiés pour former le ciel et la terre, alors que, suivant une autre version, ce serait Bel qui se serait lui-même tranché la tête, pour engendrer avec son sang les dieux et les hommes ([3]).

Ensuite surgit l'idée que l'Être, ainsi dépecé de sa propre main, a survécu à cette mutilation ou plutôt que celle-ci était simplement apparente et qu'elle n'avait pu porter atteinte à son unité substantielle. Il y a tel chant védique en l'honneur de Varouna, tel hymne égyptien gravé sur les murs d'El Kargeh, qui expriment cette pensée dans les mêmes termes que le poète orphique de la Grèce, quand il s'écriait : « Zeus a été le premier, Zeus est le dernier, Zeus est le centre de la terre; c'est de Zeus que toutes choses sont faites. Zeus est le mâle; Zeus est la femelle immortelle. Zeus est le soleil et la lune. Tout cet univers repose dans le grand corps de Zeus ([4]). » — « Tu es la jeunesse et la

---

([1]) « Le voyage de Gylfe », VIII, dans l'*Edda* de Store Sturleson.

([2]) Cf. Monier Williams, *Indian Wisdom*, p. 24. — Aux îles Mariannes, on croit à un être primordial, Pountan, qui, avec ses deux épaules, aurait formé le ciel et la terre ; avec ses yeux, le soleil et la lune; avec ses sourcils, l'arc-en-ciel. (de Freycinet, *Voyage aux terres australes*. Paris, 1824, t. II, p. 138.)

([3]) Fr. Lenormant, *Origines de l'histoire*, t. I. Paris, 1880, p. 507.

([4]) J. Darmesteter, *Essais orientaux*, p. 125.

vieillesse, disait à son dieu le scribe d'El Kargeh, tu
es le ciel, tu es la terre, tu es le feu, tu es l'eau, tu
es l'air et tout ce qui se trouve au milieu d'eux (¹). »
« Pourousha, s'écrie déjà un poète du Rig Véda, est
réellement l'univers; il est ce qui est, ce qui a été, ce
qui sera » (²), et un chant de l'Atharva Véda ne se rapproche pas moins du texte orphique dans cette description de Varouna : « Les deux mers sont le ventre
de Varouna et jusque dans cette petite mare d'eau il
repose (³). »

Faut-il en conclure que les religions dont ces vieux
documents nous révèlent la théologie se soient développées, comme on l'a prétendu, dans le sens d'un
complet matérialisme? Ce serait oublier tout d'abord
que, même alors, personne ne songeait à concevoir un
corps, fût-ce l'univers, sans lui prêter une âme pour
le mouvoir et le conduire.

Dieu, âme du monde.

C'est cette âme du monde — « plus spirituelle que les
dieux », comme disaient les Égyptiens — qui deviendra le vrai Dieu. Reste à voir sous quelle forme elle est
conçue. Il sera difficile de lui assigner la physionomie
d'un double; bien que Platon, conséquent avec lui-
même, la présente comme l'archétype de l'univers,
préexistant dans l'esprit divin. En général, on préfé-
rera la regarder comme un élément subtil qui pénètre

(¹) LE PAGE RENOUF, *op. cit.*, p. 252.
(²) X, 90 (trad. de sir Monier Williams).
(³) *Atharva Véda*, 4, 16.

toutes choses à la façon de la chaleur ou de l'éther.

Spiritus intus alit, totamque infusa per artes
Mens agitat molem et magno se corpore miscet [1].

C'est ainsi que les stoïciens se la figuraient tantôt comme un feu subtil qui anime toutes les parties du monde, tantôt comme l'éther, tantôt comme la vie par excellence, faisant même dériver Zeus de ζῆν. L'école d'Ionie cherchait ce principe, tantôt dans l'eau avec Thalès, tantôt dans l'air avec Anaximandre, alors que les pythagoriciens voyaient une intelligence suprême, νοῦς, à l'origine des choses.

Conçue de la sorte, l'âme du monde peut rester impersonnelle. Mais la plupart de ces systèmes avaient, outre leur côté philosophique, un côté religieux et, par là, leur principe premier, en se confondant avec Zeus, retrouvait les attributs de la personnalité : la raison, la conscience, la pitié, l'amour. « O Zeus, qui que tu sois, difficile à connaître, nécessité de la nature ou esprit de l'homme, c'est toi que j'invoque, toi qui, par une route silencieuse, mènes à bonne fin toutes les choses humaines [2]. » Pythagore peut très bien, dans son enseignement philosophique, présenter le développement de l'univers comme une production de chiffres qui s'enchaînent en partant de l'unité ; cette dernière n'en est pas moins la monade primordiale, Zeus Sôter, placée au centre de la sphère et dont les premiers dérivés se confondent avec les grands dieux du panthéon hellénique. Les stoïciens,

[1] *Énéide*, VI, v. 726.
[2] Euripide, *Troyennes*, v. 885-888.

de leur côté, ont beau assimiler leur Raison des
choses à l'éther répandu dans toute la nature; ils ne la
présentent pas moins comme un dieu réel et vivant,
doué de toutes les qualités morales; qu'ils le nomment
ou non Zeus.

Dans l'Inde, avant même l'époque védique, on
regardait la lumière comme l'attribut essentiel et
général des principales divinités, ainsi que l'indique
leur nom même de *devas*. De là à faire de la lumière
l'âme commune des êtres divins et par suite la divinité
par excellence dont les autres dieux représentaient
seulement les noms et les aspects divers, le pas était
aisé à franchir. « O Agni, dit un hymne, tu es
Varouna, tu es Mithra; tous les dieux sont dans ta
flamme ([1]). » — « On parle, dit un autre hymne, d'Indra,
de Mithra, de Varouna, d'Agni; l'Être qui est un, les
poètes l'appellent de noms divers ([2]). »

Bientôt on étendit davantage encore cette identifica-
tion. Constatant que le feu se rencontre, sous une
forme quelconque, dans la nature entière, on en fit
l'élément commun des dieux et des hommes, des êtres
et des choses, le principe qui se révèle dans la lumière,
dans la chaleur et le mouvement, dans la vie et la
conscience, — par conséquent la substance ou plutôt
l'âme universelle. L'idée de feu ou de lumière finit
même par paraître encore trop concrète, trop matérielle, pour donner une forme à la notion de ce principe subtil. « Je suis, dit Krishna dans le Bhagavad
Gîtâ, incompréhensible dans ma forme, plus subtil que

([1]) *Rig Véda,* V, 3, 1.
([2]) *Ibid.,* I, 164, 46.

le plus subtil des atomes... Je suis la lumière dans le
soleil et la lune; bien au delà des ténèbres, je suis
l'éclat de la flamme, le rayonnement de tout ce qui
rayonne, le son dans l'éther, le parfum sur le sol, la
semence éternelle de tout ce qui existe, la vie de tout.
J'habite en tant que Sagesse dans le cœur de tous. Je
suis la Bonté du bien; je suis le commencement, le
milieu, la fin, le temps éternel, la naissance et la mort
de tous ([1]). »

On chercha donc quelque chose de moins concret,
de moins matériel que le feu ou la lumière, pour
servir de forme ou plutôt de symbole à ce principe
spirituel, et on s'arrêta au souffle, le *prâna* ou *âtman*,
qui en était venu également à symboliser l'âme
humaine. L'âtman, c'est-à-dire l'être que chacun sentait en soi-même, devint ainsi une émanation du
Parâtman, de l'Ame suprême, l'Unique sans second,
qui seul existait par lui-même. Agni, dans la religion,
céda la première place à Prajâpati, le Seigneur de la
création, à Brahmanaspati, le Seigneur de la prière, à
Viçvakarman, l'Artisan universel, etc., dénominations
abstraites qui se prêtaient mieux à une conception
plus spirituelle de la Divinité ([2]).

L'Être unique sans second.

Jusqu'ici, toutefois, nous en sommes toujours à
l'*anima mundi* qui dirige l'univers comme la vie et
l'intelligence animent et inspirent les êtres individuels,

[1] Monier Williams, *Indian Wisdom*, p. 144-145.
[2] A. Barth, *Religions de l'Inde*, p. 21.

16

— point de vue qui-implique encore une certaine opposition entre Dieu et le monde (¹). Mais ni l'Inde ni la Grèce ne devaient s'arrêter à mi-chemin de leurs constructions panthéistes. L'Inde religieuse, ou, à proprement parler, le brahmanisme, dont la théologie s'ouvrit de plus en plus aux influences de l'idéalisme védantin, finit par conclure à la non-existence du monde sensible, qui fut regardé comme une pure illusion, l'œuvre de la décevante Mâyâ, comme une pensée interne de l'Être absolu rêvant par l'entremise de ses créations successives. Quant à la nature de cet être, elle ne peut se définir, nous apprennent les Oupanishads, que par : *non,* c'est-à-dire d'une façon négative. Tout ce qui tombe sous nos sens et comporte une définition, nous pouvons affirmer que Dieu ne l'est pas. Nous ne pouvons même affirmer qu'il est, car c'est encore le qualifier en lui accordant l'attribut de l'existence. Tout au plus pouvons-nous dire qu'en lui l'être se confond avec le non-être.

De même, chez les Grecs, néo-pythagoriciens et

(¹) Les hymnes égyptiens ont beau proclamer que le dieu suprême est l'être unique, sans second, « ce qui est immanent et persistant en toutes choses » (hymne d'El Kargeh); il ne semble pas moins avoir été limité par la matière, et, sous ce rapport, le gnosticisme était bien l'héritier de l'antique spéculation égyptienne aussi bien que du platonisme. « Admettant l'éternité de la matière, par elle-même inerte, dit M. Grébaut (*Hymne à Ammon-Râ,* p. vi), cette religion concluait de son organisation à l'existence d'un être caché, soutien de l'ordre universel, éternel principe du vrai, qui est cet ordre réalisé, intelligent, bon, tout-puissant ; on l'adorait dans le soleil, l'instrument apparent dont il se sert pour créer et maintenir la vie, donner ainsi la vérité, malgré les mauvais principes ou puissances typhoniennes. »

néo-platoniciens, à force de développer logiquement leur principe, finirent par se rencontrer dans un panthéisme pur. Platon avait enseigné que Dieu a engendré le monde d'après un type idéal qui existait dans sa raison de toute éternité, comme le plan d'une cité existe, avant sa fondation, dans l'esprit de l'architecte : « Le monde est formé d'après un modèle immuable, conçu par la raison et l'intelligence... Dieu, voyant que toutes les choses visibles s'agitaient dans un mouvement confus et désordonné, les prit au sein du désordre et les soumit à l'ordre, pensant que cela était préférable (¹). »

Ce plan idéal, auquel Platon accordait une existence objective, renfermait les archétypes de toutes choses, qui se réalisaient, pour ainsi dire, d'eux-mêmes, en pénétrant et en façonnant la matière, au sein de laquelle ils introduisaient comme une étincelle de l'Être réel : « Les idées sont comme les modèles de la nature; les choses leur deviennent semblables et en sont des copies; la participation des choses aux idées consiste à leur ressembler (²). » Le Dieu ainsi conçu est encore un être actif qui pense, qui veut, qui aime, bien qu'il n'intervienne pas directement dans l'œuvre de la création.

Les néo-platoniciens d'Alexandrie le reléguèrent de plus en plus dans une sphère supérieure à toute conception, en lui enlevant, sous prétexte de lui ôter ses limitations, les derniers attributs qui jus-

(¹) Timée, 29 a, 50 a.
(²) Parmenide, § 152 d.

tifiaient un culte (¹). Proclus et Plotin estiment que
l'homme peut encore s'unir à la Divinité, en se
soustrayant soi-même aux restrictions du monde phénoménal par le renoncement et par l'extase. Mais,
pour leurs derniers successeurs, Dieu est inaccessible
comme il est inconnaissable. On serait tenté de croire
que l'agnosticisme allait être la conclusion logique et
la conséquence inévitable de la philosophie antique.

Il est à remarquer qu'en Chine également, — où
la religion officielle n'a guère dépassé la notion d'une
monarchie divine, imitée de l'empire chinois, —
une secte philosophique, le taoïsme, semble s'être
élevée du premier coup aux hauteurs de la métaphysique panthéiste la plus absolue. Le Tao, c'est-
à-dire le principe, la source de toutes choses, est
représenté, par Lao-tse, comme échappant à toute
définition et même à toute compréhension : « Vous
regardez le Tao et vous ne le voyez pas ; il est sans
couleur. Vous l'écoutez et vous ne l'entendez pas ; il est
sans voix. Vous voulez le toucher, et vous ne l'attei-
gnez pas ; il est sans corps (²). » — « Le Tao qui peut
être exprimé n'est pas le Tao éternel (³). » Ne croi-

(¹) « Dieu est incompréhensible, écrit Philon..., nous savons qu'il
est, nous ne pouvons savoir ce qu'il est ; nous pouvons voir ses manifestations dans ses œuvres, mais ce serait une monstrueuse folie d'aller
au delà de ses œuvres et de nous enquérir de son essence. Il ne peut
donc avoir de nom, car les noms sont les symboles des choses créées,
alors que son seul attribut est l'être. » (Voy. EDWIN HATCH, *Influence
of Greek ideas and usages upon the Christian Church*. Londres,
1890, p. 245.)

(²) *Tao te King*, chap. XIV.

(³) *Ibid.*, chap. I. — Le Tao qui peut être nommé, et que Lao Tse

rait-on pas entendre les Oupanishads déclarant Dieu inconnu de ceux qui prétendent le connaître et connu seulement de ceux qui n'ont point cette prétention ([1])?

Chez les Perses, Ahura Mazda, si élevée que soit sa situation, est plus ou moins limité par l'existence temporaire d'Ahriman, et cette opposition est trop marquée pour qu'il puisse absorber ce dernier. On finit donc par regarder les deux adversaires comme des rejetons ou des hypostases du « Temps sans bornes », Zervan Akarana. Le germe de cette conception se trouve déjà dans l'Avesta, où l'on distingue le temps sans bornes du temps à longue souveraineté. Dans le *Minokhired,* le temps sans bornes est assimilé au destin, par lequel toutes choses arrivent à l'existence. Enfin, sous les Sassanides, Zervan Akarana est l'unité suprême ([2]).

Les anciens dieux en présence du Dieu unique.

Que deviennent cependant, dans l'évolution monothéiste à laquelle nous venons d'assister, les anciens dieux du polythéisme? N'étaient-ils pas destinés à s'évanouir, à mesure que se développait la conception

désigne comme « la mère productrice de tous les êtres », c'est le Tao indéterminé, devenu actif par l'apparition du désir (Cf. Ch. DE HARLEZ, *Textes taoïstes,* dans les Annales du Musée Guimet. Paris, 1891, p. 9 et suiv.).

([1]) *Kena Oupanishad,* I, 2, 3. « Il est vraiment connu de celui qui ne le conçoit point; il est inconnu de celui qui le conçoit. Il est incompris de ceux qui le comprennent; il est compris de ceux qui ne le comprennent point. »

([2]) J. DARMESTETER, *Ormazd et Ahriman.* Paris, 1877. 3e partie, chap. I.

du Dieu unique dans lequel venaient, en quelque sorte, se fondre toutes les forces individuelles de la nature?

Je ferai observer tout d'abord que si la notion d'un Dieu unique peut se concilier avec l'existence réelle des créatures terrestres, rien ne s'oppose à ce qu'elle s'accorde également avec la croyance à des êtres intermédiaires, supérieurs à la nature humaine et intervenant dans les affaires de ce monde. La transformation monothéiste de presque toutes les religions historiques semble avoir eu, sous ce rapport, pour unique résultat de faire subir aux anciennes divinités un sort analogue à celui que la transformation polythéiste du naturisme avait infligé aux esprits secondaires, en les rejetant à un rang subalterne comme agents, serviteurs, messagers, ministres des dieux principaux. Aussi, l'établissement du monothéisme n'a-t-il pas constitué, dans la plupart des religions historiques qui ont atteint ce degré de développement, une révolution aussi brusque et aussi radicale qu'on serait tenté de le croire, là surtout où il est resté le monopole des âmes les plus éclairées.

Même le bouddhisme, qui cependant pouvait se passer de la Divinité, ne porta pas atteinte à l'existence des anciens dieux védiques; il se borna à en faire des êtres qui, dans l'échelle des transmigrations, se seraient élevés par leurs mérites au-dessus de la condition humaine, quelque chose comme ces « frères extra-terrestres » de l'homme qu'un de nos contemporains, peu suspect de tendresse pour les rêveries religieuses, Guyau, suppose représenter quelque part, dans l'univers, un produit supérieur de l'évo-

lution universelle ([1]). L'islam garda les anges et les
djinns des croyances antérieures, sans compter la
situation presque surhumaine qu'il fit bientôt à son
fondateur. Certes, le judaïsme post-exilien a bien la
réputation d'être le culte monothéiste par excellence;
cependant, ne range-t-il pas autour de Jahveh des
anges, des archanges, des puissances, des domi-
nations, des trônes qui remplacent, avec un degré
d'abstraction en plus, les Beni Elohim d'autrefois et
qui jouent un rôle analogue à celui des démons dans
la philosophie grecque des derniers temps?

Hypostases, démiourges, médiateurs.

Dans les cultes que je viens de mentionner, on peut
soutenir que le maintien des anciennes divinités fut
une concession aux traditions populaires et que ces
divinités, tout en continuant à faire partie du système
religieux, sont en quelque sorte superfétation ([2]). Mais
il n'en est plus de même dans le monothéisme à tendance panthéiste; ici, l'existence d'êtres surhumains,
intermédiaires entre le Dieu absolu et le monde sensible, devient une nécessité pour expliquer le passage
de l'infini au fini, du noumène au phénomène. Non
seulement ce passage était en lui-même incompréhensible, mais encore la réduction de la Divinité à l'absolu
devait avoir pour effet de rompre tous les liens directs

([1]) *L'irréligion de l'avenir*. Paris, 1887, p. 439.

([2]) Suivant la stricte doctrine de l'islam, Allah seul doit être prié ou
invoqué, car en dehors de lui, rien ni personne « ne peut aider ou
nuire ». IGNACE GOLDZIHER, « Le culte des saints chez les Musulmans »
dans la *Revue de l'histoire des religions*, t. II, p. 262.

de Dieu avec l'homme, et ainsi disparaissait la possibilité même des rapports qui constituent le culte. Pour
les rétablir, on ne put trouver mieux que de jeter par-
dessus l'abîme une chaîne de puissances surhumaines,
qui, d'une part, confinait à la perfection suprême et, de
l'autre, au monde sensible. Or, les anciens dieux, déjà
hiérarchiquement organisés dans le polythéisme,
n'étaient-ils pas naturellement désignés pour ce rôle
d'hypostases et de démiourges? Ainsi, dans la dernière période du paganisme classique, la doctrine
néo-platonicienne de l'émanation — établissant entre
Dieu et l'homme toute une chaîne d'êtres intermédiaires, d'autant plus parfaits qu'ils se rapprochaient
de la divinité suprême et qu'ils se dégageaient de tout
lien matériel — s'allia avec la démonologie de Plutarque et de Porphyre, qui remplissait le monde de
démons organisés, en laissant à leur tête les dieux du
paganisme, — et de cette alliance sortit une tentative
suprême pour mettre l'ancien culte en harmonie
avec les tendances philosophiques et universalistes
du temps.

Il faut remarquer que, presque partout, à mesure
que le dieu suprême grandissait en puissance et en
majesté, la conscience populaire avait spontanément
choisi quelque autre personnage divin, plus voisin de
ses sentiments, de ses aspirations, voire de ses propres
passions, pour lui confier les fonctions d'un interces-
seur ou plutôt d'un médiateur entre les hommes et le
souverain des cieux. Cette mission, déjà exercée en
sous-ordre, dans le polythéisme, par tous les dieux de

second ordre, depuis les génies du foyer jusqu'aux
âmes des défunts, échut généralement, mais non pas
nécessairement, à quelque personnification du soleil,
— peut-être parce que la mythologie avait fait des
dieux solaires, un peu partout, les héros mythiques
d'aventures quasi humaines, les types de l'homme
exposé aux vicissitudes extrêmes de la fortune et, par
suite, plus accessible aux sentiments de sympathie
et de commisération. Traversant tour à tour la mort
et la vie, le soleil était devenu forcément le garant
et jusqu'à un certain point le distributeur de l'immortalité. Enfin, — Divinité essentiellement visible,
deus certus, comme le nomme Aurélien, plus régulier
que le feu ou le vent, plus personnel que le ciel, plus
actif que la lune, plus bienfaisant que la foudre,
— ne remplissait-il pas chaque jour son office de
médiateur, en parcourant les chemins qui séparent le
ciel de la terre? Aussi ne faut-il pas s'étonner si, à
mesure que les grands dieux des principaux panthéons
se retirent derrière les voiles de la spéculation métaphysique, on voit, par un singulier retour, monter au
premier rang de l'adoration des divinités jusque-là
tenues pour secondaires : Mérodach, en Mésopotamie;
Vishnou, dans l'Inde; Mithra, dans l'empire romain.
Si, en Égypte, nous n'avons pas à signaler un phénomène de ce genre, c'est que le Dieu absolu y est, en
quelque sorte, directement tiré du personnage solaire.
Osiris ou Ammon devient l'Être unique « plus mystérieux que les dieux », sans cesser d'être le dieu
qui meurt chaque jour pour renaître, qui combat les
ténèbres et qui juge les morts.

Il n'est pas jusqu'à la religion juive, où Jahveh, à
mesure qu'il devient réellement « Celui qui est », ne
se décharge sur son ange de toutes les interventions
jugées peu compatibles avec sa majesté croissante.
C'est l'ange de Jahveh qui se révèle sous forme de
flamme, qui vient dévorer les chairs du sacrifice, qui
lutte avec Jacob, qui se montre à Moïse, etc. Plus
tard, on assigna ce rôle à des abstractions, telles que
la Parole ou la Voix, le Nom, la Gloire, la Sagesse, le
Souffle de Jahveh, considérés objectivement et, en
quelque sorte, isolés du dieu lui-même. Dans le
huitième chapitre des Proverbes, la Sagesse, c'est-
à-dire l'intelligence de Dieu qui conçoit le monde, est
déjà presque personnifiée. Elle est représentée comme
existant à côté de Dieu. On l'appelle « son nourris-
son », on lui fait dire qu'elle « se réjouissait devant
lui en tout temps » (*Prov.* VIII, 30). « Seule, proclame-
t-elle dans l'*Ecclésiastique* (XXIV, 8-11), j'ai dessiné
les bornes du ciel et creusé les abîmes de la mer, j'ai
établi mon empire sur toutes les parties de la terre et
sur toutes les nations. »

De même la Parole — peut-être la seule puissance
qui puisse en apparence créer et non pas seulement
façonner, puisqu'il lui est loisible de faire surgir
l'image d'une chose en la nommant — apparaît déjà
dans Isaïe comme un messager, un agent que l'Éternel
envoie exécuter ses ordres, un véritable ange, en un
mot, comparable à Ossa, la messagère de Zeus ([1]).
Quand Jahveh fut tellement exalté au-dessus de l'uni-

----

(1) Ὄσσα Διὸς ἄγγελος. *Iliade*, II, v. 93-94.

vers qu'il en devint incompréhensible dans son
essence, — comme le dit formellement l'auteur de
l'*Ecclésiastique* (XLIII, 32-36), — ou simplement dès
qu'il fut conçu comme trop pur pour venir en
contact direct avec la matière, ce furent ces intermédiaires abstraits qu'on investit de la puissance
active et créatrice. Aussi ne fut-il pas difficile aux Juifs
hellénisants d'Alexandrie, à Aristobule, à Philon surtout, de les synthétiser dans une sorte d'hypostase qui,
sous le nom grec du *Logos,* ressemblait singulièrement
à l'*anima mundi* des stoïciens et au monde intelligible
du platonisme.

Chez les Hindous, les brahmanes eurent soin de
maintenir, dans leur système religieux, les principales divinités populaires, en plaçant à leur tête les
trois grands dieux de l'époque post-védique : Brahma,
Vishnou et Çiva, regardés eux-mêmes comme les hypostases d'un Brahma neutre et impersonnel. A cet effet,
inspirés sans doute par les nécessités du culte, ils
enseignaient, à côté de leur métaphysique idéaliste
qui voyait dans l'univers un produit de l'illusion
universelle, une sorte de théologie exotérique qui
laissait une certaine réalité objective au monde des
hommes et des dieux. Le Brahma impersonnel était
censé tirer l'univers de sa propre substance, à la façon
de l'araignée qui tire sa toile de son propre corps,
pour le réabsorber ensuite par une série sans limites
d'évolutions et de dissolutions (¹).

(¹) BARTH, *Religions de l'Inde,* p. 47.

Syncrétisme religieux.

Le premier corollaire d'une religion véritablement panthéiste est non seulement la tolérance de
tous les cultes, mais encore une tendance à les
embrasser tous dans un même syncrétisme. Le Dieu
un est le même pour tous; dès lors, qu'importe le
nom qu'on lui donne? Quant aux dieux secondaires,
ne sont-ils pas tous également des hypostases équiva-
lentes et échangeables de la Divinité? Qui les adorerait
tous ne pourrait encore saisir, dans la totalité de ses
faces, l'unité divine qui se reflète à travers l'infinité
des êtres et des choses. Nous avons déjà vu comment,
en Égypte, les dieux étaient regardés tantôt comme les
membres, tantôt comme les différents noms de l'Être
unique, sans que la conception de ce dernier portât
atteinte à leur existence, soit dans la vénération populaire, soit même dans la spéculation théologique.
Chez les Hindous, on s'arrêta au système des incar-
nations ou avatars (*litt.* descentes), pour englober dans
le brahmanisme les divinités locales qui pouvaient
faire échec au culte des dêvas. Le Bouddha lui-même
devint ainsi une incarnation de Vishnou ([1]).

A Rome également prévalut de plus en plus la conviction que les dieux de tous les peuples se valent ou
plutôt qu'ils se rapportent aux mêmes forces déifiées
et qu'ils font partie d'un même ordre divin. Tout le
monde a entendu parler de l'oratoire construit par

([1]) Réciproquement, au Japon, les bouddhistes enseignèrent que les
dieux du shintoïsme étaient des manifestations du Bouddha. (*Religious
Systems of the World*, p. 90.)

Alexandre Sévère, où se trouvaient placés côte à côte Apollonius de Tyane, Jésus, Abraham, Orphée, Alexandre le Grand. Ce même empereur, dont le règne marque l'apogée de la tolérance religieuse à Rome, participait indifféremment aux cultes en l'honneur de Jupiter, de Mithra, de Sérapis et de Baal. On raconte même qu'il songea à construire un temple au Christ; en tout cas, il est admis qu'il fit restituer aux chrétiens une église du Transtévère, qui avait été autrefois un édifice public et que leur disputait l'administration.

M. Jean Réville a fait ressortir très judicieusement — dans son *Histoire de la religion à Rome sous les Sévères,* qui pourrait tout aussi bien s'intituler : « Comment finit le paganisme » — que cette tendance syncrétiste eut à la fois pour effet de prolonger l'existence et de faciliter la chute des anciennes croyances, lorsqu'elle amena tous les cultes du temps à se concentrer dans un vague monothéisme solaire [1]. Les dieux des anciens panthéons nationaux restaient trop particularistes, trop compromis par leur passé mythologique pour se prêter au rôle nouveau qu'on voulait leur faire jouer. D'autre part, les abstractions des écoles théosophiques, la raison, la sagesse, le verbe même, manquaient des éléments vivants et anthropomorphiques, qui pouvaient leur attirer l'hommage et la sympathie des masses. Le jour où, au sein de la théologie alexandrine, l'hypostase du Logos prit corps dans la personne de Jésus, déjà devenue le centre

---

[1] *La religion à Rome sous les Sévères.* Paris, 1886, chap. X.

d'une doctrine morale qui répondait aux aspirations de l'époque, ce jour-là, on eut la religion destinée à vaincre toutes ses rivales, pour présider pendant plus de quinze siècles aux destinées de la culture occidentale.

La théodicée du christianisme.

On a fréquemment discuté la question de savoir si l'avènement du christianisme avait hâté la fin de l'ancien monde; et, par suite, s'il fallait le tenir pour responsable de la longue nuit intellectuelle du moyen âge. La vérité est que l'ancien monde était irrévocablement condamné et que le christianisme lui-même participa à la décadence qui suivit la chute du paganisme antique. Je n'ai pas à retracer ici l'histoire de la théologie chrétienne durant les siècles qui suivirent. Cette théologie oscilla longtemps entre le monothéisme qui tendait à voir dans les personnes de la Trinité de simples hypostases de la Divinité et un véritable trithéisme qui s'efforçait d'accentuer la distinction des trois personnes au détriment de l'unité divine. La conciliation de ces deux termes extrêmes restait impossible; ce fut un *mystère,* que le croyant dut admettre sans prétendre à l'éclaircir. Ainsi le décida l'Église, devenue l'interprète vivante de la révélation.

Sans doute, l'idée de Dieu ou à proprement parler la théologie donna lieu pendant notre moyen âge à des spéculations sans nombre. Mais elles restèrent confinées dans le lit de Procuste d'une orthodoxie qui n'était souvent qu'une cote mal taillée entre des opi-

nions contradictoires. Nominalistes et réalistes, rationalistes et mystiques furent proscrits tour à tour,
quand ils voulurent tirer les conséquences logi-
ques de leurs principes respectifs. Nous ne pouvons que nous incliner avec respect devant les travaux de penseurs tels que Duns Scott, Roger Bacon,
Abélard, saint Bernard, saint Thomas, David de
Dinant et Albert le Grand, qui entretinrent, en ces
jours sombres, le foyer de la culture philosophique.
Cependant, quelques services que certains d'entre
eux aient rendus à l'élaboration de la méthode,
quelque influence que certains autres exercent encore
dans les milieux orthodoxes, les travaux de la scolas-
tique n'ont guère plus contribué à l'avancement du
problème religieux que l'explosion intermittente et
souvent désordonnée des hérésies successivement
étouffées dans le sang.

Enfin, la Réformation rouvrit à l'esprit de libre
examen une porte par laquelle ne tarda pas à entrer
la critique philosophique, et celle-ci, à qui le mouvement de la Renaissance venait d'imprimer un nouvel
et vigoureux essor, recommença, sur les dogmes du
christianisme, l'opération qu'elle avait accomplie, une
fois déjà, sur la théodicée du paganisme grec.

Dieu ramené à l'unité absolue.

L'idée de Dieu fut ainsi ramenée à l'unité, dégagée
de ses fonctions mythiques, soustraite aux limitations de l'anthropomorphisme, dépouillée de tout
attribut commun à la nature humaine; tant qu'entre
les mains de l'idéalisme allemand, marchant sur les

traces de Spinoza, elle est redevenue la conception de l'Être unique et absolu. Même l'intelligence, la justice et l'amour ont été contestés de nouveau à la Divinité, parce que ces qualités impliquent la notion d'un être personnel, et par suite, limité. Le pessimisme lui accorde tout au plus une sorte de volonté inconsciente. L'évolutionnisme la réduit ou, si l'on veut, l'élargit à n'être plus que « l'Énergie infinie et éternelle de qui procèdent toutes choses » ([1]), si bien que nous voilà revenus de toutes parts à l'inaccessible des derniers néo-platoniciens.

En réalité, ce n'est pas à l'existence de Dieu que se sont attaquées la philosophie et la science modernes. Certains philosophes peuvent nous interdire d'y songer, mais pour peu que nous y songions — et n'y songerons-nous pas toujours? — nous ne cesserons de retrouver cette notion dans notre conscience, comme le fondement même de toute existence relative. Ce que la science a proscrit, c'est la croyance aux éons, aux avatars, aux médiateurs, aux « dieux seconds », en un mot, et c'est là ce qui complique d'une difficulté nouvelle le problème de toute rénovation religieuse.

Nous venons de voir comment la philosophie antique, grâce à l'expédient des hypostases et des émanations divines, trouvait moyen, non seulement de caser dans un système rationnel les divinités des cultes antérieurs, mais encore d'en créer de nouvelles, quand elle supprimait les anciennes. Aujourd'hui, s'il est un axiome qui est entré au plus profond de notre

___

([1]) HERBERT SPENCER, *Ecclesiastical Institutions*, p. 843.

intelligence, c'est que tous les phénomènes sont régis
par des lois et qu'en dehors du monde contingent
ainsi organisé, il n'y a place que pour la conception
de l'Être absolu, dont procèdent toutes choses. Dieux
et démons ont disparu sans retour, ou, du moins,
si leurs équivalents existent quelque part dans l'univers, nous n'admettons plus qu'ils puissent se faire
sentir ni même connaître sur notre planète, et nous
sommes de plus en plus tentés de faire nôtre la parole
de Cicéron : « Ne pensez pas qu'une Divinité puisse
nous tomber du ciel, comme dans les fables, pour
fréquenter les réunions humaines, errer sur la terre
et converser avec les mortels (1). »

S'il reste des intermédiaires entre les hommes et
Dieu ainsi conçu, ce ne peut être que nos facultés
mêmes, comme la raison, la conscience, ou des
abstractions, comme l'ordre moral, la loi du progrès,
l'humanité, etc. Mais ce ne sont là que des entités,
sans existence personnelle et distincte; elles ne
peuvent prendre corps, pour ainsi dire, que si l'on
en fait l'attribut de quelque chose ou de quelqu'un. C'est ainsi que l'unitarisme et, en général, les
communions rationalistes du christianisme moderne
en sont venues à vénérer l'idéal dans l'homme qui,
à leurs yeux, s'en est le plus rapproché, si même
il ne l'a réalisé dans toute sa plénitude. C'est ainsi
encore que les positivistes, en proclamant la religion
de l'humanité, n'ont fait, en quelque sorte, qu'organiser le culte des types qui ont le plus contribué au

(1) *De haruspicum responsis*, 28.

17

développement de la société humaine. Toutefois, il
faut reconnaître que les grands hommes du calendrier
comtiste, et même le Jésus des protestants libéraux,
n'ont plus rien d'une hypostase, c'est-à-dire d'un être
surhumain, soustrait aux conditions normales de
l'humanité, intermédiaire nécessaire et permanent de
la Divinité dans ses relations avec le monde.

Nous en revenons donc toujours à l'Être inconnu
et inconnaissable des derniers Alexandrins. Toutefois,
il me semble que, ni la religion, ni la philosophie,
ni même la science ne nous réduisent à nous confiner
dans cette solution purement négative.

L' « Énergie éternelle et infinie dont procèdent toutes choses ».

On sait ce que l'Inconnaissable est devenu entre les
mains d'Herbert Spencer, qui, dans sa brillante et
hardie généralisation scientifique, non seulement établit la validité de la croyance à l'existence positive de
l'Absolu, mais encore attribue à cette Réalité suprême
un caractère d'unité, d'activité, d'omniprésence, d'éternité; si bien qu'il arrive à en faire « l'Énergie infinie
et éternelle dont procèdent toutes choses » ([1]).

([1]) Ceci a été reproché à M. Spencer comme une contradiction et une
inconséquence. Peut-être l'illustre représentant de l'évolutionnisme
eût-il mieux fait d'employer le terme d'*incompréhensible* pour marquer notre impuissance à exprimer ou même à concevoir d'une façon
adéquate l'essence ainsi que les attributs de cette énergie ultime. Mais
lui-même prend soin de distinguer deux espèces de connaissance : la
conscience définie, dont la logique émet les lois, et la conscience
indéfinie, qui ne peut être formulée qu'à l'aide de symboles. C'est
comme objet de cette connaissance imparfaite qu'il qualifie d'inconnaissable la notion de la réalité suprême. (*Premiers principes,* § 26.)

A la vérité, il refuse de lui assigner les attributs de
la conscience, de la bonté, de la personnalité, telles que
nous les concevons dans le système de nos relations
avec le monde fini; mais c'est simplement, explique-
t-il, à raison de notre impuissance à saisir les véritables modes de l'infini : « Rien n'empêche qu'il
n'existe un mode d'existence aussi supérieur à l'intelligence et à la volonté que celles-ci le sont au mouvement mécanique. Nous sommes sans doute totalement
incapables de concevoir un pareil mode d'existence;
mais ce n'est pas une raison de le révoquer en doute,
c'est plutôt le contraire. Si la cause intime ne peut
être conçue, n'est-ce pas parce qu'elle est, en tout, plus
grande que ce qui peut être conçu ([1])? »

« The Power that makes for righteousness. »

Certains disciples de Spencer — ce qu'on pourrait
appeler l'aile droite de l'évolutionnisme — sont
même allés plus loin, parfois avec l'approbation
formelle du maître ([2]). De ce que tous les phéno-

([1]) *Premiers principes*, § 31.
([2]) Voir sa lettre au Rév. Minot J. Savage — l'auteur de la *Religion of
Evolution* (Boston, 1876) — où il le félicite d'avoir mis en lumière les
côtés religieux et éthiques des doctrines évolutionnistes. « Il est grand
temps, ajoutait M. Spencer, qu'on fasse quelque chose pour montrer
aux hommes qu'ils n'en sont pas réduits à une pure négation de leurs
précieuses croyances en religion et en morale, comme ils l'avaient sup-
posé, et qu'il leur reste, au contraire, des croyances assises, comme
vous le dites, sur un fondement précis, scientifique et inébranlable. »
Cette lettre, publiée avec l'autorisation de M. Spencer, dans le *Christian Register*, de Boston (29 mars 1883), est d'autant plus significative,
que M. Savage attribue à l'évolution une fin morale en quelque sorte
prédéterminée.

mènes observables, c'est-à-dire les manifestations
contingentes de l'Énergie, se réalisent suivant des lois,
ils ont conclu que le règne de la loi est un mode
de fonctionnement de l'Inconnaissable, et ils s'en sont
prévalus pour attribuer au pouvoir suprême, sinon
un but conçu et voulu à la façon des objets poursuivis
par l'homme, du moins une tendance à assurer le
fonctionnement de l'ordre universel dans le monde
moral comme dans le monde physique. « Bien qu'une
pareille tendance, fait observer M. John Fiske, ne
puisse être considérée comme la manifestation d'un
dessein, dans le sens limité de l'anthropomorphisme,
cependant elle reste l'aspect objectif de ce que nous
appelons dessein, quand nous l'envisageons sous son
aspect subjectif (¹). »

En effet, non seulement l'ordre existe dans l'univers,
mais cet ordre progresse, comme nous l'enseignent
tour à tour l'astronomie, la géologie, la paléontologie
et l'histoire de la civilisation. Ce progrès se fait sentir
d'abord dans le domaine physique, où il se traduit par
la complexité et par l'adaptation croissantes des organismes, ensuite dans le domaine spirituel, où il se
révèle par l'apparition et le développement de la moralité. Ainsi, « l'Énergie infinie et éternelle dont procèdent toutes choses » devient un pouvoir ordonnateur,
dont nous sommes autorisés à dire qu'il tend au bien,
alors même que sa fin ultime nous échapperait toujours.

Je n'ai pas ici à prendre parti entre les diverses

(¹) *The idea of God as affected by modern knowledge.* Boston,
1891, p. xxiv.

explications du monde qui ont été produites de nos
jours, ni même à énumérer en détail des systèmes dont
l'exposé rentre plutôt dans une histoire de la philosophie. Si j'ai insisté sur la théologie de l'évolutionnisme, c'est surtout parce que la vogue de cette philosophie nous force à lui accorder une attention spéciale
et aussi parce que, de toutes les grandes synthèses
contemporaines, c'est celle qui rompt le plus radica-
lement avec les traditions comme avec les méthodes
du passé. Mais je serai le premier à reconnaître qu'il
serait injuste de lui réserver le monopole de la conformité aux injonctions de la science. A côté de ceux qui
tentent de compléter la doctrine de Spencer dans la
voie indiquée par les exigences de notre nature spirituelle et morale, il convient de rappeler globalement
les efforts des penseurs qui sont restés fidèles, dans
leurs constructions philosophiques, à la méthode toujours légitime de l'observation interne, sans se mettre
en contradiction avec les faits établis par l'observation
désintéressée de la nature, mais en faisant désormais
une part plus grande aux idées d'immanence ainsi
que de développement. On peut dire que, sous ce
rapport, l'idéalisme allemand avait depuis longtemps
pressenti et devancé les généralisations de la science
actuelle.

Telle est l'attitude qu'ont prise, notamment, MM. Ro-
bert Flint, Thomas Green, Francis Newman, James
Martineau, Mathew Arnold en Angleterre; Pfleiderer,
Wundt et les néo-hégéliens en Allemagne; Paul Janet,
Vacherot, Secrétan, Fouillée en France; R. Waldo

Emerson et Francis E. Abbot aux États-Unis; — soit qu'ils choisissent la volonté, de préférence à la force, pour exprimer, en termes tirés de notre expérience, l'action du pouvoir placé à la source des choses; — soit qu'ils regardent l'esprit et la matière comme deux faces d'une même réalité mystérieuse, s'élevant dans l'homme, à la conscience d'elle-même; — soit qu'ils cherchent dans nos aspirations morales le reflet d'un idéal supérieur révélant à la fois l'existence objective et la nature essentielle de la Divinité. Il est impossible de prédire dans quelle mesure ces spéculations sont respectivement destinées à influencer la théologie de l'avenir. Le point essentiel, c'est que — malgré toutes leurs divergences sur des questions où l'histoire de la métaphysique nous a habitués à la multiplicité des opinions — les systèmes dont je viens d'énumérer les représentants les plus connus sont d'accord pour voir, dans l'histoire du monde, une évolution, dont le développement progressif atteste la présence univer- selle et l'action incessante d'un éternel pouvoir qui, suivant l'expression de Mathew Arnold, « travaille pour la droiture ».

La formule d'Herbert Spencer, ainsi élargie par celle de Mathew Arnold, fournit peut-être le point de contact entre la philosophie de l'évolution et l'école religieuse du positivisme, en permettant à ces deux systèmes de se compléter l'un l'autre sans rien aban- donner de leurs principes respectifs. « Le vif senti- ment de gratitude et d'adoration que nous portons à l'humanité — a écrit un *comtiste* américain, M. W. Frey — ne pourra que devenir plus profond et plus fort, si

nous la considérons comme une médiatrice entre les
hommes et l'Inconnaissable, parce qu'alors entrera
en jeu la corde la plus puissante du sentiment religieux, l'aspiration vers l'infini. Dans l'humanité, nous
verrons donc, non seulement un être qui s'impose par
lui-même à notre vénération, mais encore la seule
représentation que nous puissions concevoir de l'infini,
et les lois morales que nous faisons découler de nos
relations avec l'humanité deviendront un reflet des lois
suprêmes de l'univers, auxquelles tous nous devons
obéir, si nous voulons éviter des châtiments (¹). »

D'autre part, cette conclusion permet également
de combiner le fait de la liberté humaine avec les
exigences du déterminisme scientifique, pour peu que
l'on consente à admettre la théorie des idées-forces,
si brillamment exposée en France par M. Alfred
Fouillée.

Suivant ce philosophe, l'idée de liberté, une fois
développée dans l'esprit humain, amène une orienta-
tion nouvelle de notre activité; « cette idée se réalise
en se désirant ». Quant à la façon dont elle s'est
formée, on doit la tenir pour un produit naturel et
logique de l'évolution, l'épanouissement d'un germe
répandu dans la nature entière, en tant que manifestation de la volonté primordiale. « Au début, guerre
universelle des forces, fatalité brutale, mêlée infinie
des êtres s'entre-choquant, sans se connaître, par une
sorte de malentendu et d'aveuglement; puis, organisation progressive qui permet le dégagement des con-

(¹) Voy. l'*Index* de Boston, 8 août 1882

sciences, et, par cela même, des volontés; union progressive des êtres se reconnaissant peu à peu comme
frères. La mauvaise volonté serait transitoire et
naîtrait, soit des nécessités mécaniques, soit de l'ignorance intellectuelle; la bonne volonté, au contraire,
serait permanente, radicale, normale, et viendrait du
fond même de l'être. La dégager en soi, ce serait
s'affranchir du passager et de l'individuel, au profit du
permanent et de l'universel. Ce serait devenir vraiment
libre, et, par cela même, ce serait devenir aimant ([1]). »

On ne peut donc contester qu'il existe de nos
jours tous les éléments d'une foi monothéiste conci-
liable avec les exigences de la raison la plus difficile.
Tout ce que postule aujourd'hui la science, c'est
l'unité du pouvoir producteur et l'immutabilité des
lois suivant lesquelles il se manifeste. Or, ces axiomes,
comme l'a si bien fait ressortir M. James Martineau([1]),
n'embarrassent même pas la religion d'une idée nouvelle; ils doivent être les bienvenus près de ceux qui
regardent l'univers comme l'œuvre d'une intelligence
unique ou, tout au moins, d'une force unique se
dirigeant vers un but ([2]).

([1]) A. FOUILLÉE, *La liberté et le déterminisme.* Paris, 2e édit.,
p. 355-356.
([2]) *A Retrospect of the Religious Life of England.* Londres, 2e édit.,
1876, p. 32.

CHAPITRE VI.

J'ai recherché jusqu'ici de quelle façon l'idée de Dieu s'est développée dans la conscience des hommes. Il nous reste à examiner les modifications correspondantes que cette évolution théologique a produites dans les ressorts intimes et dans les manifestations extérieures du culte. La théologie, quelque intérêt qu'on puisse individuellement attacher à la discussion de ses problèmes, prend surtout de l'importance dans la mesure où elle forme le caractère et influence la vie de l'homme.

L'évolution des mobiles du culte.

Des trois mobiles qui, dès le début, constituaient les principaux facteurs de la religion, — la crainte, l'admiration, la sympathie, — le premier finit par ne plus se manifester que dans les émotions provoquées par la pensée de l'absolu, par le contraste de la fragilité humaine avec l'irrésistible puissance de l'évolution universelle, par la certitude du châtiment qui, dans le domaine moral comme dans le domaine physique, suit tôt ou tard toute tentative pour violer l'ordre du monde; il prend surtout la forme de respect pour la loi morale et pour son mystérieux auteur.

Le second facteur, d'irréfléchi devient raisonné :
l'admiration pour l'œuvre divine se fait d'autant plus
profonde qu'avec l'aide de la science, on arrive à se
créer une idée plus haute et plus large de l'harmonie
universelle. Enfin, ces deux éléments tendent à s'absorber dans le troisième, qui seul peut faire tomber
les barrières entre l'homme et la Divinité.

Transformation de l'amour envers Dieu.

Le vieil adage : *Si vis amari, ama*, trouve ici son
application. Quand on s'est cru aimé des dieux, on
n'a pas tardé à leur rendre la pareille, et ce sentiment, presque nul au début de l'évolution, est devenu
d'autant plus large et vigoureux qu'il s'est doublé de
respect pour la supériorité morale de la Divinité.
Alors on n'a plus évité le péché ou pratiqué la vertu
en prévision d'une rémunération dans ce monde ou
dans l'autre, mais simplement pour plaire à l'objet de
son amour.

La croyance aux rémunérations de la vie future,
quelque forme qu'elle revête, — métempsycose, survivance de la personnalité, résurrection des corps, —
peut s'affaiblir et disparaître. L'amour divin, là où il est
assez puissant, peut la remplacer efficacement, comme
principal mobile de moralité et de charité; j'ajouterai
même que c'est un mobile plus noble, car il est plus
désintéressé (¹). La religion de l'impératif catégorique

(¹) Abélard faisait déjà observer que la terreur de l'enfer est sans
valeur morale et que le seul repentir sincère est celui qu'inspire, non
la crainte du châtiment, mais l'amour de Dieu. (Cf. PFLEIDERER, *Philosophy of Religion*, t. IV, p. 259.)

constitue certes un ressort tout aussi sûr et tout aussi
élevé. Mais, en commandant le devoir, parce qu'il est
le devoir, elle reste à l'état d'une philosophie sévère
et abstraite qui, comme le stoïcisme d'autrefois, ne
sera jamais que l'apanage d'une élite. L'amour est
accessible à tous, — soit qu'il ait pour objet le Dieu
des chrétiens, mourant sur la croix pour le rachat de
l'humanité, ou le sage de Kapilavastu se dérobant au
nirvâna pour enseigner aux hommes la voie de la
délivrance, — soit qu'il se concentre sur le Pouvoir
sans limites, dont l'univers entier est la manifestation
harmonieuse, ou qu'il s'adresse au grand Être-Humanité, dont Comte s'est fait le révélateur et l'apôtre.

C'est ce qu'ont senti toutes les religions supérieures, non seulement le christianisme, mais encore
les sectes mystiques du brahmanisme et même de
l'islam, quand elles ont imaginé de placer, comme
mobile supérieur de nos actes, au-dessus de la connaissance et même de l'obéissance, l'amour, ou plutôt
le désir de réaliser l'union la plus complète possible
avec la Divinité.

L'amour divin, il est vrai, reste susceptible d'aboutir à un mysticisme où l'homme s'absorbe dans des
contemplations stériles et des extases égoïstes. On
l'a bien vu dans l'Inde, où les effusions de l'amour
divin ont toujours abouti à un ascétisme qui est
la négation de l'action et même de la pensée. Mais,
de même que l'amour divin a des degrés, il comporte aussi des formes de valeurs inégales. Quand on
arrive à assigner le bien du monde pour but essentiel à la Divinité et quand c'est précisément cette

conception de la fonction divine qui fait vibrer les cordes sympathiques du cœur humain, le désir de complaire à l'être qu'on aime par-dessus toutes choses s'affirme, non comme un sentiment exclusif et jaloux, mais comme un désir irrésistible d'aimer ce qu'il aime ; il devient l'amour des hommes en Dieu ; bien plus, franchissant les limites de l'humanité, il enveloppe toutes les créatures dans une commune sympathie, qui va jusqu'à sonder les espaces avec le flambeau de l'imagination, pour souhaiter, dans d'autres mondes, des êtres à chérir et à aider un jour.

Après avoir rappelé que le premier commandement consiste à aimer Dieu de tout son cœur, de toute son âme, de toute sa pensée et de toute sa force, Jésus n'a-t-il pas ajouté que le second, enjoignant d'aimer son prochain comme-soi-même, est « identique au premier »? (*Matt.* XXII, 36-40.) « L'amour est pratique de sa nature, écrivait, en 1879, le grand mystique du brahmaïsme, Keshub Chunder Sen. S'il est sincère, il doit aboutir à l'action. S'il reste inactif, ce n'est pas de l'amour (¹). » Je n'ai pas à insister sur le magnifique développement d'œuvres charitables et philanthropiques qui est sorti et qui sort encore du mouvement wesleyen chez les peuples anglo-saxons. Il prouve, mieux que tous les raisonnements, comment le mysticisme, quand il tombe sur un terrain propice, peut revêtir un caractère essentiellement fécond et pratique, en unissant l'amour des hommes à l'amour d'un dieu conçu comme la source de toute activité

(¹) *Brahmo Public Opinion*, du 23 janvier 1879.

morale. La vie d'un Channing ou d'un Théodore Parker, d'un Ram Mohun Roy ou d'un Keshub Chunder Sen, les œuvres fondées et développées, tant en Angleterre qu'en Amérique et sur le continent européen, par les protestants libéraux de toutes nuances, prouvent que la source religieuse de ce dévouement à l'humanité n'est pas même dans la croyance à une révélation surnaturelle, mais dans un sentiment de fraternité engendré par la communion en Dieu et dans un désir désintéressé de participer à l'œuvre divine de la régénération humaine.

Cette évolution du sentiment religieux ne s'est pas opérée tout d'un coup ; on peut en suivre le développement graduel dans l'histoire des diverses institutions religieuses qui concourent à former le culte.

Disparition des éléments inférieurs du culte.

J'ai montré, à la fin du second chapitre, que les manifestations extérieures ou pratiques de la religiosité humaine pouvaient se ramener, même chez les peuples les plus arriérés, aux cinq éléments suivants : la prière, l'offrande, la conjuration, la divination et le symbole. — Parmi ces éléments, il en est de rebelles à tout progrès et même à toute transformation. Tels semblent les procédés de la sorcellerie, qui sont restés parmi nous ce qu'ils étaient dans l'antiquité, ce qu'ils sont encore chez les non-civilisés de notre époque. Le développement religieux s'est fait à côté d'eux et en dehors d'eux. Partout rejetés ou dédaignés

par les Eglises modernes, ils se sont réfugiés dans les
classes inférieures ou, s'ils ont gardé une place dans
certaines liturgies officielles, c'est à condition de
reporter sur l'intervention libre de la Divinité tout le
mérite de leur efficacité traditionnelle. Encore, ces
survivances — concessions faites aux âmes faibles —
tombent-elles de plus en plus dans un discrédit qui en
laisse prévoir l'extinction complète.

Déjà la divination a complètement disparu au sein
des grandes religions contemporaines. La foi à l'in-
flexibilité des résolution divines ou, ce qui revient au
même, à l'immutabilité du cours des choses établi par
les dieux, eut à la vérité pour premier résultat de
communiquer à la divination, dans les polythéismes
antiques, une impulsion et une autorité nouvelles;
mais ce fut aussi le germe de sa déchéance, en tant
qu'institution religieuse; car, du jour où il rompt
avec les interventions arbitraires des puissances surhumaines pour s'en tenir exclusivement à l'enchaînement des effets et des causes, l'art de prédire l'avenir
sort du domaine religieux pour entrer dans celui de la
science. Quand l'astronomie est issue de l'astrologie,
celle-ci a subi, du coup, un arrêt de développement
définitif; l'almanach de Nostradamus en est toujours
aux procédés décrits dans les tablettes astrologiques
de l'antique Chaldée. Là encore, plus de progrès possible au delà d'une certaine limite, et, par suite,
relégation définitive de la divination parmi les superstitions populaires. Pythies et sibylles sont désormais
muettes, ou plutôt elles n'ont d'autres continuatrices
que la sorcière de village et la tireuse de cartes.

D'autres institutions, au contraire, parmi celles qui datent des origines, se sont maintenues dans le culte, parce que leur nature leur permettait de se plier aux modifications introduites dans la notion même de la Divinité.

L'évolution de la prière.

Nous avons vu qu'au début, la prière était surtout une rogation. Quand l'idée morale pénètre dans la religion, on continue sans doute à demander des biens matériels, mais en même temps on implore les puissances surhumaines, pour obtenir le pardon de ses péchés ou même pour acquérir la force de résister à la tentation. La littérature biblique n'a pas d'accents de contrition plus élevés que certains hymnes chaldéo-assyriens, justement nommés par François Lenormant des *Psaumes de la pénitence*, ou que les strophes de quelques chants védiques adressés aux dieux justiciers et miséricordieux, Varouna, Agni, Aditi, etc.

Un nouveau pas est franchi, lorsque, au lieu de demander aux dieux des faveurs déterminées, on s'en remet à leur clairvoyance et à leur bonté, sous pré-texte que nul ne sait mieux ce qui convient à leurs adorateurs. Ce sont les paroles de Jésus, au jardin de Gethsémané, impliquant le complet abandon de soi-même entre les mains d'une Providence toute-puis-sante et toute aimante. « O mon Père, que ta volonté soit faite et non la mienne. » (*Luc*, XXII, 42.)

La prière peut-elle survivre au rejet de la croyance dans les interventions intermittentes et arbitraires de la Divinité? Il n'y a pas de motif pour qu'elle ne

persiste comme expression subjective des aspirations
religieuses les plus élevées de l'homme; c'est alors une
manifestation spontanée des sentiments de gratitude,
d'admiration, d'amour, que l'homme éprouve devant
le développement normal de l'œuvre divine. La prière
peut disparaître comme rogation : elle restera, aussi
longtemps que le sentiment religieux lui-même,
comme invocation, comme hommage et surtout
comme promesse de concours moral.

La poésie, qui personnifie toutes choses, doit bien
avoir le droit de prêter à la Réalité suprême les
attributs les plus élevés de la nature humaine. Des
esprits profondément religieux ont admis, sans
renoncer à la prière, que celle-ci ne peut avoir
d'action sur la Divinité. Quand même l'homme se
persuaderait que ses invocations sont de simples
monologues, sans écho en dehors de sa propre
conscience, — comme dans les prières que les comtistes adressent à leur grand Être-Humanité, — ils
pourraient encore tirer de ces entretiens avec leur
Idéal les avantages de toute effusion qui nous élève
au-dessus du relatif et du transitoire pour nous faire
prendre pied dans le domaine de l'éternel et de
l'absolu. Cependant, c'est surtout quand on croit à
l'existence réelle d'un pouvoir omniprésent, si même
on se refuse à en définir les attributs, que la prière
ou, à proprement parler, l'invocation peut assurer de
réelles satisfactions aux facultés spirituelles, morales
et même esthétiques de l'âme humaine, comme nous
le font pressentir certaines liturgies en usage dans les
communautés du théisme ou du christianisme libéral.

L'évolution du sacrifice.

On commence par s'imaginer que les êtres surhumains mangent et boivent comme les hommes. Le
Caraïbe croyait entendre un craquement de mâchoires,
quand ses « cemis » étaient censés dévorer les provisions déposées à leur intention dans des huttes
spéciales. Les nègres de Labode prétendaient de même
entendre le bruit que faisait leur fétiche, en débou-
chant les bouteilles de rhum mises à sa portée.

Cette illusion peut être entretenue par le fait qu'à la
longue les viandes se corrompent ou deviennent la
proie des animaux, que les boissons s'évaporent ou
pénètrent dans le sol. Les Ostiaques, quand un voyageur russe a vidé, pendant la nuit, la corne remplie
de tabac qu'ils ont déposée devant leur idole, disent
que le dieu est sans doute allé à la chasse pour avoir
tant prisé (¹). Ainsi s'explique la prédominance de certains modes de sacrifice qui facilitent la disparition de
l'offrande, par exemple, l'enfouissement ou l'immer-
sion des objets, quand il s'agit des divinités soit
souterraines, soit aquatiques, et l'incinération, quand
il s'agit de dieux célestes ou atmosphériques.

C'est surtout le feu qu'on charge volontiers de cette
mission, non seulement parce qu'il volatilise rapide-
ment tous les objets combustibles, mais encore parce
qu'il laisse l'impression de les avoir emportés au ciel
avec la fumée : « O Agni, dit le Rig Véda, seule
l'offrande que tu enserres de toutes parts pénètre

(¹) Tylor, *Civilisation primitive*, t. II, p. 490-491.

intacte jusqu'aux dieux (¹). » — Aussi le feu, personnifié comme agent du sacrifice, prend-il une importance particulière, lorsqu'on commence à loger dans
le ciel les divinités les plus puissantes et les plus
secourables. Les Védas l'appellent « le prêtre divin
désigné pour le sacrifice » (²). Les Proto-Chaldéens le
nomment « grand-prêtre sur la surface de la terre » (³);
les Chinouks le supplient d'intercéder près du Grand-
Esprit pour leur faire obtenir des chasses abondantes,
des chevaux rapides et beaucoup d'enfants mâles.
Chez les Égyptiens, Ptah, le dieu du feu cosmique,
avait un fils, Imboteb, dont le nom signifie : « Je viens
dans l'offrande » (ou : dans la paix), et qui personnifiait,
au dire de M. Tiele, le feu du sacrifice réglé par le
livre sacré (⁴).

Spiritualisation de l'offrande.

L'habitude de confier les offrandes au feu engendre
la croyance que les dieux se bornent à en absorber
l'essence, quand on la leur transmet sous forme de
fumée ou de parfum. Telle est l'idée du Peau-Rouge
qui fume son calumet en l'honneur du Grand-Esprit.
« Feu et Terre, s'écriait un Osage, fumez avec moi et
aidez-moi à vaincre mes ennemis. » Les frères Lander
racontent que, dans un village sur le Niger, comme ils
avaient fait tuer un bœuf, les indigènes leur demandèrent de le faire rôtir au-dessous d'un certain fétiche,

(¹) *Rig Véda*, I, 1, 4.
(²) *Ibid.*, I, 1, 1.
(³) *Religions de l'Égypte et des peuples sémitiques*, p. 176.
(⁴) *Ibid.*, p. 64.

afin que celui-ci profitât de l'odeur de la viande (¹). Au même ordre d'idées se rattachent les offrandes de graisse brûlée, qu'on trouve chez tant de peuples, depuis les Juifs et les Grecs jusqu'aux Zoulous, ainsi que la combustion d'encens ou de parfums qu'on rencontre chez un plus grand nombre de nations encore. « L'odeur, constate Homère, s'élevait jusqu'au ciel en tourbillon de fumée » (²), et on sait que les holocaustes ont été longtemps « d'agréable odeur à l'Éternel » (³).

D'autre part, à mesure que l'on fait, jusque dans les choses, la distinction de l'âme et du corps, on tend à admettre que les êtres surhumains se bornent à absorber le principe spirituel, le *double* de l'offrande. J'ai déjà cité la réponse d'un nègre, que ce n'était pas l'arbre qui mangeait l'offrande, mais bien l'esprit de l'arbre qui absorbait l'esprit de l'offrande. Certains critiques ont déclaré que cette interprétation était trop raffinée pour être vraie. Cependant, nous la rencontrons plus ou moins explicitement formulée dans bien d'autres parties du monde.

Dès lors — conséquence remarquable — peu importe ce que deviendra l'offrande elle-même. On peut la jeter, la laisser se corrompre, l'abandonner aux animaux, aussi bien que l'enfouir ou la brûler; on peut aussi la manger soi-même. C'est même cette dernière coutume qui tend à prévaloir — d'abord

---

(¹) R. et J. LANDER, *Journal d'une expédition sur le Niger*. Paris, 1832, t. III, p. 118.
(²) *Iliade*, I, 317.
(³) *Lévitique*, I, 17.

parce qu'ainsi, il n'y a rien de perdu — ensuite parce
que c'est un moyen d'entrer en communion avec les
dieux par la participation à un repas, en même
temps que de donner au sacrifice un caractère de
solennité, de fête sociale et religieuse. — Telles sont
certainement les idées qui se retrouvent à l'origine
des banquets sacrificiaux communs à toutes les religions organisées. On a vu plus haut que les indigènes
du Minnesota expliquaient leurs repas funéraires, en
disant que le défunt absorbe la partie spirituelle de
l'offrande, alors qu'eux-mêmes en mangent la partie
matérielle (¹). Parfois, cette dernière est abandonnée
aux prêtres, qui sont ainsi directement intéressés à
la multiplication des sacrifices : « Ce qui restera
du gâteau sera pour Aaron et ses fils » (*Lévit.*, II, 3).
Ou, enfin, elle est donnée aux pauvres, comme on
le voit dans certains temples de l'Inde contemporaine.(²).

Le don devenu un hommage.

La croyance que les dieux absorbent seulement

(¹) Il est intéressant de constater qu'une superstition analogue a
survécu dans des pays européens où l'on croit que le repas des survivants contribue au rachat des âmes. On a encore constaté récem.
ment, dans certaines localités flamandes, l'usage de confectionner,
au jour des Trépassés, des *pannekocken* qu'on mangeait au profit
des défunts. Chaque crêpe ainsi avalée rachetait une âme. MM. Henry
Havard et Ginisty rapportent respectivement qu'à Bruges et à Dixmude
on payait, en conséquence, certains individus pour manger le plus
possible de ces gâteaux, aussi indigestes pour les vivants qu'efficaces
pour les morts.

(²) A. CHEVRILLON, dans la *Revue des Deux Mondes*, du 1ᵉʳ mars 1891,
p. 100.

l'âme de la victime, jointe à la conviction croissante que leur existence et leur félicité ne dépendent pas de la générosité humaine, en diminuant l'importance objective du sacrifice, tendent à y faire prévaloir la notion d'hommage sur celle de don réel ou de service rendu.

D'où deux conséquences assez contradictoires en apparence, l'une qui se traduit par une aggravation, l'autre, par une atténuation du sacrifice.

D'une part, puisque c'est l'intention qui fait le mérite du sacrifice, sa valeur sera d'autant plus grande que le fidèle s'infligera une plus grande privation ou qu'il offrira un objet plus précieux à ses propres yeux. Chez les Grecs, — où l'hospitalité était une institution sacrée, sous la protection spéciale de Zeus, — il fut un temps où l'immolation des étrangers était un des sacrifices les plus chers au Zeus lycien ([1]). On sait combien les Sémites attachaient d'efficacité au sacrifice du premier-né. Quand le roi de Moab se vit assiégé dans sa capitale par les forces réunies d'Israël, de Juda et d'Édom, il sacrifia son fils aîné sur les remparts, et ce spectacle frappa les alliés d'une telle terreur qu'ils s'empressèrent de lever le siège. De même, quand Carthage fut réduite à toute extrémité, on força les meilleures familles à livrer leurs premiers-nés pour être brûlés dans la grande statue creuse de Baal Hamman; hideux sacrifice qui n'empêcha pas le triomphe de Rome. De là encore, l'idée, toujours en faveur dans certaines religions, que l'abandon total

____

([1]) Cf. A. MAURY, *Religions de la Grèce antique*, t. I, p. 184.

de la personne et des biens constitue, aux yeux de la
Divinité, le sacrifice le plus méritoire, parce que c'est
le plus complet; de là, aussi, cette forme d'ascétisme
qui consiste à s'imposer des abstinences et des jeûnes,
regardés comme un procédé expiatoire, ou même à se
refuser systématiquement, dans le seul but de plaire
à la Divinité, tout ce qui n'est pas indispensable
au strict entretien de la vie réduite à sa plus simple
expression.

Atténuation du sacrifice.

D'autre part, puisqu'il s'agit seulement d'un hommage, l'intention doit suffire, et on n'hésitera pas à
offrir la partie pour le tout, l'inférieur pour le supérieur, le simulacre pour la réalité. C'est surtout dans
la disparition du sacrifice humain qu'on peut constater
l'avantage de cette triple méthode.

A. *La partie pour le tout.* — Telle est l'origine des
mutilations religieuses où l'homme — et particulièrement le prêtre, qui est censé se donner tout entier à la
Divinité — sacrifie une partie de son corps en remplacement de son être entier, tantôt par l'ablation d'une
phalange, d'une dent, d'un morceau de chair, d'une
touffe de cheveux, tantôt par une scarification, c'est-
à-dire par une petite saignée périodiquement renou-
velée.

Au temps de Claude, les druides, qui avaient jadis
pratiqué le sacrifice humain, se bornaient à verser sur
l'autel un peu de sang ([1]). C'est également ce qui se

([1]) Pomponius Mela, *de Gallia,* liv. III, chap. II (dans les *Rerum
Gallicarum Scriptores.* Paris, 1758, t. I, p. 51).

passa dans l'Inde, où les brahmanes avaient maintenu,
dans certaines solennités, l'offrande de sang humain,
mais seulement « jusqu'au quart de ce que peut con-
tenir une feuille de lotus » (¹). En Grèce, Pausanias
rapporte qu'à Sparte, l'autel d'Artémis devait être
arrosé avec le sang de victimes humaines tirées au
sort. Lycurgue les remplaça par de jeunes garçons
qu'on devait fouetter sur l'autel jusqu'au sang (²). Dans
l'Amérique centrale, où le sacrifice humain atteignait
des proportions monstrueuses, Quetzacoatl, le moins
sanguinaire des dieux mexicains, passait pour y avoir
substitué une simple saignée (³). Enfin, il n'est pas
certain que, chez les Juifs, la circoncision n'ait servi à
une atténuation de ce genre. Nous lisons, en effet, dans
l'*Exode* que, comme Moïse, en route pour l'Égypte,
s'était arrêté dans une hôtellerie, l'Éternel alla à sa
rencontre et chercha à le faire mourir ; mais que sa
femme Séphora, pour le sauver, se hâta de circoncire
son fils (⁴).

Souvent on se borne à offrir les peaux, la tête, les
cornes, les entrailles des animaux immolés. Le dernier mot de l'atténuation, en cette matière, nous est

---

(¹) A. DE GUBERNATIS, *Mythologie des plantes,* t. II, p. 209.

(²) *Pausanias,* liv. III, ch. XVI.

(³) A. RÉVILLE, *Religions du Mexique et du Pérou,* p. 64.

(⁴) *Exode,* IV, 24-26. Cette signification originaire de la circoncision semble clairement résulter du passage de Sanchoniathon, où il
est dit qu'à la suite d'une famine et d'une peste, Cronos, après avoir
sacrifié son fils unique, se circoncit lui-même et contraignit ses com-
pagnons à se circoncire également. Cf. LENORMANT, *Origines de l'histoire,* t. I, 1880, p. 546. — Aux îles Fidji, quand un personnage
important est frappé de maladie, on circoncit, non le malade, mais
son fils ou quelque jeune homme de bonne volonté.

fourni par les Parsis qui, au lieu de sacrifier un
bœuf, se bornent à brûler quelques poils de l'animal.
De même au Pérou, on se contentait parfois de s'arracher un poil de la barbe et de le souffler dans la
direction de l'idole (¹).

B. *L'inférieur pour le supérieur.*—Ailleurs, on dimi-
nuera le fardeau ou la cruauté du sacrifice, en livrant
au couteau, pour remplacer des victimes plus précieuses, soit des criminels, des captifs, des étrangers,
des esclaves, soit des animaux—comme dans le sacrifice d'Abraham, où Jahveh permet au patriarche de lui
offrir un bélier en remplacement d'Isaac. — En Grèce,
également, on avait substitué, dans certains sacrifices, l'immolation d'un animal à celle d'une victime
humaine; seulement, pour rester fidèle aux anciens
rites, on commençait par amener devant l'autel un
homme qu'on laissait ensuite s'échapper (²).

C. *Le simulacre pour la réalité.* — Partout où l'on
voit offrir aux divinités des figures humaines, —
comme ces mannequins qu'on jetait dans le Tibre à
certaine époque de l'année, — on peut être certain
qu'on se trouve devant une survivance d'anciens sacrifices humains. Ce mode d'atténuation a été également
appliqué aux sacrifices d'animaux et, en général, à
toutes les offrandes qui entraînaient, pour le fidèle,
une perte considérable. Ainsi, chez les Grecs, ceux qui
n'avaient pas le moyen de sacrifier des animaux se
bornaient à en offrir l'effigie en pâte ou en bois (³).

(¹) A. Réville, *Religions du Mexique et du Pérou*, p. 348.
(²) A. Maury, *Religions de la Grèce antique*, t. II, p. 105.
(³) A. Maury, *Id.*, t. II, p. 95-96 et 101. — Cf. I *Samuel*, VI, 4-5.

Cette idée reparaît encore dans les ex-voto, en cire ou en métal, représentant des membres malades, que nous voyons suspendre dans les chapelles des saints ou des madones en possession d'une réputation miraculeuse. Tavernier a constaté l'existence du même usage dans l'Inde ([1]).

Ce genre de substitution est favorisé par la croyance populaire que le portrait vaut l'original. Chez les Égyptiens, on allait jusqu'à s'imaginer que le double des provisions peintes sur les murs des tombeaux à l'usage des défunts, se renouvelait indéfiniment dans l'autre monde, aussi longtemps que leur représentation persistait dans celui-ci. C'est cette même confusion entre la copie et le modèle qui, dans un autre ordre d'idées, a produit l'envoûtement, c'est-à-dire la croyance qu'on pouvait faire périr une personne en infligeant des blessures à son effigie.

On ira même plus loin en admettant qu'on peut remplacer le sacrifice par un simple simulacre de l'opération. Chez les Sémites, on se bornait souvent à faire passer les victimes au travers ou au-dessus de la flamme. Cet usage s'est rencontré parmi les Madécasses, les anciens Mexicains, les Malais et les Birmans. Toutefois, il importe de bien examiner s'il n'y a pas là, comme dans le baptême par l'eau, une sorte de purification. Souvent, chez les peuples non civilisés et même dans nos classes populaires, la même pratique combine des mobiles fort différents. Au xvie siècle, dans certaines parties de l'Écosse, quand

([1]) *Revue des traditions populaires,* 1889, t. IV, p. 20.

on revenait du baptême, on faisait passer l'enfant à trois reprises sur le feu, en disant chaque fois : « Que cette flamme te dévore, maintenant ou jamais ([1]). »

Quand l'intention suffit, il est assez naturel que la Divinité se contente d'un commencement d'exécution. Lorsque, dans le sacrifice d'Isaac, Jahveh arrête le bras d'Abraham, au moment où le couteau est déjà levé, il ajoute : « Ne mets point la main sur l'enfant, car maintenant j'ai connu que tu crains Dieu, puisque tu ne m'as pas refusé ton fils » (*Genèse*, XXII, 12). Il est intéressant de constater que des traditions analogues se sont formées chez les Grecs et chez les Chinois. On racontait, à Lacédémone, qu'un oracle avait réclamé l'immolation d'Hélène pour mettre fin à la peste, mais qu'au moment où le sacrificateur levait le fer, un aigle le lui avait tout à coup enlevé des mains([2]). En Chine, c'était l'empereur Thang qui s'était offert en victime volontaire pour mettre fin à une sécheresse. Mais au moment où il allait être procédé au sacrifice, le ciel envoya une pluie abondante ([3]). Dans ces divers cas, l'achèvement de la cérémonie ne manque que par un fait indépendant de la volonté humaine. Mais il est clair que de pareils précédents devaient être pris comme un signe manifeste que la Divinité renonçait désormais à réclamer de pareilles offrandes.

Le simulacre ou l'accomplissement des préliminaires

([1]) J. Brand, *Observations on popular antiquities.* Londres, 1841, t. II, p. 48.

([2]) A. Maury, *Religions de la Grèce antique,* t. II, p. 104, 105.

([3]) A. Réville, *La religion chinoise,* t. I, p. 207.

peuvent même devenir des formalités inutiles. Dans l'hindouisme, les sacrifices mentaux du brahmane qui mène la vie solitaire au sein des forêts, l'emportent en efficacité sur les offrandes les plus nombreuses et les plus sacrées du culte extérieur.

Transformation morale du sacrifice.

La pénétration de la morale dans la religion tend à modifier profondément la notion du sacrifice, sinon à le supprimer complètement, en tant qu'offrande à la Divinité. Le prophète Osée fait dire à l'Éternel : « Je prends plaisir à la pitié et non aux sacrifices, à la connaissance de Dieu plus qu'aux holocaustes (¹). » Dans ce vieux pays de Chine où l'offrande constitue la base de tout le culte, où l'on sacrifie partout, — jusque dans la chaire du professeur qui n'ouvre pas son cours sans offrir aux philosophes défunts des fruits et des légumes, — Confucius a écrit, il y a vingt-trois siècles : « Le parfum ne vient pas du grain (du sacrifice); mais la pureté et la vertu constituent ce parfum (²). » Dans l'Inde, — où, suivant les écoles sacerdotales, le sacrifice fait de l'homme l'égal et même le supérieur des dieux, — le poème sacré du Mahàbhàrata renferme des maximes de ce genre : « Le fait de dire la vérité vaut mieux que mille sacrifices. » « Sacrifices, vie solitaire, austérités, sont inutiles, si on n'a pas le cœur pur (³). »

Il n'est donc pas surprenant que le sacrifice de pro-

(¹) Osée, VI, 6. — Cf. Isaïe, I, 11-17, et Mathieu, V, 23-24.
(²) Girard de Rialle, *Mythologie comparée,* p. 214.
(³) *Mahàbhàrata,* III, 1544 et 13446.

pitiation ait, pour ainsi dire, disparu des religions universalistes. Le judaïsme, réalisant, dans ses synagogues, l'idéal ecclésiastique des anciens prophètes, l'a supprimé, du moins en théorie, depuis la destruction du Temple. Le bouddhisme, le christianisme et l'islamisme l'ont d'abord formellement rejeté. Cependant les habitudes populaires ont été, ici encore, plus fortes que l'esprit réformateur. Sous l'infiltration des superstitions hindoues, le bouddhisme s'est ouvert aux oblations en l'honneur du Maître qui avait proclamé l'inutilité des offrandes. L'islam a dû tolérer le maintien des sacrifices sanglants sur les tombes. Ainsi, il y a une quarantaine d'années, aux funérailles du vice-roi d'Égypte, Mehemet-Ali, on égorgea quatre-vingts buffles ([1]). Il est vrai que chez les musulmans, ces sacrifices sont interprétés comme des sacrifices d'expiation, ayant pour but d'effacer les péchés véniels du défunt. C'est également avec cette acception spéciale que le sacrifice s'est maintenu ou, si l'on veut, réintroduit dans le christianisme. D'une part, nous trouvons, dans l'Église romaine, l'usage de distribuer des aumônes, d'instituer des œuvres pies et de faire célébrer des messes pour le rachat des péchés. D'autre part, la soif de purification, si répandue aux derniers jours du paganisme, et la croyance à la nécessité d'un sacrifice pour le rachat des fautes, sacrifice dont l'efficacité devait être d'autant plus grande que la victime était plus importante, en se combinant avec

---

([1]) *Revue de l'histoire des religions,* t. X, p. 351-352. — Le même fait s'est renouvelé aux récentes funérailles d'Ismael-Pacha. (Corresp. du *Journal des Débats* du 20 janvier 1892.)

l'interprétation que les prophètes post-exiliens avaient donnée aux idées messianiques, engendrèrent la croyance que l'immolation volontaire d'un dieu pouvait seule opérer le salut de l'humanité déchue, et ainsi se forma le dogme chrétien de l'expiation vicariale sur la croix. Bien plus, donnant à la célébration de la cène, que Jésus avait conservée à titre symbolique, en souvenir de la pâque juive, une interprétation mystique, qui a peut-être ses antécédents dans les rites des mystères grecs (¹), on réinstalla, dans le culte même, sous forme de sacrement, l'institution du sacrifice.

On sait comment la Réformation proscrivit les offrandes pour le rachat des péchés, en même temps que le trafic des indulgences. Est venu ensuite le protestantisme libéral, qui rejette le dogme de l'expiation par le sang du Christ et qui ne conserve plus la cène qu'à titre de banquet commémoratif. Un mouvement analogue s'est produit dans le judaïsme progressif et dans le brahmanisme réformé, où l'on proclame que le repentir est l'unique moyen de racheter les fautes et que l'accomplissement des bonnes œuvres, en prenant ce terme au sens le plus large, est la seule voie pour plaire à la Divinité. Si, dans ces communions, l'encens fume encore sur quelques autels, si des fleurs y décorent le temple lors de certains anniversaires, ce n'est plus pour offrir à la Divinité une vaine satisfaction de ses sens, mais pour contribuer à satisfaire ce sentiment esthétique qui n'est nulle part mieux à sa place que là où il s'associe aux émotions les plus

(¹) Cf. Edw. Hatch, *Influence of Greek Ideas and Usages upon the Christian Church*. Londres, 1890, p. 500 et suiv.

élevées et les plus enthousiastes du cœur humain.

En dehors comme à l'intérieur des communions religieuses, si le sacrifice a disparu, l'esprit de sacrifice, désormais ancré dans la nature humaine, a persisté, pour s'identifier avec l'obéissance au devoir et avec le dévouement à toutes les causes justes. L'abnégation a cessé d'être l'ascétisme, elle est devenue l'affranchissement de la tyrannie des passions; enfin, les largesses qui contribuent à développer le patrimoine de l'instruction et de la bienfaisance sont toujours des œuvres pies, en ce qu'elles favorisent l'œuvre du Pouvoir qui nous fait travailler au progrès par la science et l'amour.

L'évolution du symbolisme.

Les symboles subjectifs, c'est-à-dire les actes ou les objets qui servent à rendre nos sentiments intimes, sont encore aujourd'hui d'une application journalière dans la vie religieuse comme dans la vie sociale. Les seuls qui aient disparu, ce sont ceux qui étaient contraires à la dignité humaine ou au sérieux de la vie. Aussi ceux qui survivent ont-ils grande chance de persister, aussi longtemps que la religion suscitera des manifestations extérieures, et surtout des manifestations collectives. L'homme, en effet, n'utilise pas seulement le symbolisme pour rendre ses plus intimes impressions en quelque sorte palpables à la Divinité, mais encore pour les rehausser à ses propres yeux et surtout pour les partager avec ses semblables.

De même, en ce qui concerne les symboles figuratifs,

qui ont pour but de représenter soit la Divinité, soit
un de ses attributs, une sélection lentement poursui-
vie a de plus en plus relégué dans l'ombre les images
qui blessaient la morale, l'humanité ou le bon goût.
Quant à celles qui sont exemptes de ces défauts, la
question de savoir dans quelle mesure elles se main-
tiendront dépend moins de la nature du symbole que
de la persistance des sentiments auxquels il sert d'expression. Il n'y a aucun motif pour ne pas continuer à
représenter l'omniscience divine par un œil entouré
d'une gloire, la Providence par une main sortant d'un
nuage, — pour autant, toutefois, qu'on prêtera à
la Divinité la faculté de connaître et de régler provi-
dentiellement les affaires de ce monde. D'un autre
côté, même un symbole thériomorphique, comme le
serpent qui se mord la queue, n'aura aucune raison
de disparaître, tant que les hommes éprouveront le
besoin de donner une forme sensible à la notion de
l'infini ou de l'éternité. Il en est encore de même pour
les symboles ou plutôt pour les idéogrammes tirés
de l'écriture, qui servent à représenter le nom de la
Divinité, comme le tétragramme sacré des Hébreux,
l'*alpha* et l'*oméga* du christianisme primitif, l'*aum*
des Hindous; à plus forte raison pour les emblèmes
qui ont été amenés à typifier les différents cultes,
comme la croix des chrétiens, le croissant de l'islam,
la roue des bouddhistes, ou encore comme cette
combinaison de la croix et du croissant avec l'*aum*
des brahmanes et le trident des sivaïtes, que certains
brahmaïstes de l'Inde ont gravée sur le fronton de
leurs temples, en vue de marquer leur attitude syncré-

tique vis-à-vis des principaux cultes de leur pays (¹).

Évolution du symbolisme imitatif.

Les symboles imitatifs sont peut-être ceux qui ont de tout temps rempli la fonction la plus importante, car ils permettent de transformer le culte en une véritable représentation dramatique de la vie du dieu, et de donner en même temps satisfaction au besoin d'union avec la Divinité, qui est un facteur essentiel du sentiment religieux. J'ai cité des exemples où certaines cérémonies de ce genre, impliquant à l'origine une conception naturiste de l'univers, avaient survécu jusque dans les traditions populaires et même les rites religieux de notre époque. Le rôle des symboles imitatifs grandit encore, quand l'anthropomorphisme s'accentue au point de prêter aux divinités non plus seulement les sentiments, mais encore la physionomie de l'homme. Ils deviennent alors une mythologie en action et constituent de véritables représentations scéniques, surtout chez les peuples où l'art a pris assez d'essor pour combiner les jouissances esthétiques avec les satisfactions du sentiment religieux. D'autre part, quand on commence à rougir du caractère anthropomorphique sous lequel on représente les dieux, on allégorise de plus en plus les scènes où sont reproduites leurs aventures. Ici, cependant, le symbolisme imitatif se modifie, encore une fois, dans deux directions parallèles, l'une ésotérique ou mystique, l'autre exotérique ou populaire.

(¹) Cf. P.-C. Mozoomdar, *The Life and Teachings of Keshub Chunder Sen.* Calcutta, 1887, p. 501.

La première a donné naissance aux mystères de la Grèce, où les néophytes étaient mis en communication avec les puissances surhumaines par l'entremise de vieux rites plus ou moins en désaccord avec les progrès de la raison et de la conscience, mais désormais relevés, et, pour ainsi dire, transfigurés par leur entrée au service de quelque haut enseignement métaphysique ou moral.

La seconde évolution, en sécularisant de plus en plus la légende des dieux, a fini par aboutir au théâtre profane. C'est ce qui est arrivé non seulement en Grèce, mais encore en Perse, dans l'Inde et jusqu'en Polynésie, où la corporation des Areoi mettait en scène les aventures mythiques de ses dieux ([1]). Tout le monde sait comment notre théâtre est sorti des représentations religieuses qui, au moyen âge, portaient le nom de mystères, et qu'on en célèbre encore aujourd'hui dans quelques localités de l'Allemagne, notamment à Ober-Ammergau.

Enfin, le symbolisme imitatif, ou plutôt ce désir d'union par imitation, qui est au fond de tous les cultes, tend à changer de nature et, sous la pression de l'idée morale, à se tourner vers un autre objet que la représentation matérielle des actions divines.

Nous avons vu que certains peuples très arriérés, tels que les Hottentots, se livrent, en l'honneur de la lune, à des danses où ils s'efforcent d'imiter les mouvements de cet astre. Quand la terre tremblait, les Caraïbes se mettaient à danser, parce que, disaient-ils,

---

([1]) ALB. RÉVILLE, *Religions des peuples non civilisés*, t. II, p. 207.

quand notre mère danse, il faut bien faire comme
elle. Nombre de peuples célèbrent, au solstice d'hiver,
des cérémonies où ils symbolisent la mort et la résurrection du soleil. D'autres, au contraire, comme les
Tartares et les habitants des îles Andamans, s'ab-
stiennent de travailler entre le coucher et le lever du
soleil.

Autrefois, dans certaines parties de l'Allemagne, du
Danemark et de la Belgique, il était interdit de faire
rouler un chariot pendant les douze jours qui suivent
le solstice d'hiver. « Le soleil se reposant alors, fait
observer M. Gaidoz, son symbole, la roue, devait
également s'arrêter. » Dans quelques localités, suivant MM. Schwartz et Kuhn, il était même défendu
de se livrer à certains travaux, tels que de filer ou de
porter du fumier sur les champs; « c'était comme un
sabbat de douze jours » (¹).

Nulle part le sentiment qui porte l'homme à imiter
les corps célestes n'est peut-être plus naïvement
exprimé que dans la prière d'une vieille Samoyède
au soleil, reproduite par Castren : « O Filibeamberje,
je me lève quand tu te lèves; je me couche quand tu
te couches. » Cependant, c'est la même pensée, avec
un degré d'abstraction et de généralisation en plus,
qui reparaît dans la théorie chinoise : que l'homme
doit se conduire méthodiquement, d'après des règles
fixes, afin d'imiter les procédés par lesquels le Ciel
détermine le mouvement des astres et des phénomènes terrestres. « Les dieux, dit de son côté Cicéron,

---

(¹) H. GAIDOZ, *Le dieu gaulois du soleil et le symbolisme de la
roue.* Paris, 1886, p. 32.

ont mis dans l'homme une âme immortelle, afin qu'il
y ait des êtres terrestres pour imiter l'ordre céleste
par la régularité et la constance de la vie [1]. » Assurément, il y a fort loin des danses astronomiques du
Hottentot au commandement du Lévitique : « Soyez
saints, car moi, l'Éternel, votre Dieu, je suis saint »,
ou à la maxime de Platon : « Dieu est souve-
rainement juste et rien ne lui ressemble plus qu'un
homme juste [2]. » — Mais je ne crois rabaisser ni la
philosophie grecque ni la foi israélite, en montrant
que, sur ce point, toutes deux se rattachent, par
une série ininterrompue de progrès intellectuels et
religieux, aux premiers et naïfs balbutiements de la
conscience humaine dans sa recherche d'une communion avec son idéal.

Le symbolisme auxiliaire du progrès religieux et du libre examen.

Il arrive parfois que des symboles passent à l'état
de fétiche ou de conjuration. C'est quand les rapports
analogiques dont ils sont l'expression sont tenus pour
des rapports réels. Ainsi l'ablution, qui a commencé
par être une cérémonie de propreté, de convenance,
quand on se mettait en relations avec les grands ou les
dieux, puis, qui est devenue un symbole de purification aisé à comprendre, a fini souvent par être regardée comme investie d'une vertu surnaturelle. Ainsi
encore, certaines formes de sacrifice, qui s'expliquaient aisément, quand on croyait que les dieux se

[1] *De Senectute*, XXI.
[2] *Théétète*, 176 c.

nourrissaient de l'offrande, sont devenues de purs
symboles, quand on a pensé qu'ils se contentaient
de l'intention, puis ont repassé à l'état de véritables
sacrements, ayant le don d'assurer la régénération du
fidèle et même de lui procurer l'immortalité, comme,
par exemple, le sacrifice du taureau dans les mystères de Mithra.

Mais le plus souvent, c'est le phénomène contraire
qui se produit, c'est-à-dire qu'on attribue graduellement un caractère purement symbolique à des objets
tenus pour le corps de la Divinité, ou bien à des actes
considérés comme l'expression de rapports réels avec
les puissances surhumaines. Par exemple le feu, —
qui était regardé comme un être divin chez les
anciens Perses et, du reste, chez tous les Indo-Européens, — n'est plus, pour les Parsis de notre époque,
qu'un symbole de leur Être suprême, Ahura Mazda.
Chez les Chaldéens, les planètes furent longtemps
divinisées en elles-mêmes. Plus tard, on ne les regarda
que comme le symbole des grands dieux, et ce fut
même une étoile qui devint le signe générique de la
Divinité dans l'écriture cunéiforme. Il est probable
que chez les Grecs, comme chez les Égyptiens, nombre
de dieux furent d'abord représentés sous la forme
de certains animaux. Les Égyptiens se bornèrent à
modifier la physionomie de ces derniers par l'adjonc-
tion de traits empruntés à l'espèce humaine. La Grèce
anthropomorphisa complètement ses anciennes divinités bestiales; mais l'animal, qui les représentait
à l'origine dans les divers centres religieux, y resta
comme le compagnon ou le symbole du dieu.

Cette aptitude des symboles à modifier leur signification sans altérer leur physionomie, en se combinant
avec l'attachement qu'on éprouve toujours pour les
formes traditionnelles, est une des causes principales
de leur longévité à travers toutes les révolutions religieuses. Il y a tel emblème, également employé aujourd'hui dans les religions de l'Orient et de l'Occident, qui peut remonter en ligne directe aux motifs
les plus anciens de l'iconographie assyrienne : par
exemple, l'auréole, en tant que symbole de gloire
céleste. Le foudre des Grecs, que tout l'extrême
Orient bouddhique emploie encore aujourd'hui comme
instrument de culte sous la forme bien connue du
dordj, se ramène, de part et d'autre, au double trident
qui figure entre les mains du dieu de l'orage sur les
sculptures des palais mésopotamiens. Le phénix, avant
de représenter la résurrection sur les sarcophages
chrétiens, était un symbole d'apothéose sur les mé-
dailles impériales de la Rome païenne et, plus anciennement encore, avait servi aux Égyptiens pour figurer
le soleil dans sa renaissance annuelle.

On a vu des religions emprunter presque toutes
leurs images symboliques aux cultes qu'elles prétendaient combattre ou remplacer. Quand les Perses se
furent établis en Mésopotamie, ils adaptèrent l'iconographie chaldéenne à la représentation figurée de
leurs propres croyances, et c'est dans l'art païen que
le christianisme des catacombes prit la plupart de
ses sujets allégoriques. Dans le bouddhisme, ce sont
les rites, successivement greffés sur la doctrine du
Bouddha, qui se sont constitués avec des éléments

empruntés aux cultes antérieurs de l'Inde, particulièrement aux cultes solaires [1].

Nous pouvons dire que, sous ce rapport, le symbolisme, c'est-à-dire la faculté d'attacher un sens nouveau à n'importe quelle image, non seulement facilite le passage d'une conception traditionnelle à une conception supérieure, mais encore rend possible, au sein du même culte, la coexistence des croyances les plus diverses. Cet avantage du symbolisme est surtout sensible dans les religions qui, comme le brahmanisme, le bouddhisme, même le judaïsme et un certain nombre de communautés chrétiennes, ne possèdent pas d'autorité centrale pour définir les dogmes et interpréter les liturgies. Dans ces conditions, le respect même des formes extérieures peut permettre l'émancipation des esprits, comme M. Ad. Leroy-Beaulieu l'a montré à propos des vieux-croyants dans ses belles études sur la religion dans l'empire des czars [2]. En effet, quand l'unité consiste simplement dans le respect de la forme extérieure, rien n'empêche telle fraction des fidèles de garder à un rite toute sa valeur de sacrement, alors que d'autres lui donnent une acception purement symbolique et attachent même à ce symbole toutes les interprétations qu'il leur plaît. Le symbolisme est l'allié naturel à la fois du mysticisme et du libre examen, c'est-à-dire des deux grands adversaires que l'esprit d'or-

[1] Cf. GOBLET D'ALVIELLA, *La migration des symboles*. Paris, 1891. 1 vol. illustré, p. 332 et suiv.

[2] *L'empire des Tzars*, t. IV, p. 336.

thodoxie a toujours eu à redouter dans l'intérieur des
Églises.

L'évolution du sacerdoce.

Nous avons vu qu'après la séparation entre le sacerdoce et la sorcellerie, le sorcier, en tant qu'exorciste,
continue ses fonctions, d'abord à côté, puis au-dessous
du prêtre, ce dernier ayant le monopole des relations
avec les divinités supérieures. Le prêtre finit même
par mettre le sorcier hors du culte officiel, en lui
enlevant une de ses principales prérogatives, l'exor-
cisme.

Il est aisé de comprendre que, dans les sociétés
primitives, où la famille est la propriété de son chef,
celui-ci prie et sacrifie pour assurer la prospérité de
son domaine. C'est, du moins, l'état religieux que
nous entrevoyons à l'origine des communautés pa-
triarcales, chez les Indo-Européens, les Juifs, les
Chinois. Aujourd'hui encore, c'est le système qui prévaut chez les Madécasses, les Khonds, les Ostiaques et
naguère aux îles Samoa. Par une extension naturelle
de ce principe, c'est le chef de la tribu, puis de la
nation, qui agit près des dieux pour la communauté,
soit qu'il invoque, à cet effet, ses propres dieux particuliers, comme chez certains nègres, soit qu'il
s'adresse aux dieux généraux de son peuple, comme
en Polynésie. C'est là l'origine des rois sacrificateurs,
considérés comme chefs religieux, en même temps
que civils et militaires, que nous observons chez les
anciens Chinois, les Chaldéens, les Égyptiens, les
Assyriens, les Perses, comme aussi, sur une moindre

échelle, chez les Mangaïens, les Néo-Zélandais, les
Chinouks, etc. Il en était de même chez les Grecs,
jusqu'aux temps homériques. Nous savons que, chez
les Romains, quand on abolit la royauté, on maintint
cependant, pour la célébration des sacrifices, un
fonctionnaire spécial qui portait le nom de roi, *rex
sacrorum.*

Cette organisation peut aboutir à une véritable
théocratie, quand les intérêts religieux sont placés en
première ligne. Tel semble avoir été le cas de l'ancien
Pérou et, jusqu'à un certain point, de l'Assyrie, ainsi
que de l'Égypte. Toutefois, la multiplicité des affaires
gouvernementales, et, d'autre part, la complexité croissante des rites, amènent souvent le chef à déléguer ses
fonctions sacerdotales. Cette délégation est d'abord
temporaire, comme quand Numa constitua les fla-
mines pour le remplacer en cas d'absence. Chez les
Blantyres de l'Afrique occidentale, c'est, en l'absence
du chef, sa femme ou son plus jeune fils qui exerce
les fonctions du culte (¹).

De temporaire, cette délégation tend à devenir
permanente, à raison même du prestige religieux qui
en entoure les titulaires. Les chefs se déchargent
entièrement de leurs fonctions religieuses sur des
prêtres qu'ils gardent près de leurs personnes ou qu'ils
mettent à la tête des principaux sanctuaires. Le sacerdoce tend ainsi à devenir, comme la sorcellerie, une
profession spéciale. Chez les Hindous, les premières
familles brahmaniques semblent s'être constituées au

(¹) H. Spencer, *Ecclesiastical Institutions*, § 606.

service des petits rajahs locaux, qui leur avaient confié le service des dieux ([1]). Chez les Juifs, où, originairement, tout chef de famille était *cohen,* les personnages les plus influents finirent sans doute par prendre à leur service de vrais chapelains pour desservir leurs sanctuaires domestiques, comme nous l'apprend l'histoire de Mica.

Formation et dissolution des théocraties.

A l'origine, ces prêtres ne sont encore que des délégués, des fonctionnaires, comme on le voit bien en Chine, où l'exercice du culte public est réparti entre les différents postes administratifs de l'empire, et aussi dans l'antiquité classique, où les titulaires des principaux sacerdoces étaient quelquefois directement élus par le peuple, à l'instar des autres magistrats. Cependant, à mesure que la classe sacerdotale grandit en importance, elle tend à se rendre indépendante, soit qu'elle se recrute elle-même, comme les collèges des druides, soit qu'elle parvienne à se rendre héréditaire, comme dans le brahmanisme et le lévitisme. En Russie même, les temps modernes ont vu se constituer, au sein du christianisme, une véritable tribu sacerdotale; le clergé blanc, en effet, c'est-à-dire le clergé paroissial, pour lequel le mariage est obligatoire, est devenu, par la force des choses, une véritable caste héréditaire, qui fournit de père en fils tout le personnel de l'Église russe ([2]).

Il est naturel qu'une fois indépendant, le clergé

[1] *Manou,* XII, 41, 50.
[2] LEROY-BEAULIEU, *op. cit.*, p. 260 et suiv.

tende à la suprématie dans l'État. A cet effet, il se
centralise, en se groupant dans les cadres d'une hiérarchie à la tête de laquelle se place un grand prêtre,
comme à Jérusalem, après la restauration du Temple,
ou comme à Thèbes, sous les descendants dégénérés
des Ramsès. D'autre part, il tend à propager la
croyance, non seulement que les fidèles doivent passer par son intermédiaire pour s'adresser aux dieux,
mais encore qu'il est l'unique distributeur des grâces
divines; qu'il a l'autorité de lier ou de délier au nom
de la puissance suprême; qu'il est formé, en conséquence, d'êtres supérieurs au reste de l'humanité,
investis d'une portion de l'autorité divine. Toute la
direction des affaires privées et publiques finit par
passer entre ses mains, et nous avons ainsi une
seconde forme de théocratie. Dans ce régime, Dieu
est censé gouverner par l'intermédiaire de ses ministres, soit que ceux-ci assument directement le pouvoir, comme dans l'ancienne Éthiopie et, récemment
encore, dans les États de l'Eglise, soit qu'ils l'exercent
par l'intermédiaire de délégués laïques, comme dans
le Japon du Mikado, le Tibet du grand Lama, le
Paraguay des jésuites, etc. Mais il n'est pas nécessaire,
pour qu'un clergé exerce cette domination universelle, qu'il soit lui-même soumis à une hiérarchie
rigoureuse, témoin les brahmanes qui, dépourvus de
centralisation ecclésiastique, n'en ont pas moins
exercé dans l'Inde, par le seul prestige de leurs fonctions héréditaires, une autorité sans exemple dans
l'histoire ecclésiastique du monde.

La théocratie, là où elle parvient à s'emparer du

pouvoir civil, pour peu qu'elle prenne en main l'éducation des générations nouvelles, semblerait ne pouvoir guère être renversée que par un choc venu de l'extérieur. Toutefois, il est évident qu'un pareil régime ne peut se prolonger indéfiniment. Il surgit toujours des esprits indépendants, qui mettent en question l'interprétation de certains dogmes ou même simplement des points de discipline et qui rencontrent plus ou moins d'écho dans la nation, suivant que leurs vues répondent aux besoins intellectuels et moraux de l'époque. Peu à peu, cette opposition aux prétentions de l'autorité spirituelle sur le terrain des dogmes se transforme en revendication du libre examen, et cette revendication, à son tour, finit, quelquefois après des luttes longues et sanglantes, par amener la rupture des liens entre l'État et l'Église.

Sans doute, l'intolérance dogmatique survit à l'intolérance civile. Mais une conséquence de la séparation entre l'État et l'Église, c'est que les fidèles tendent à former des groupes ecclésiastiques de plus en plus multiples et instables; ce qui amène, d'une part, à affirmer davantage les droits du libre examen, de l'autre, à diminuer l'autorité du prêtre. Logiquement, celui-ci ne sera plus que l'élu de la communauté, il perdra toute autorité surnaturelle, pour se borner aux fonctions d'instituteur religieux et moral.

Le pastorat dans les sociétés modernes.

Dans ces conditions, il n'y a pas de motif pour que les fonctions pastorales viennent à disparaître. Aussi longtemps qu'il y aura des sociétés religieuses, il leur faudra, pour employer le langage moderne, des présidents, des secrétaires, des conférenciers, des administrateurs de toute nature. Vraisemblablement, les fonctions du ministre croîtront même en influence réelle, à mesure qu'il se concentrera davantage dans sa mission d'éducateur moral et que, d'autre part, cette mission elle-même assumera une importance plus considérable parmi les buts pratiques de l'association religieuse. Cependant, il faut observer que, sous ce rapport, le ministre se rattache plus au prophète qu'au prêtre. Or, le prophète dérive généalogiquement du devin, du voyant, qui, à son tour, procède du sorcier primitif. Ce n'est pas qu'il faille voir dans cette évolution une revanche de la sorcellerie sur le sacerdoce. Mais c'est le triomphe de l'inspiration privée, fécondée par le sentiment moral, sur la théorie de la médiation sacerdotale entre le fidèle et la Divinité.

En résumé, l'évolution du culte présente trois phases : au début, les divinités exigent dans un but intéressé les hommages de leurs fidèles et ceux-ci les accordent dans une préoccupation égoïste ; — graduellement, les devoirs envers le prochain s'introduisent, parmi les obligations religieuses, à côté des devoirs envers les dieux ; — enfin, ces deux ordres d'idées se confondent, en ce sens que « le service de l'humanité » devient la meilleure façon de servir la Divinité.

Le culte est-il destiné à s'éteindre ?

S'ensuit-il que le culte soit destiné à disparaître, en

tant que manifestation spéciale des rapports entre
l'homme et Dieu? Il ne manque pas, même parmi les
théistes, d'esprits généreux qui, par une réaction naturelle contre les abus du formalisme religieux, pré-
disent l'extinction inévitable, sinon prochaine, de
toute pratique religieuse. Les fondateurs du mouvement éthique ont même essayé d'établir le lien de leur
communion sur la seule identité des aspirations huma-
nitaires et progressives. « Nous pensons, écrit un des
interprètes les plus autorisés de ce système en Angleterre, M. Stanton Coit, qu'en faisant du dévouement
au bien général, le lien et le seul lien de l'union
religieuse, nous finirons par amener les hommes à
écarter toute autre base dans l'organisation des Églises
et qu'aussitôt nous verrons se constituer en associations analogues pour la diffusion de la vertu, ceux qui
restent aujourd'hui en dehors de toute organisation
ecclésiastique et même se mettent en opposition avec
le dogmatisme des cultes ([1]). » Et il ajoute ces paroles
enthousiastes : « L'idée de former des sociétés vouées
au progrès moral vaut en grandeur et en importance
la conception, formulée par le Christ, d'un royaume
de Dieu sur terre; elle se produit aujourd'hui avec
toute la fraîcheur et l'attraction d'une nouvelle révélation sociale, pour laquelle, à la vérité, les cœurs et les
intelligences ont été préparés par les développements
séculaires du christianisme. »

([1]) *The Ethical Movement defined,* dans les *Religious Systems of
the World.* London, 1890, p. 538, 539. — Voy. aussi l'intéressant
volume de discours, traduits de l'anglais par M. HOFFMANN, professeur
à l'Université de Gand, sous le titre de : *La religion basée sur la
morale.* Gand, 1891.

Assurément, de pareilles associations peuvent rendre des services signalés aux idées de tolérance pratique et de dévouement humanitaire. Mais, si considérable que puisse devenir leur action sur les sentiments et sur les mœurs, je ne pense pas qu'elles arrivent à satisfaire tous les besoins dont le culte est l'organe. Ce ne sont pas seulement — comme on l'a prétendu dans un accès d'orgueil aristocratique et masculin — les femmes, les enfants, les classes inférieures, ou les esprits trop absorbés par les affaires quotidiennes pour s'initier à la haute culture, qui éprouvent le besoin d'être transportés par la religion au delà des bornes étroites d'une existence frivole et matérielle. Il manque quelque chose à l'homme, même le plus cultivé, s'il ne trouve le moyen de satisfaire ses aspirations vers l'infini et l'absolu dans un appel aux ressources de la poésie, de la musique, de la peinture, de toutes les combinaisons de l'art qui interviennent dans le culte pour symboliser les côtés esthétiques de l'idéal.

Je doute même que le progrès religieux s'achève par une entrée en masse dans des associations religieuses, créées tout d'une pièce avec une théologie conforme aux exigences de la science et un culte réduit à ses manifestations purement rationnelles. Quand on réfléchit à l'attraction qu'exercent les vieilles formes, on est plus porté à croire que ce progrès se développera surtout par l'émancipation graduelle de la pensée au sein des communions existantes, du moins parmi celles qui se prêtent à la modification graduelle des croyances.

Il existe, dans la plupart des Églises, trois catégories

d'adeptes : ceux qui acceptent les dogmes et les cérémonies dans l'esprit où ils leur ont été transmis;
— ceux qui les subissent par force d'habitude, par
respect humain, par désir d'imprimer une sanction
divine aux actes les plus solennels de la vie, ou simplement par préoccupation de donner un exemple à
leur entourage; — enfin ceux qui approfondissent les
questions religieuses et que tourmente, même en
matière ecclésiastique, la soif du mieux. Cette dernière catégorie aurait depuis longtemps libéralisé la
religion, si trop souvent elle n'avait été éliminée, au
fur et à mesure de sa formation, par les procès en
hérésie, par l'intolérance ambiante, ou même simplement par l'obligation de souscrire à des formules
dogmatiques. Actuellement, dans un grand nombre
de communions, la liberté de penser jouit d'une tolérance tacite : que cette tolérance devienne un droit
formellement reconnu, et rien n'empêchera leurs
adhérents de concilier le respect des anciennes formes
avec le développement des idées nouvelles. Bien plus,
la vénération qu'ils éprouveront pour ces antiques
symboles sera d'autant plus sincère et plus unanime
qu'ils y verront désormais, non des entraves au libre
examen, mais des souvenirs historiques, vénérables à
raison de leur antiquité même, dignes surtout d'être
conservés pour le lien ainsi maintenu entre les aspirations du présent et les croyances, les sentiments,
les enthousiasmes, peut-être les périls et les souf-
frances des générations passées. Le symbolisme aboutit
ici au syncrétisme.

L'avenir des Églises.

Rien n'empêche même de concevoir un état de choses où les principales religions du monde actuel — le christianisme, le bouddhisme, le brahmanisme, le judaïsme, le confucianisme, l'islamisme — se regarderaient simplement l'une l'autre comme des rites divers au sein d'une seule Église, en étendant à la différence de leurs systèmes religieux cette belle parole d'un prélat russe : « Nos cloisons confessionnelles ne montent pas jusqu'au ciel. » Sans doute, un pareil idéal de paix et d'union religieuses semble encore loin de nous. Mais on voit grandir, parmi les esprits éclairés des divers cultes, la pensée que toutes les religions sont bonnes si elles nous aident à vivre honnètement et même qu'elles sont toutes vraies, dans la mesure où elles nous font sentir la présence d'un pouvoir supérieur travaillant, suivant des lois, au bien de l'univers. La croyance à la continuité du progrès religieux implique, du reste, que nulle Église ne possède la vérité absolue et que chacune a le droit de la chercher avec les lumières de la conscience et de la raison. Qu'on greffe cette idée sur la conviction de notre impuissance à nous représenter la réalité suprême, autrement que par des symboles, et on arrivera forcément à la conclusion que tous les rites ont une valeur purement relative, dont la seule mesure est dans les services rendus à la culture humaine.

Il s'est passé, sous ce rapport, à Londres, un fait récent qui mérite d'être cité. La *South Place Ethical Society* a organisé des conférences où des hommes,

appartenant aux sectes les plus diverses, ont été invités
à exposer successivement les principaux éléments de
leur religion respective. Je sais bien que leur langage
a dû se ressentir du milieu ambiant, mais enfin n'est-il
pas curieux et significatif que tous, juifs, parsis, positivistes, aussi bien que baptistes, méthodistes, indépendants, anglicans ou unitaires, se soient accordés à
proclamer l'existence d'une grande Église supérieure
à toutes les dénominations : la communion de tous ceux
qui font leur devoir et travaillent à l'avancement du
genre humain. « Les baptistes, concluait à cette occasion le Rév. John Clifford, président de la *Baptist Union,*
forment seulement une partie utile du christianisme
britannique, en tant qu'ils représentent une des étapes
de l'esprit humain dans le développement logique de
la vie religieuse. Les services rendus à l'humanité, tel
est le critérium suprême de la valeur des Églises ([1]). »

([1]) *Religious Systems of the World,* p. 428. — Je reçois à l'instant
la circulaire d'un comité qui s'est constitué pour organiser à Chicago,
en 1893, à côté des Conventions particulières que les sectes ne manque-
ront pas de tenir pendant l'exposition universelle, un *Congrès central
des religions.* « Convaincus, y est-il dit, que « Dieu ne distingue pas
entre les personnes, mais qu'il accepte dans chaque nation quiconque
le craint et pratique la justice », nous invitons affectueusement les
représentants de tous les cultes à nous prêter leur concours, pour
faire ressortir, pendant l'exposition de 1893, l'harmonie et l'unité
religieuses de l'humanité (*the religious harmonies and unities of
humanity*) ainsi que les facteurs moraux et spirituels du progrès
humain. » Ce qui fait la portée de ce langage, c'est que la circulaire
est signée par seize ministres appartenant à toutes les confessions
religieuses des États-Unis — depuis un archevêque catholique
(Mgr P.-A. Feehan) et un évêque anglican (le très rév. W. E. Mac Laren),
jusqu'à un pasteur de l'unitarisme avancé (le rév. Jenkin Lloyd Jones)
et un rabbin juif (rabbi E. G. Hirsch), réunis sous la présidence d'un
presbytérien (le rév. J. H. Barrows).

Je suis convaincu que ce point de vue gagnera des adhérents de plus en plus nombreux, surtout au sein des Églises protestantes. Quant aux sectes qui voudront s'en tenir à la lettre de leurs formules traditionnelles, elles continueront à voir s'éclaircir leurs rangs par la défection des esprits qui veulent marcher avec le siècle. Ceux-ci, à leur tour, finiront-ils par mettre en commun leur conception plus large de la Divinité et de son action dans l'univers? Ou bien iront-ils simplement grossir le chiffre des indifférents qui se désintéressent des questions religieuses, souvent sans les remplacer par aucune préoccupation d'ordre élevé et général? Le problème mérite d'autant plus d'être examiné qu'il se pose également pour les masses, chaque jour plus étrangères au mouvement religieux, dans les grandes villes, ainsi que dans les centres industriels de l'Europe. Il y a là un facteur qu'on ne peut pas négliger, quand on recherche, non pas les destinées de tel ou tel culte, mais l'avenir même de la religion au sein de la société prochaine.

La religion et les masses.

Nos classes ouvrières ne sont pas seulement indifférentes à la religion, le plus souvent elles lui sont hostiles, parce qu'elles lui reprochent de n'avoir rien tenté pour améliorer leur condition; de contracter alliance avec les puissants et les riches; enfin, de détourner, vers les solutions de la vie future, l'attention qui eût dû se porter sur les réformes de la vie présente. Cette hostilité s'est surtout accentuée depuis que le socialisme est venu offrir aux foules un idéal où l'amélioration matérielle de leur sort se combine avec la satisfaction donnée aux sentiments d'harmonie et de justice. Il est certain que les Églises ont fort à faire pour se disculper des reproches qui leur sont ainsi adressés, et ce ne sera pas trop de la participation aux agitations sociales qui tend à se produire actuellement dans toutes les communions chrétiennes, pour remettre en lumière cette vérité trop méconnue que religion est synonyme de socialisme, si par là on veut désigner la tendance à remplacer l'intérêt individuel par l'intérêt social, comme but de nos actes. D'autre part, je n'hésite pas à ajouter que le socialisme sera religieux ou qu'il ne sera pas, c'est-à-dire que, pour aboutir à des résultats durables, il lui faudra emprunter à la religion ses meilleurs éléments d'abnégation et d'altruisme, avec l'idée d'un Pouvoir surhumain qui travaille au progrès matériel et moral de l'humanité.

La science pure arrive à constater la présence d'une force tendant à développer la vie sur la terre. Elle reste muette quand on lui demande si cette progression de la vie doit aboutir à une augmentation de bien-être pour les individus. Il semblerait même qu'avec sa grande loi du combat pour l'existence, elle décourage plutôt l'espérance d'un bonheur général et d'une harmonie universelle, qui est la clef de voûte de l'idéal socialiste.

Sans doute, on peut concevoir, au sein de l'humanité, une société des races supérieures qui, réussissant à s'isoler du combat général entre les êtres ou plutôt

s'unissant afin de poursuivre ce combat contre le reste
de la nature, en viendrait, par une répartition savante
des forces sociales, combinée avec une limitation
systématique du chiffre des naissances, à bannir de son
sein les fléaux de la guerre et de la misère. Mais, tout
d'abord, pour réaliser cette utopie, qui n'est pas sans
grandeur, sur quel levier les socialistes autoritaires
ou collectivistes, peuvent-ils compter? Ce n'est pas
assurément sur le concours des intérêts individuels,
puisqu'ils en proclament l'impuissance et en réclament
l'abdication. Est-ce sur le sentiment du devoir? Mais,
outre qu'ils enlèvent à ce sentiment sa base religieuse,
la plupart ont fait généralement alliance avec les
explications matérialistes de l'univers qui, logiquement, tendent à supprimer, avec la liberté et la
responsabilité humaines, le fondement de l'obligation
morale et, par suite, la notion même du devoir.

Nécessité d'un mobile plus large que l'intérêt individuel.

Sans doute, la raison nous révèle — et c'est même
elle qui a seule qualité pour le faire — les divers
ordres de devoirs qui découlent des rapports nécessaires entre les hommes. Mais, dût même la science
parvenir à nous démontrer que le véritable bonheur
pour l'individu coïncide invariablement avec les
exigences du bien général, il resterait encore à faire
respecter cette loi par ceux qui persistent à penser
autrement, qui préfèrent des satisfactions immédiates
ou surtout qui se laissent entraîner par l'irrésistible
influence des passions humaines.

La nécessité de faire intervenir ici un sentiment

plus fort que nos impulsions et nos convoitises est si
évidente que le fondateur de l'école positiviste s'en
est remis à l'amour de l'humanité pour dompter les
révoltes de l'intérêt individuel. Toutefois, c'est là un
retour indirect de l'idée religieuse, sauf que, dans le
système de Comte, elle prend pour objet l'Humanité
au lieu de la Divinité. Or, comme le dit très bien
M. Herbert Spencer, « rien de semblable à l'humanité
ne peut écarter, même temporairement, l'idée d'un
pouvoir dont l'humanité est le faible et fugitif produit,
pouvoir qui, sous ses manifestations toujours chan-
geantes, a existé longtemps avant l'humanité et qui
continuera à se manifester, sous d'autres formes,
quand l'humanité aura cessé d'exister » (¹).

L'amour de l'humanité peut sans contredit engendrer de beaux et féconds dévouements. Mais ne se
prive-t-il pas d'une base rationnelle, quand il entend
uniquement se fonder sur le fait de certaines ressem-
blances spécifiques entre les êtres humains, et ne
renonce-t-il pas volontairement à son moyen d'action
le plus puissant, lorsqu'en assignant pour but aux
hommes le règne de la justice et du bonheur général,
il se refuse à envelopper cette noble préoccupation
dans la fin plus large de concourir à l'action de la
puissance régulatrice de l'univers? Aussi, le comtisme
a-t-il pu former quelques groupes d'élites et mériter
les sympathies de tous les esprits généreux; mais son
influence religieuse, dans le sens qu'il attache à ce
dernier terme, est restée nulle sur les masses.

(¹) HERBERT SPENCER, *Study of sociology*, p. 312.

Les progrès du pessimisme.

C'est, d'ailleurs, une illusion de s'imaginer que la généralisation d'une certaine aisance ou même la suppression des inégalités sociales parviendraient à satisfaire toutes les aspirations légitimes de l'humanité. On aura beau assurer à l'homme toutes les nécessités, et même les jouissances de la vie; il suffira toujours, pour empoisonner sa coupe, de la maladie qui le guette au détour du chemin, de la mort qui lui enlève prématurément une tête chérie, de la vieillesse qui projette au-devant de ses pas une ombre grandissante; voire, pour l'élite, de cet éternel désir du mieux qui, développant nos besoins avec le moyen de les satisfaire, fait à la fois la grandeur et le tourment de l'esprit humain. En supposant qu'on arrive à paralyser, chez l'homme, les germes d'une sensibilité prétendue morbide, ce rétrécissement de sa personnalité n'aurait-il pas pour effet non seulement de diminuer sa force de réaction contre les fatalités de la nature, mais encore de lui enlever le principal plaisir de vivre, et bientôt de le lancer en pleine réaction pessimiste?

Si le pessimisme domine dans les sociétés orientales, ce n'est point parce que leur condition serait intolérable, — elle ne l'est que par comparaison à la nôtre, — mais c'est que des siècles de despotisme politique et d'énervation morale leur ont enlevé les ressorts de la volonté. Si ce même mal commence à envahir nos sociétés occidentales dans le plein épanouissement de leur richesse et de leur science, n'est-ce pas, en grande partie, que la valeur de l'individu y a été contestée et amoindrie par la prédominance d'une philosophie refusant aux hommes la possibilité même de tendre à la liberté? Que serait-ce donc si cette conception exclusivement mécanique de l'univers devait également servir de type à l'organisation de toute la vie sociale, selon les idées communistes ou collectivistes? Cette fois, le pessimisme ne s'attaquerait plus seulement aux esprits délicats et raffinés, que l'absence d'un but supérieur jette dans le dégoût de la vie; il envahirait jusqu'aux masses où l'on aurait réussi à tuer, avec l'esprit de concurrence et d'initiative individuelle — ces boucs émissaires de tous nos maux économiques, — les stimulants qui font la variété et le prix de l'existence.

Ajoutons qu'il ne s'agirait pas d'un pessimisme élevé et généreux, comme celui des stoïciens, qui avaient, du moins, la ressource de se réfugier dans le for inexpugnable de l'âme humaine, ni d'un pessimisme expansif et charitable, comme celui du Bouddha, qui, après avoir conduit au renoncement par la science, ramenait à l'activité par l'amour. Ce serait un pessimisme égoïste et résigné, que ne traverserait aucune lueur d'espérance, que ne réchaufferait aucun effluve d'abnégation. Et cela durerait jusqu'au jour où quelque Boddhisattva viendrait, pour la seconde fois, enseigner aux hommes que seule la charité la plus large peut nous permettre de franchir les limitations de la personnalité, et que la meilleure façon de s'anéantir, c'est encore de se dévouer; ou peut-être jusqu'au jour où un Jésus viendrait de nouveau révéler à l'humanité

souffrante cette vérité retombée dans l'oubli, que les
hommes ont au ciel un père commun s'occupant
d'améliorer le monde, et que le meilleur moyen de le
servir, c'est de s'aimer comme des frères. Le reste
alors suivrait par surcroît.

Dangers d'une réaction.

D'un autre côté, sommes-nous si sûrs de l'avenir
que nous n'ayons plus à prévoir un retour offensif du
surnaturel, même sous les formes les plus opposées à
la direction actuelle des esprits? On ne peut contester
qu'une réaction mystique ne soit actuellement com-
mencée dans tout notre Occident. Qui sait où elle
s'arrêterait, si elle devait trouver un aliment à la fois
dans une alarme suprême des intérêts conservateurs
et dans une banqueroute finale des théories révolutionnaires? Il est toujours à craindre que, dans leur
ensemble, les classes possédantes ne préfèrent la
superstition à la spoliation, et, quant aux masses qui
escomptent la possession du pouvoir pour supprimer
l'inégalité sur terre, n'est-il pas à redouter que le
jour inévitable où elles constateront l'impuissance de
l'État à réaliser leur idéal, elles ne se rejettent tout
entières dans les bras de la première religion prête
à leur offrir le mirage de quelque nouveau millénium?
Ce courant pourrait même devenir irrésistible, s'il lui
arrivait de coïncider avec un de ces arrêts ou même
un de ces ralentissements qui se produisent de temps
à autre, soit dans le développement, soit dans la
coordination des découvertes scientifiques.

Ajoutons que les libertés sont solidaires. Toute tentative pour asservir l'individu dans le domaine économique doit, tôt ou tard, se répercuter dans les sphères de la pensée, et, à cet égard, nous ne pourrions trop méditer l'avertissement qu'adresse à l'évolution elle-même le fondateur de l'évolutionnisme, quand, malgré ses tendances optimistes, il termine, en ces termes, sa synthèse du développement religieux : « Si, au lieu de nouveaux progrès dans le sens de la coopération volontaire, on doit revoir un système de production et de distribution sous l'autorité de l'État, qui reproduirait, dans une nouvelle forme, le régime de la coopération obligatoire, les changements qui viennent d'être indiqués, en rapport avec le développement de l'individualisme, ne tarderont probablement pas à s'arrêter, et des changements en sens inverse commenceront à se produire (¹). »

Perspectives plus consolantes de l'avenir religieux.

On trouvera sans doute que j'ai poussé le tableau au noir. Mais quand on cherche à sonder l'avenir, il faut tenir compte des possibilités extrêmes et, si l'on croit, avec nous, que la liberté humaine sortira intacte de la crise actuelle, on conserve le droit de présumer que l'évolution religieuse poursuivra plutôt son cours le long des grandes lignes esquissées dans ces chapitres, pour se diriger, par l'épuration graduelle des principaux éléments religieux, vers l'établissement

---

(¹) HERBERT SPENCER, *Ecclesiastical Institutions*, p. 654.

d'un culte universaliste, à la fois rationnel et fécond.

On s'est demandé si « l'Énergie éternelle et infinie »
de l'évolutionnisme peut, mieux que le Dieu inaccessible des néo-platoniciens ou le Brahma impersonnel
de l'école védantine, réussir à engendrer chez l'homme
les émotions et les aspirations qui se cristallisent
dans le sentiment religieux pour engendrer le culte.(¹).
Il faut remarquer que cette *énergie* — ainsi appelée,
faute d'un meilleur nom, et qu'il importe de ne pas
confondre avec la force, telle que celle-ci nous apparaît à travers notre propre notion de l'effort physique (²) — se présente à notre esprit non seulement
comme la réalité par excellence, mais encore comme
un pouvoir supérieur à toutes les puissances connues,
en même temps qu'essentiellement mystérieux dans
son essence. Or, l'idée de pouvoir, combinée avec
celle de mystère, constitue le fond essentiel, la caractéristique invariable du sentiment religieux.

Mais j'ai également montré plus haut que, pour
donner naissance au culte, il faut un élément de plus :
la possibilité de nouer des relations avec ce mystérieux pouvoir. Devant une Énergie anonyme, sourde,
aveugle, muette, inexorable comme la fatalité antique,
l'homme peut bien éprouver une sorte d'horreur
sacrée, d'attraction allant jusqu'au vertige, sans que

(¹) Voyez la critique tranchante, mais souvent injuste, que M. Fréd.
Harrison a faite de l'*Inconnaissable* dans sa controverse avec M. Herbert Spencer. (*The Nature and Reality of Religion, a controversy
between Fred. Harrison and Herbert Spencer.* New-York, 1885,
p. 49 et suiv.)

(²) H. Spencer, *Premiers principes,* §§ 48 et 50.

cette sensation influe en rien sur sa conduite vis-à-vis du pouvoir inconnu qui la lui inspire. Tout au plus, on arriverait à dire avec Littré : « L'immensité, tant matérielle qu'intellectuelle, apparaît sous son double caractère : la réalité et l'inaccessibilité. C'est un océan qui vient battre notre rive et pour lequel nous n'avons ni barque ni voile, mais dont la claire vision est aussi salutaire que formidable (¹). » Même la remarque de M. Spencer : que la Réalité suprême peut être douée de modes d'existence aussi supérieurs à l'intelligence et à la volonté que celles-ci le sont au mouvement mécanique (²), ne peut empêcher ces manifestations divines de rester sans action sur l'homme, aussi long-temps que celui-ci se croit impuissant à se les repré-senter sous une forme tirée de ses propres concepts.

Toutefois, il n'en est plus de même quand on prête à ce pouvoir incompréhensible, sans même chercher à le définir davantage, la mission d'assurer l'ordre dans l'univers.

En tout cas, là est le nœud du problème, sinon pour un avenir immédiat, du moins pour la direction future du mouvement religieux. Ce qui nous intéresse au suprême degré, ce n'est plus de savoir pourquoi l'ab-solu s'est réalisé dans le temps et dans l'espace, ou, du moins, cette question ne préoccupe que notre curiosité métaphysique, et son insolubilité est loin d'offrir un obstacle au développement du sentiment réligieux. Ce

---

(¹) *Auguste Comte et la philosophie positive.* 3ᵉ édit. Paris, 1877, p. 505.

(²) H. SPENCER, *Premiers principes*, § 5.

qui affecte et tourmente désormais nos consciences en travail, c'est la question qu'a nettement posée M. William Graham, dans son beau livre *The Creed of Science* [1], « si c'est le hasard ou un dessein qui gouverne le monde ». De là dépend, en effet, s'il y a un devoir pour l'homme et si la vie même vaut la peine de vivre.

Conclusion. — Ce qui restera de l'idée de Dieu.

Un des naturalistes les plus éminents de notre époque a écrit un jour, à propos du matérialisme athée : « Ce n'est pas aux heures de clarté et de vigueur qu'il se recommande à mon esprit. Dès que la pensée redevient plus forte et plus saine, cette doctrine se dissout et disparaît toujours, comme n'offrant aucune solution du mystère dans lequel nous sommes plongés et dont nous formons nous-mêmes une part [2] »

L'athéisme dogmatique m'a toujours paru inintelligible, car mon esprit reste impuissant à concevoir l'existence du transitoire et du fini sans un substratum réel d'absolu, source directe de tous les phénomènes et de leurs lois. Aux heures de crise et de découragement philosophiques, ce que je me suis demandé, ce n'est pas s'il y a un Dieu, en qui nous vivons, nous nous mouvons et nous sommes; mais bien si ce pouvoir mystérieux poursuit une fin —et une fin bienfaisante— dans l'univers. Cependant, moi aussi, j'ai senti ces doutes s'évanouir quand la pensée redevenait « plus

---

[1] Londres, *The Creed of Science*. London, 2e édit., 1884, p. 49.
[2] J. TYNDALL, *Address delivered before the British Association assembled at Belfast, with additions*. London, 1874. Préface, p. VIII.

forte et plus saine ». Il m'a suffi, pour cela, d'embrasser
dans son ensemble l'évolution morale et religieuse de
l'humanité, venant prolonger et couronner l'évolution
organique de l'univers, ou du moins la partie de cette
évolution qui tombe dans le champ de notre observation. Au fond, le pessimisme n'est justifiable que si
l'on donne le plaisir pour but à la vie, ou, ce qui
revient au même, si on ne lui donne aucun but. Il se
dissipe, quand on assigne pour fin à l'homme de
coopérer à l'œuvre par laquelle Dieu travaille au perfectionnement de l'univers.

Nous en revenons ainsi à la théorie religieuse que
nous avons vue surtout réalisée dans le culte des Juifs
et des Perses, mais qui néanmoins n'a été réellement
absente d'aucune religion où l'ordre moral s'est identifié avec l'ordre divin : Dieu est, mais son œuvre se
fait. Elle se fait surtout, ici-bas, par l'humanité, qui
seule en a conscience et qui se sent ainsi devenir l'al-
liée de la puissance divine dans la lutte pour le bien.
Qui dira si de cette communauté d'aspirations et d'efforts ne peuvent pas naître chez l'homme — fût-ce
sans certitude de réciprocité — les sentiments de gratitude et d'affection que même les comtistes réclament
pour leur humanité abstraite? Qui dira qu'il n'en peut
sortir cette foi inaltérable dans le résultat final de
l'alliance entre l'homme et la Divinité, qui inspirait
les vieux prophètes quand, au milieu des périls et
des désastres, ils préparaient, en le prédisant, le jour
de Jahveh, c'est-à-dire le triomphe de la justice et de
la fraternité dans le monde ?

Néanmoins, cette eschatologie implique la néces-

sité de laisser ouverte à l'imagination une issue sur
l'avenir, dans ce monde ou dans un autre. Si, comme
l'a écrit M. Spencer, toute évolution, après avoir
abouti à un état parfait d'équilibre, doit être suivie
d'une dissolution correspondante, ou si, en d'autres
termes, les améliorations, progressivement et labo-
rieusement acquises par l'humanité, doivent un jour
fatalement s'effondrer dans un cataclysme où elle
périra tout entière avec l'ensemble des êtres connus;
si, en un mot, l'histoire de l'univers, comme l'ont
pensé les éléates, les stoïciens et les brahmanes, n'est
qu'un perpétuel recommencement, alors l'homme se
demandera dans quelle mesure c'est bien la peine de
se dévouer pour des conquêtes éphémères, et jusqu'à
quel point l'œuvre du pouvoir qui lutte pour le bien
n'est pas un travail d'écureuil en cage, qui peut inté-
resser un oisif, mais qui est incapable de faire naître
chez personne les sentiments dont se nourrit la religion.

Pour que l'homme croie à l'idéal et s'y dévoue, il
faut que l'avenir lui soit assuré, soit dans l'attente d'un
autre monde où seront compensées les injustices de la
vie terrestre, soit dans le progrès indéfini de l'humanité, dût-elle même ne jamais réaliser, d'une façon
complète, la perfection dont elle se rapprochera sans
cesse. Heureusement, astronomes et physiciens s'accordent à déclarer que la destruction de notre système
planétaire est une hypothèse basée sur des assertions
prématurées; que nos risques de dissolution, en les
supposant établis, peuvent toujours être indéfiniment
ajournés par des forces agissant en sens contraire,

enfin, que rien ne permet de nier la possibilité future de communications entre les mondes (¹).

Assurément, la science positive — de même qu'elle ne peut rien nous dire sur la question de la survivance individuelle (²) — reste impuissante à nous démontrer mathématiquement que le monde marche vers un but. Tout au plus peut-elle accumuler ici des présomptions et conclure avec John Stuart Mill : « Il y a de grandes probabilités en faveur d'une création intelligente de l'univers (³). » — Pour que cette probabilité se transforme en certitude, peut-être nous faudra-t-il toujours un acte de foi. Mais ce sera, du moins, un acte de foi rationnel, c'est-à-dire qui ne peut être contredit par la raison et qui, en outre, est postulé par les exigences de l'obligation morale gravée dans notre conscience, tout comme les croyances à l'universalité de la loi et même à la persistance de l'énergie, sont des actes de foi postulés par les exigences de la logique scientifique gravée dans notre cerveau. C'est là, pour nous, aussi bien que pour les scribes de

(¹) « Peut-être qu'un jour, a écrit M. Guyau (*Irréligion de l'avenir*, p. 441 et suiv.), si la pleine connaissance de soi était réalisée, elle produirait une puissance correspondante assez grande pour arrêter le travail de dissolution, à partir du point où elle serait arrivée à l'existence. Les êtres qui sauraient, dans l'infinie complication des mouvements du monde, distinguer ceux qui favorisent son évolution de ceux qui tendent à le dissoudre, de tels êtres seraient peut-être capables de s'opposer aux mouvements de dissolution, et le salut définitif de certaines combinaisons supérieures serait assuré. »

(²) « La doctrine de l'évolution, assure M. James Sully, dans un article écrit en collaboration avec M. Huxley pour l'*Encyclopædia britannica* (t. VIII, au mot : *Évolution*), laisse en grande partie la question de la vie future au point où elle se trouvait. »

(³) *Essays on Religion*, p. 174.

Thèbes, les rishis de l'Inde et les philosophes de la Grèce, la conclusion suprême où la religion vient compléter la science, et, en ce sens, nous pouvons redire avec le grand penseur, à la fois rationaliste et mystique, de l'Amérique contemporaine, Ralph Waldo Emerson : « Tout le cours des choses tend à nous enseigner la foi (¹). »

Sans doute, le monde peut encore assister à bien des révolutions et des réactions philosophiques. Si nous en croyons la leçon du passé, des religions peuvent se suivre et se remplacer encore. Il peut surgir des cultes aussi différents des nôtres que la synagogue différait du Temple, que les ecclésies des premiers chrétiens différaient des sanctuaires et des solennités païennes. Des attributs, que beaucoup d'entre nous regardent comme essentiels à la Divinité, peuvent lui être déniés, suivant le système théologique qui prévaudra dans l'opinion. Nous-mêmes ou nos enfants pourrons encore être amenés à répudier des conceptions qui nous sont chères sur le rôle de Dieu et sur la destinée de l'homme. Dieu peut mourir, comme sont morts ses prédécesseurs connus et inconnus, les Baalim et les Teotl, Assour et Ammon, Odin et Jupiter; comme mourront un jour ses contemporains d'aujourd'hui, le Brahm de l'hindouisme et l'Allah de l'islam, Ormuzd « le Seigneur omniscient », Thian « l'Empereur céleste », et même Jahveh « le Saint d'Israël ». Mais ce qui ne peut périr, c'est la conception, enfermée dans ce vocable, d'un Pouvoir sur-

---

(¹) *Spiritual Laws* dans *Essays* (1ʳᵉ sér.). Boston, 1887, p. 113.

humain, qui, se réalisant suivant des lois, se révèle à l'homme dans la voix de la conscience et dans le spectacle de l'univers.

Là est la vérité implicitement contenue dans la triple illusion que nous avons vue concourir à la genèse de la religion : extension abusive de la personnalité, — confusion de la coïncidence avec la causalité, — assimilation du rêve à la réalité. Là est la vérité qui persiste, quand, après avoir dépouillé la Divinité de ses superfétations originaires et de ses accrétions parasites, après lui avoir enlevé, comme autant de vêtements d'emprunt, ses attributs anthropomorphiques et ses limitations morales, après, enfin, avoir ramené sa nature à l'unité et son action à l'harmonie, nous nous trouvons en présence du voile impénétrable qui nous la dérobera toujours dans son essence et dans sa grandeur, mais qui n'arrête au passage ni les manifestations de sa puissance, ni les révélations de sa loi, ni peut-être le rayonnement mystérieux d'une force d'attraction répondant à nos termes de sympathie et d'amour.

FIN.

ERRATA

TABLE DES MATIÈRES

CHAPITRE II.

GENÈSE DE LA NOTION DU DIVIN. — LE CULTE DE LA NATURE ET LE CULTE DES MORTS.

CHAPITRE VI.

L'AVENIR DU CULTE D'APRÈS SON PASSÉ.

Transformation des mobiles du culte. — Ce que tendent à